旅往前方

邓佳音◎著

天津出版传媒集团
百花文艺出版社

图书在版编目（CIP）数据

前往前方 / 邓佳音著. -- 天津：百花文艺出版社,
2021.3
ISBN 978-7-5306-8029-2

Ⅰ. ①前… Ⅱ. ①邓… Ⅲ. ①长篇小说—中国—当代
Ⅳ. ① I247.5

中国版本图书馆 CIP 数据核字(2020)第268024号

前往前方
QIANWANG QIANFANG
邓佳音 著

出 版 人: 薛印胜
特约策划: 王美元
责任编辑: 赵世鑫
装帧设计: WONDERLAND Book design 仙境 QQ:344581934
出版发行: 百花文艺出版社
地址: 天津市和平区西康路35号 **邮编:** 300051
电话传真: +86-22-23332651（发行部）
+86-22-23332656（总编室）
+86-22-23332478（邮购部）
网址: http://www.baihuawenyi.com
印刷: 三河市兴国印务有限公司
开本: 880×1230 毫米 1/32
字数: 241 千字
印张: 10.125
版次: 2021 年 3 月第 1 版
印次: 2021 年 3 月第 1 次印刷
定价: 52.00 元

如有印装质量问题，请与三河市兴国印务有限公司联系调换
地址:河北省廊坊市三河市北外环路南密三路东
电话:18630658620 邮编:065200

序

在古今中外的文学作品中，表现年轻人对生活的迷失和对情感的抒发方式，是很多创作者一直追求的方向，他们用千姿百态的语言，描述出了精彩的故事，也留下了爱情，让人回味。

从城市到山村，从贵族到贫农，从闹市到天涯海角，皆有情感在孕育，成长，开花以至结满硕果。

文学家描写的青春故事，往往让人感慨万千，催人泪下，使人奋进，让人难以忘怀，心情难安。

笔者中学期间还是“文革”时期，许多书被禁了。某天突然同学借我一本手抄《第二次握手》，我连夜读完，次日，按约应归还手抄书时，又苦苦要求同学晚还一天，得到同学的同意后即刻回家，花了四角五分钱买了三个16开的作文本，藏在家里，抄写起来。次日凌晨，我总算抄完了这本书，感觉如获至宝。第二天上学归还手抄本，取得了同学的信任，老师问昨天为什么没来上学，我答说，昨天我重感冒，不能来上学，甚至今天头痛昏厥，老师说不能上就回家吃药，休息吧。事后我感到逃课有惊无险，但我得到这本有钱也买不到的书，庆幸不已。

改革开放后，文学艺术迎来了百花开放的春天，无论是图书馆还是新华书店，甚至同学朋友家的书房书架上都有数不清读不完的与青春有关的故事书刊，许多古今中外文学作品重新回到了读者手中，借阅、购买、收藏成为我生活的主要内容之一。

近几年，媒体经常提到，毕业季就是分手季，这有客观上的原因，但纯真的爱情在我们生活中比比皆是。

我没有上过大学，更不知大学校园的生活是什么样的，《前往前方》的描绘让我对未知的世界有了一些认知，读完让我耳目一新，她像百花丛中一朵小花，不知名，但很美丽，独特，并有异香。

君　言

目　录

Contents

第一篇

DI YI PIAN

第二篇 DI ER PIAN

第三篇 DI SAN PIAN

第一篇
DI YI PIAN

1. 婚礼偶遇

“伯都，我们走吧。”

“去哪儿？”

“不知道。”

“没有目的地就没有意义。”

“只要别停在原地就好。”

后来，吴伯都明白他们要去的地方叫前方，这是他和方旭十年前的约定。

十年后的今天，吴伯都参加一个女同学的婚礼，结果新郎缺席，女同学和他联系不上，情急之下站在那原本幸福的舞台上对大家说：“今天的新郎是……吴伯都……请他上台。”吴伯都听到后几乎傻了，可还是在掌声的陪伴下走到新娘身旁，配合她圆满地完成了这次婚礼。婚礼结束后，吴伯都问她：“到底怎么回事？”

她很失望地看着吴伯都说：“今天新郎失踪了，电话一直关机，我没有办法，不得不喊你上台配合我完成这个婚礼，否则我会很难堪，一辈子都让人当笑话说，谢谢你了！”

吴伯都对她说：“既然我们结了婚，登记证书上应该写上我的名字，而不是他。”

女同学立刻找出那个红色的本子，将新郎的名字用笔画掉，在旁边写上了吴伯都三个字，然后他们就抱在了一起，做那些正常情侣该做的事。

转天后，那位缺席的新郎突然回来了，竟然是方旭，他气喘吁吁地站在他们面前，女同学情绪和缓地问他：“你昨天干吗去了？”

方旭说：“我正要和你解释，前天晚上我去通知了我的前女友，想让她来参加我们的婚礼，可她却把我扣住，将我电话关机，又不让我出门，直到今天早上我才脱身，所以耽误了婚礼，对不起！”

女同学耳朵根子软，这种鬼话也能得到她的原谅。

这是另一个场景，吴伯都和他们一起来到女同学的娘家，伯母正在厨房里为他们做饭，而那位女同学只和吴伯都做了一天的夫妻就回到了方旭身边，所以吴伯都无法解释自己为什么会出现在这里。吴伯都走进卧室，目睹她正和方旭在床上做那些见不得人的事，恨不得一棒子敲死方旭。他有生之年从未害过人，何况是他最好的朋友。方旭身材魁梧，裸露的后背不知何时雕画着硕大无比的盘龙文身，那龙嘴里吐出的火球在气场上压制着他，仿佛在它面前吴伯都可以完全被秒杀，哪怕吴伯都找各种利器，似乎都不能一招制敌，所以最后他选择放弃。有那精力不如去享受伯母做的美味早餐，这一切与自己何干？早餐刚要入口却被一只突如其来的手拍醒。一切只是一场梦。

叫醒吴伯都的人正是方旭，他小声地对他说：“别睡了，一会儿老板来了。”吴伯都看着他想起梦里的事情，觉得可笑，他伸了一个懒腰，打个哈欠，四下瞧了瞧闷头工作的同事们，然后走进卫生间，坐在马桶上，一边新陈代谢，一边展望午餐。

此刻京城的这个角落里，阳光并不明媚，人也异常颓废，从来到这家美术编辑部，吴伯都就习惯了每天在单位解决吃早点和排泄等问题。平时休息时间本来就短，再浪费在这些事儿上实在奢侈，在工作时间解决这些也是理所当然的，听说还有个名词专门形容这种情况的，叫带薪便便。

吴伯都暗骂一句，边吃边拉这叫什么事。当然也不是每天如此，而且只局限于早餐，拿套煎饼果子或者两个茶叶蛋坐在马桶上也还算方便。厕所也成了他灵感的发源地，很多奇怪的想法都起源于这里，或许你觉得这地方不适合寻找灵感，吴伯都也这样觉得。可哪有那么多适合的地方？有一种观点或许可以达成共识，人只有在最放松的一刻才能让大脑浮想联翩。不是吗？厕所里这不长不短的时间就是一天中最放松的时刻。它比睡觉更叫人放松。为什么？如果有人站在你身边，你仍然可以睡着，这种放松很容易做到，但若叫你蹲在他身边拉屎，那人还瞪着炯炯有神的双眼看着你，就算他愿意闻味儿，估计你也很难成功。当然小孩儿除外。

吴伯都正往事不堪回首，突然有人敲了下卫生间的门："伯都快点，生孩子呢？"是方旭。

"吃饭去啊？稍等，马上。"

方旭很着急的样子："快出来，跟我去帮人买张车票。"

吴伯都大声回答："帮人买票我就不去了，有点累。"

"那好吧，本想把这个女孩介绍给你呢。"

"那我去，现在不累了。"吴伯都迅速起身提上裤子，大步迈出。看方旭已经走出门外，吴伯都追了上去："这姑娘怎么样啊？好看吗？"

方旭故弄玄虚，想找个合适的词汇形容，却仍旧词穷："是个不错的女孩，感觉你们挺合适的。"

吴伯都接着问："她人品好吗？"

这回他没有半点儿犹豫："和你差不多吧！"

"哇！那不天女下凡嘛！"感叹的同时，吴伯都心里凉了半截，之前从没衡量过自己的人品，某种程度上说从没怀疑过。可方旭说和他差不多的时候，心里为啥会涌上酸楚，是他之前没有客观去面对这个问题吗？想到这些，吴伯都情绪明显低了些。

方旭没有在意，继续说："我们只能引荐给你认识，机会靠你自己把握。"

吴伯都重新调整情绪："放心！只要被我看上，她就是插翅也难飞。"

"真让你说着了，这姑娘还真有双翅膀，就怕你擒不住她。"

"什么意思？"

方旭继续卖关子："先别着急，以后慢慢和你说。"

吴伯都点头苦笑，没有说话。

大概走过两个红灯后，来到一个马路边的票务中心。可能快到"五一"的原因，大有春运之势，午饭肯定是泡汤了。

半小时后，方旭指着手中的车票，说几天后这个姑娘将躺在这张卧铺上从大连返回苏州。这会儿她已经从苏州的湖畔飞到了大连的港口，如此大费周章，只为参加这场幸福的婚礼。不只是她，吴伯都和方旭两天后也要赶到婚礼现场。方旭是不得不去的新郎官，而吴伯都也荣幸地成为伴郎。此生第一次，吴伯都心情略有点激动。他突然想起之前那个奇怪的梦，似乎它和现实中这场婚礼有着某种隐秘的联系，只是梦里的情节有些乱罢了。

现实中当伴郎倒是叫吴伯都充满幻想，方旭让他做好心理准备，说伴郎的主要任务是替新郎挡酒，吴伯都说无所谓，哥千杯不醉。

方旭在庆典前两天回到大连准备，吴伯都比他迟一天到。听说回去当天还进行了前期彩排和“军事演习”。一对新人站在敞篷车里，向全市老百姓挥手问好，唯独不喊“同志们好，同志们辛苦了！”但却比正规军事彩排多了一个接吻的动作。

这是他们第二次办酒宴，当然不是二婚，主婚礼已经在方旭家办过。由于双方家庭分布在祖国的不同角落，娘家亲朋好友不方便长途跋涉，所以为了见证两人的爱情，决定在娘家再办一次，与收红包无关。当然，这是“官方”解释。这种情况在当下并不少见。

吴伯都第二次来大连，依旧人生地不熟，刚出火车站，就见一群人向他蜂拥而来，并大声地说：“去哪儿？这儿有出租车。”

他睡眼惺忪的目光转移到这些人的脸上，一时很难聚焦，等他挤出人群时，一辆破旧的夏利车已经停到他身边。

按方旭交代的地址，吴伯都对司机说：“庆安路，天天酒店，快点开，我着急。”

司机热情地说：“就说天天就行，这里就那一家，都知道，不过那里修路呢，不好走，也就二手夏利进得去。”

吴伯都没兴趣和司机贫，只应了声好。

方向盘向右旋转了十多圈，车才拐弯。

吴伯都疑惑：“这车能行吗？”

司机却趾高气扬：“真以为二手的？放心好了，这车你看着旧，性能还是不错的，我自己改装的，这几天正磨合呢。”

“还是慢点开吧，我不着急了。”

说完吴伯都觉得有些奇怪，怎么司机连计价器都不按，难不成是辆黑车？难怪这么破。他心里暗骂，刚才没睡醒，才反应过来，该着自己倒霉，还是提前把价问好才踏实。

“师傅，到地方多少钱？”

他的回答让人诧异：“钱好说，你看着给。”

“什么叫看着给？”

“就是给也行，不给也行，给多少都行，我说得还不够清楚吗？”吴伯都完全没了脾气，感觉这人很奇怪，可他又自命清高，不爱和这种人浪费过多的口舌，不说算了，倒要看看他葫芦里卖的什么药。吴伯都歪头看着窗外的马路，安静就是最好的安慰，他心情好转，过了大约十分钟，那司机说：“伯都，我们到了。”

“哦，好。”随即他反应过来，他叫自己伯都？

“你……到底怎么回事？”

那司机大笑着说：“我是风雷哈，是方旭安排我来接你的，你竟然认不出我了，亏你还在我们宿舍住过。”

“我去，怎么是你啊！”

吴伯都和风雷虽只有一面之缘，却熟知对方。风雷是网络游戏高手，他推荐方旭玩了一款既浪费时间又烧钱的网游，方旭又把这款游戏推荐给了吴伯都，就这么恶性循环，风雷常带着他们在游戏中组队打 Boss，通宵达旦，从不间断。风雷带他看过旅店后，就直接来到了方旭安排好的饭店。吴伯都到时，包间中已经有四个人。其中一位是新娘静嘉的表弟，之前见过，印象不深。

另外三位虽然是陌生面孔，却叫人眼前一亮，哦，是“三亮”。那是三位佳人。有种似曾相识的感觉，吴伯都每次见到有几分姿色的女孩都会这么想。三位姑娘聊得火热，忽略了身边所有的人，包括他这个新来的。吴伯都想方旭要给他介绍的姑娘可能就是其中的一位，具体是哪个却摸不着头脑。他不禁后悔当时没问问那姑娘有啥特征，甚至连名字都没问。今天若能牵走其中任何一位，对他来讲都算圆满，也不白来这个婚礼。

吴伯都瞬间意识到那个词，人品。这就是自己真实的一面？他开始怀疑，但无法控制。吴伯都一本正经地坐在离门口最近的位置上，单手支着下巴，做思想者的动作，听着风雷低声和他聊着网游的事儿，不管他说什么都点头呼应，可一句都没真听进去，心思都跑到了几个姑娘身上。

按照顺时针方向，他先偷窥了第一个女孩，皮肤白嫩，尖尖的下巴，美得让人不愿移开视线，虽算不上童颜，却透出一股清纯的气息。同时也不失贵气和高傲，让人有种可遇而不可求之感。这种女生一直是吴伯都追求的目标之一，若能和她喜结良缘，绝对不虚此行，甚至愿意给方旭双倍礼金。

吴伯都目光继续向旁边转移，第二个也不赖，和第一个比起来微胖，但身材很不错，姿态楚楚动人，笔直的长发齐刷刷地披下来，像黄果树的瀑布。额头前的几缕发丝偶尔遮一下那对勾人的双眼，一颦一笑风情万种，绝对可以让你胡思乱想。着装更是性感、大胆，穿衣特点一个字：短。若能和她共结连理，后半生便可像唐朝的皇帝一样，坐在龙椅上搂着自己的爱妃，举杯和众爱卿说：来，干杯！

吴伯都时间有限，不能细看，在方旭和静嘉进屋之前，得争取把几位姑娘都浏览一遍，在心里先点击个确定。他又将目光锁定在第三个女孩身上。她倒有几分特殊的味道，论秀色未必赢得过前两位，但可餐度要远胜于她们，吴伯都此刻就已有想去和她要流氓的心态。她薄薄的嘴唇，呈现出淡淡的粉色，好像晶莹剔透的粉水晶，吴伯都瞬间在大脑中勾勒出一幅画面，当然不是要流氓的画面，而是和她携手明天的美好憧憬：有条方舟载着他们在落日余晖下的海洋上漂泊，他们相依在一起，看着夕阳下的海平面很久都不觉得累，各种山盟海誓、海枯石烂都不足以表达他们对彼此的肉麻。吴伯都心中的幻想画面尚未完成就被一个声音破坏了，是方旭和静嘉走了进来。

小两口儿穿得很喜庆，白色带花纹的情侣衬衫，外面搭配黄绿色的情侣西装，说实话很不低调，也并不协调，简直是践踏了大家的双眼。他们手牵手，向前走，然后得意扬扬地坐在了留好的上座。静嘉为彼此做了正式的介绍，原来这几个女孩都是静嘉大学的闺蜜，而且都有自己的昵称。第一个叫雨荷，难怪有种清香远溢、出淤泥而不染的清纯。第二个叫雪妃，也碰巧了，刚刚吴伯都还把她意淫成自己的爱妃。第三个名字很奇怪，叫鸽子。难道她经常放人鸽子不成？对了，吴伯都突然想起，方旭跟他说过，给他介绍的姑娘还真长了双翅膀，或许就是和这名字有关系。这姑娘还是明天的伴娘，而他是伴郎，此乃天赐良缘。最后介绍吴伯都时，静嘉刚要说，被方旭打断：“这个我来介绍，他叫伯都。”

说起来，吴伯都这名字到底有什么含义他也没问过老爸，稀里糊涂地叫了二十多年。他甚至还分析过，全名叫吴伯都，姓氏改不了，也不用解释，这“伯”字或许就是大的意思，听着就像称呼长辈一样，而这个“都”字似乎也不难译，可以理解成都市。于是，他推测老爸是想他未来能在一个大的都市中生活，才给他取了这个名字。

他挺起胸膛配合方旭的介绍，心里略有些激动。

只听方旭说：“伯都是我十年寒窗苦读的路上一起走过来的兄弟，也是明天婚礼的伴郎，他可是玩摄影的专业人士，你们几个爱拍照的姑娘可要把握住机会哦。”

吴伯都用点头加微笑的方式配合方旭的介绍，但没有说话，他想这样会给人更有内涵的感觉，装×就要装得彻底。

方旭说完后，拿起菜谱招呼大伙儿点菜。吴伯都目光继续留在几位姑娘身上，但明显没有刚才那么猥琐。毕竟通过介绍，大家也算认识了，起码他放松了不少。

吴伯都开始更深刻地分析雨荷这个人，听这名字总觉得是琼瑶小说里的人物，没错，《还珠格格》里那个不就叫夏雨荷嘛！终于对上号了，难怪这么耳熟。雨荷翻着菜谱，落落大方，偶尔抬起头看一眼大家，好像在征求大伙儿的意见，眼睛扫到吴伯都的时候，还电了他一下，吴伯都以自然的状态迅速把目光避让开，转移到了雪妃身上。

雪妃背对大家，旁若无人一样玩自拍，吴伯都的位置正好能看到她手机的屏幕，里面呈现出她的各种影像，看得吴伯都也想伸舌头。突然间，她屏幕一歪，吓了吴伯都一跳，吴伯都及时收回目光，那张构图里竟然出现了他的身影，正在后面傻呵呵地看人家，吴伯都满脸尴尬，赶快看另一个。

这只“鸽子”好像和他的性格完全相反，不但可餐，而且能说会道。比起她，吴伯都完全就是个笨嘴拙舌的口吃患者。鸽子一直在张罗着典礼上需要注意的事情，比如，几点放炮、接亲等问题，就好像她已经是个经验老到的过来人。有那么一瞬间，吴伯都甚至觉得她就是一个媒婆，面对这些不是很熟悉的人，也能滔滔不绝地展示出她的伶牙俐齿。吴伯都的反应只能用迟钝来形容，他自认为能说会道，此刻却插不进一句话，只能在那里胡思乱想，他甚至开始对鸽子的绰号追本溯源，为什么叫鸽子？是不是她的某些行为或者举止和鸽子有相同之处，还是因为她热爱和平？或者因为她那尖尖的鼻子，貌似一只鸽子的嘴，综合以上特征或许叫她金刚鹦鹉更加形象。

几分钟后，鸽子主动和吴伯都说了第一句话："你点什么菜？"

吴伯都的第一反应："随便，什么都行。"

鸽子低头看着菜谱，一脸茫然："别随便啊！都随便我怎么点？不是为难我吗？"

吴伯都说的是实话，因为他不挑食，所以从不点菜，别人点啥吃啥，吴伯都又是天生的选择障碍。正犹豫时，方旭伸头过来和他一起看菜谱。

"你点一个鸽子汤吧？"

鸽子斜了方旭一眼，又看向吴伯都："这个忙不能帮。"

静嘉也跟着起哄："伯都，那你要一个鸽子肉吧？哈哈。"

鸽子看着吴伯都又说："对不起！我还没活够。"

玩笑到此为止，吴伯都看着菜谱，认真地说："来个青椒火腿。"

鸽子理直气壮道："不行，有瘦肉精，还是换一个吧。

"那要个鸡腿或者鸡翅也行。"

鸽子每次都不用正眼看吴伯都，可能不好意思？可又不像。

"你故意的吧，这个也不行，没听说有六条腿和八个翅膀的小鸡吗？再换。"

吴伯都无言以对，方旭又来帮他解围："差不多就行了，都什么年代了，不是我们小的时候。那时每天吃的都是绿色食品，上的肥料都是自己家拉的。想吃啥拉啥，哦，想吃啥吃啥，无毒无害，想咋吃就咋吃，没这么多顾虑，如今倒好，‘绿色食品’这个词早就带有神秘感了，甚至成了奢侈品，大城市的小孩儿更悲哀，从小就受到这种毒害。”

话没说完就被静嘉拦住：“好了，别说了，还吃不吃了，真恶心。伯都，你也是，点个菜也这么费劲，快点！”

吴伯都一看鸽子，就不知道点什么，干脆见啥说啥：“要盘水煮牛肉可以了吧？”

鸽子立刻火冒三丈：“吴伯都，不是我说你，你是怎么长这么大的？总点出了问题的食品，不知道现在的牛肉都是用添加剂弄的吗？没准儿你吃的就是一只变异的大老鼠，还牛肉呢，再换。”

吴伯都一身冷汗，已经没有一点儿胃口，他诚恳地说：“饶了我吧！我真不知道吃什么能健康，给我来碗米饭就行。”

“米饭？想得美，好多大米都是转基因的，有不安全因素，不能吃，听说还有塑料做的。”

吴伯都有点生气了，她不是针对自己吧？

“可这是主食，也没法代替，吃馒头总行了吧？”

“不行，你不知道白面是用了漂白剂的吗？”

吴伯都无语。

大家也都不作声，气氛有些冷场。连雪妃也放下手机停止了自拍，若有所思地噘着嘴。鸽子见状，为了不影响大家的情绪，主动化解尴尬，立刻将菜谱拿到了自己和静嘉的中间，然后说：“既然你们点不出来，我点。”

大家顿时洗耳恭听，用仰慕的眼神看着鸽子，等待她的高见。接下来应该就是搬起石头砸自己的脚的现场了，只听她自言自语：“要一个油炸……哎呀，不能吃，这一定是地沟油。黄瓜呢？也不能吃，听说很多人吃那个，不幸遇难。米线？那还不如买瓶胶水喝呢。银耳……麻辣烫……豆芽……西红柿……也不行，哎呀，这怎么什么都不能吃呀，讨厌，我也不点了。”

鸽子噘起了嘴坐在那儿不说话，吴伯都安慰她：“别着急！我们再看看，争取找点儿食物链最下层的东西吃吃嘛！肯定能有。”

吴伯都话一出口就后悔了，她不但不领情，还反咬一口，那一肚子怨气就像钱塘江大坝决堤的洪水，立刻发泄到他身上：“好啊，你告诉我食物链最底层的东西是什么？细菌吗？你又属于哪一层呢？”

吴伯都被鸽子问得哑口无声，心说多这嘴干啥，算自己倒霉，不和她一般见识，他继续沉默。

一直没出声的风雷插话道：“看来还得减肥，吃得越多，死得越快！”

方旭说：“怎么会没菜可点？来来来，你点。”

然后把菜谱递给静嘉的表弟，并介绍：“这是我表弟，都认识吧？姓马，字牛羊，是本地人。他总知道点哪个菜比较好，是吧羊羊？”

马牛羊接过菜谱说：“没问题，我点就我点，不过啊，我点菜有个习惯，也不算习惯，就是忌讳吧，哈哈！马肉、牛肉、羊肉我不点，其他无所谓。”

大家都点头说理解，随后他将一盘盘刚刚排除过的禁菜重新点上桌。

风雷也摆出一副不在乎的表情说：“其实这都是我们无力改变的事，只能漠然视之，我们中国人早已练就出百毒不侵的本领，闭着眼睛吃吧，死不了。”

服务员不耐烦地接过菜单转头离去。此时静嘉和方旭已经咧着幸福的大嘴笑个不停，等着迎接明天名誉上的龙凤呈祥，气氛也从点菜时的紧张重新变得轻松，又锁定在婚礼的话题上。

在等待上菜的时间里，吴伯都没有参与他们的讨论，而是无意中想起自己高中的最后一年，那一年，在一个充满流光溢彩的画室里他想证明一件事情，也因此找到了生命中的第一个女朋友。

2. 如愿以偿的开始

那天的画室和平时一样，窗台上被阳光照射到的维纳斯，正在向你微笑着。在嘈杂有序的环境中只能闻到颜料的味道，透过这味道吴伯都会幻想很多事情，也会什么都不想，有时候傻傻地发呆，有时候呆呆地发傻。他幻想时会出现一只修长的手打断他的思路，并且在他的额头或脸颊上留下一道重重的黑色铅印。回头一看，一个一脸“坏笑”的姑娘已经向门口跑去，是慧文。她本是吴伯都的小学妹，如今他们共同面临高考，原因不用多说，吴伯都重读了！重读的好处就是专业过硬，想对哪个女孩献殷勤，便可借助改画之名和对方拉近关系，慧文就是吴伯都改画的目标，每次她画完都会找吴伯都给她调上几笔，已经形成了习惯。

若形容慧文，在吴伯都心里，很少有能和她媲美的女生。她的身材绝对是窈窕里苗条的那种，身高更是直接秒杀一米八以下的爷们儿，让他们觉得自己是三等残废——包括吴伯都在内。慧文还有双能让男生“魂飞魄散”的丹凤眼。以前，吴伯都从没觉得单眼皮的姑娘漂亮，自从见到她才知道原来别人的双眼皮那么难看。重要的是，她的眼神中能传递出那么多的信息。慧文还有一头柔顺的秀发直披到腰际，就像电视上演的洗发水广告那样吸引人。

当时，吴伯都问方旭："你看慧文咋样？"

他不情愿地说："去！别问我这些，我早已脱离红尘不问世事。两耳不闻窗外事，一心只读圣贤书。"

"我是让你帮我参考下。"

"我都告诉你了，我现在是两耳不闻窗外事，我也不了解她，怎么帮你参考？"

"谁用你了解，就是和你说说。"

方旭话锋一转："对了，她们班级就在咱们楼下社经办对面。"

"什么？"

"是社会主义精神文明办公室。"

"还有这地方？我都不知道她们班级在哪儿，你还知道什么？"

"真不了解了，就这些。对了，好像她家在火车站广场前开了个旅店。"

"你这了解得还少啊？还知道什么？快说。"

"这都是上次去大侠办公室拿介绍信的时候听到的，当时李慧文也在，而且她和大侠好像还有点儿沾亲带故呢。"

吴伯都打断他："她们会是亲属关系？扯淡吧，两人长相反差也太大了，我从没听她说过。""大侠"是他们班主任的绰号，此人面如满月，横眉怒目，方圆十里，闻风丧胆。

方旭又补充道："你要对人家有意思就抓紧行动吧，不过还要劝你一句，我的前车之鉴希望能给你些帮助，祝你成功！"说完，他继续画画。

说来也巧，在填单科院校专业报名表的时候，吴伯都看慧文报的北京民族大学，还是一个人去，这是个大好机会，他立刻也报了这个学校。

出发的那天，他问慧文：“慧文同学，你要去哪个学校考试？”

“民族大学啊！你考哪儿啊？”

吴伯都故作惊喜状：“哇！这么巧！我也考这儿。”

“那太好了！我们可以做伴儿了。”

她继续问：“你为什么考这儿呢？”

吴伯都假装思考后，对她说：“作为一名中华人民共和国的优秀少年，我有义务维护民族团结。”说完自己都觉得有点冷。

慧文还是哈哈一笑，又问他：“伯都，你说我们能考过吗？会不会白跑一趟？”

“唉，我要知道哪个学校能过也不至于考了三年。”

“哈哈！这我倒忘了，真对不起啊！又勾起你的伤心事。”

吴伯都坦然自若：“能不能考上也无所谓了，不行明年再考呗！”说完还有点后悔，这不诅咒自己吗？养成什么习惯也不能养成重读的习惯。

就听慧文突然调高了音量：“怎么这么说，那你还来干吗？真是的，呸！呸！呸！就当你刚才没说。”她噘了下嘴，又放低声音：“我真的好想在北京上学，虽然那里竞争激烈会很辛苦，可我还是想去北京，也说不上为什么。难道你不想吗？”吴伯都心想又一个和方旭一样想法的人，一副非北京不去的表情，他顺着她说：“以前不想，现在有点。”

“那为啥呢？”

“你是想知道我以前为啥不想来？还是现在为啥想来？”

她笑着说：“都说说嘛！”

吴伯都不知该怎么回答慧文。从选择考大学那天起他就不确定自己想要什么。方旭的目标明确，一心考到北京从事艺术工作，梦想成为艺术家。班里有个姑娘，白白胖胖，笑意盈盈，绰号汤圆，高中阶段对吴伯都影响很大，她虽然个头矮，可思想和行动上的每一步都走在他们前面，她的目标更不是自己这种凡夫俗子能想象和预测的。现在就连这个比他小了好几岁的慧文也知道要去北京实现自己的抱负。那自己到底图个什么？或许他就该从哪里来回到哪里去，吴伯都瞬间觉得自己特别可怜。一没有信仰，二没有梦想，活一天和一万天有什么区别？就连死他都没有资本。他前脚离开这个世界，就真的死掉了，不会再有人提起他，不会有人知道这世界曾经有个这么帅气的人叫吴伯都。他自认为很聪明，却接连好几年都考不上大学。想到这些好像脑袋又大又重，思维也有些跟不上节奏。他敷衍着和慧文说："以后告诉你吧！"

"还吊我胃口？"

"不是吊你胃口，我也不知道。"

慧文看他情绪不高，也不再多问。

吴伯都看时间还早，就带慧文进了家咖啡馆，这里环境不错，他是第一次来。里面很暗，基本上没什么光，离伸手不见五指也就一步之遥。他们走到一个拐角很隐蔽的位置坐下。服务员跟过来点燃一根蜡烛，蜡烛的形状就跟刚烤完的羊腰子一样圆圆的，蜡烛被放在一个盛水的杯子里漂来漂去，为他们营造着浪漫。服务员又递上酒水单，吴伯都简单翻阅了一下，都价格不菲，他选的最便宜的科罗纳啤酒也要二十五块，还是小瓶，心想真贵。慧文要了杯爱尔兰咖啡，也是比较便宜的，估计和他一个心态。既来之则安之，钱不能白花，他们足足坐了四个小时，腿都麻了。蜡烛两小时前就燃烧殆尽、灰飞烟灭，要是再待下去，酒瓶子都快舔没了。时间也不早了，他们离开咖啡馆，取上考试用的工具直奔火车站，当天晚上来到京城。

如今进京赶考比古代还难，早晨能见到太阳的旅馆实在太贵，他们只好找了一家离考场较近的地下室，掏出电话信号全无。把慧文送到房间后，为了明天早上能顺利找到她，吴伯都选择住在她的隔壁。但服务员告诉他：“对不起先生，隔壁是厕所。”

没办法他只好哀求慧文和她住在一个房间，反正里面也有空闲的床位，慧文也没什么顾虑就同意了。换作任何一个人也不想独自住在这种房间里。

慧文说：“这屋里好暗，我害怕。”

“有我在你怕什么？”吴伯都挺着腰板说。

“怕你呗，哈哈。”

“放心吧，我既然留下就不会下流。”

“那好吧！你可不许乱想。”

“那可以乱做吗？”

“当然不行，都不许。”

“好，我连衣服都不脱，这屋里实在太冷，还好就住一晚上。”

她看了眼天花板上不断落下来的水滴，还有因为潮湿长出来的青苔，问吴伯都：“我们是不是在地狱啊？”

“没错，我们确实在地下面。地狱谈不上，倒是有几分古墓的色彩，睡觉时候别睡得太死，说不定这里会有粽子。”

“什么粽子？吃的吗？怎么会有那个？”

“它不吃你就不错了。你没听说过？是盗墓中的暗语。古墓的棺材里要是碰到没死透的那种……”吴伯都话说一半被慧文打断。

“哎呀！别说了，烦人。本来就害怕，你还吓唬人。我不想在这儿，我们出去走走吧？”

“去哪儿？”

她噘着嘴说：“哪儿都行，随便走走，我怕在这里看不见明天的太阳。”

“现在出去也看不到明天的太阳。”

“你哪儿那么多废话？”

吴伯都忙说：“走，出去散步。”

可能身边有慧文的缘故，京城夜色中的雾气都充满了浪漫的气氛。他们沿着人行道漫无目的地往前走。慧文嘴里还不断哼唱着小曲，也听不懂唱的是什么，有一点可以确定，句句都跑调，几乎接近诗朗诵。吴伯都看着慧文说：“唱得真好。”

“是吗？没骗我吧？你是第一个说我唱歌好的人。”

“那是别人不懂欣赏！”

她笑着说：“我发现你还有个特长。”

“什么？”

“拍马屁，哈哈！我知道唱得跑调，这点儿自知之明还是有的，可我喜欢你这样说。”

“那你只喜欢我拍你马屁？还是人人都拍你马屁？”

“废话！你说呢？”

“不都说女人是老虎嘛！老虎屁股怎么能拍呢？”没等吴伯都说完，慧文一下把他推到路边的一个“马葫芦盖儿”（下水道盖子）上，然后说：“让你乱说，今天是星期几？”

吴伯都说：“三。”

她挥动长拳在吴伯都身上轻打了三下，又说：“周三就得打三下。下次不要踩这个，会倒霉的，不过打你三下就好了，听见没？别再踩了，要感谢我。”说完一脸“坏笑”地往前走，觉得自己的“阴谋”终于得逞。

庆幸今天不是周日，否则就要挨打七下。后来吴伯都见到“马葫芦盖儿”就故意踩，慧文气得说：“别踩了，我错了还不行嘛！手都打疼了，明天怎么考试啊！”

“哪个手疼？”

“这个。”她抬起右手。

“我听人家说，如果右手疼，只要闭上眼睛往前走七步就不疼了。”

“这怎么可能？听谁胡说的？”

“我们试验一下就知道了。”

慧文想了想：“那你搀着我，要不该撞电线杆了。”

吴伯都扶着她，慧文闭上眼睛嘴里念着：“一、二、三、四、五、六、七……可以睁开了吗？”

“可以了。”

她睁开眼睛看着手说：“好像还那样啊！”

“那可能就是这方法不灵。对了，今天周几了？”

“你刚还告诉我周三呢，啥记性？”

吴伯都在慧文身上轻轻地拍了三下说：“那就对了，以后别再踩了。”

她低头一看，自己的双脚正站在一个“马葫芦盖儿”上。

吴伯都边跑边笑，躲避拳脚。

那天晚上到底还是迷路了，坐了很久的公交车才回到住的地方。进屋后吴伯都躺到硬板床上，慧文从后面凑了过来，躺在他身边，轻轻地说：“我给你唱首歌吧？”

“唱吧！我听着呢。”

她哼唱了一首吴伯都叫不上名儿的歌儿，他转身看着慧文，这个角度的慧文如何叫他移开视线？吴伯都再也抑制不住自己的情感，然而缺少经验的吴伯都真心不知道该从哪里下手，这种侵犯他都觉得突然，何况慧文。他还是忍不住碰了她，碰的这个地方吴伯都都觉得可笑，是胳肢窝。慧文笑了起来，挠痒痒的方式让吴伯都不那么紧张，慧文笑得前仰后合，抓住吴伯都的手，不让他动弹，手被束缚住后还有嘴，吴伯都第一次亲女孩，实在生疏，他看慧文此刻已经闭上眼睛，双手不再束缚他，任他随意发挥，他突然有个邪恶的想法，为什么自己只有两只手和一张嘴。

好了，吴伯都强行挺住了对慧文的回忆，否则今晚体内的淫欲之源必将迸发，叫他彻夜不安。

3. 想起一个特殊的人

时间又回到此时。今天的对酒当歌，推杯换盏，情景完全不同。时光之河流过了高中和大学，一切恍如隔世。吴伯都本打算一气呵成，在脑子里过完那段事情，可却被一句响亮的声音斩断脑子里若隐若现的画面：“吴伯都，你不吃吗？”是鸽子的声音。

静嘉也用怀疑的口吻配合吴伯都理解不了的眼神说：“伯都，你今天不正常啊！平时不是很能侃吗？现在咋不说话了？是面对这么多姑娘不好意思了吗？这可不是你的风格。”

吴伯都缓过神儿，心想明天是他们大喜的日子，自己确实不该这么低调，作为多年的朋友，理应在这样的场合说些祝福的话，可那些用烂掉的祝福语他又觉得俗不可耐，不如不说。此时，服务员“砰”的一声打开一瓶啤酒放到他面前，酒的白沫顺着瓶颈向下流淌。他站起身说：“你们聊，我去厕所。”

服务员一脸假笑道：“先生，出了门右拐。”

吴伯都道了声谢走出门，这厕所和普通饭馆厕所没有差别，吴伯都心说怎么一提到厕所就来劲儿？也不是他想提，而是这里发生了件奇怪的事，让他恍惚了很久。在洗手池上方有块将近两米见方的镜子。在暖黄色的灯光照射下呈现出一段几米长的空间。吴伯都进去后，解开腰带掏出囊中之物，释放还未过半之际，却被旁边的人吓出一身冷汗，是一个中年妇女。吴伯都条件反射地一哆嗦，及时收回命根子。因为截流过于急迫，慌忙之中，还尿到了手上，隐约感觉大腿根部还有液体流淌。他以为误进了女厕所，刚要道歉离开，那女人却先说话了："耶，还有人啊，没事，你上你的，我擦擦地。"这时吴伯都才注意到女人手中握着拖布还穿着工作服，这种年龄上都可以做他母亲的女人，也没必要和她计较。

出来后，他正要将手上的痕迹洗掉，无意间看了下镜子中的自己，深邃的双眸还有那么几分帅气。突然间，镜子中掠过一个身影，他的脑子瞬间乱了。不可能、绝对不可能。吴伯都强迫自己捋顺一下慌乱的情绪，可越捋越乱，甚至忘记了回头。等他回过味儿时，镜中早已空空如也，只有几个服务员站在走廊里打着哈欠。

吴伯都环顾四周后，继续向楼下走。从二楼走到一楼门口后基本可以确定刚才看到的并非属实。他设想了很多种镜子中看到那人的可能性，没有一种是能正常接受的，他不敢再往下想，于是看着门外。天已经黑了，大连的夜色霓虹初展，建筑的造型也很别致，在万家灯火中漫步，除了是种享受，还可以让你忘却很多烦恼，熙熙攘攘的马路上，展现着人们夜生活的丰富。

吴伯都坐到门口石阶上，略带绝望地想着刚才镜子中出现的幻觉，真的太像她了，一时挥之不去。都说时间会抹淡心里的所有记忆，在吴伯都心里这话显然不成立，而且具有恰好相反的后果。时间过得越久，那些画面就越深刻。

无情的时间不管是厚待还是薄情，还是把他送到那个让大多数艺术学子向往的殿堂里去雕琢，一雕就是四个年头。在雕琢即将失败的前夕，它为吴伯都展现了一件完美无缺的“艺术品”，以弥补他身上无法修复的瑕疵。

4. 鸽子是个什么样的人？

吴伯都怎么也想不通，刚才镜子中折射出的人就是那个“艺术品”。她是与这个世界格格不入的一个具体，世界不配拥有她，只配拥有错过。他执念太重，想到她就烦心。突然一双轻盈的手拍在吴伯都肩膀上，他回头一看是鸽子。没等他说话，鸽子就问：“怎么不去吃饭？跑这儿躲清闲，他们还找你呢！”

吴伯都调整情绪，恢复成来之前的状态，和鸽子调侃着：“还是你厉害，他们都没找到我，就你发现了。”

很明显，鸽子并不是个单纯的小姑娘。她对吴伯都的话不以为然：“你理解反了，只有我没找你。他们听说你掉厕所里都去打捞你了，你还是快上去，别让大家等太久。”

吴伯都自作多情道：“你不找我下楼干吗呢？难道也想掉厕所里吗？”

鸽子第一次绽开微笑：“掉也不会跟你一起，我只能掉进女……哎呀！差点让你带进去，才不会和你同流合污呢，这个词儿也不好。不说了，我是下来接同学的，还有两个人马上到，你先上去吧！”

“陪你等会儿吧，透透气。”

鸽子没说话，好像在想着事情。

“坐下等吧，别站着。”

鸽子看了下远处，然后坐到吴伯都的旁边。吴伯都心里琢磨，比起刚才在屋里，鸽子的情绪好像低了不少。难不成刚刚饭桌上小小的唇枪舌剑伤到她了？可备受凌辱的始终是自己啊！

鸽子一言不发，望向远处暗红的夜色，只留给吴伯都一个汉白玉雕塑般的背影。吴伯都除了能看到她浅浅的白色衬衣透出来的浅色胸衣外，再无其他可观赏之处。

两人各有所思，相对沉默。或许这就叫尴尬。但好像也没尴尬得那么叫人不舒服，吴伯都觉得这种安静还挺享受的。他想起以前看过的一句诗：彼此沉默之时，正有天使飞过。希望此刻正有那么一位天使渡自己一程，这是他的唯一欲望。吴伯都虽然欣赏鸽子和另外两位姑娘，可单独坐在一起时也没怎么样，知道身边的这个女孩可能就是方旭要介绍给他的人，这都无所谓了。在无法确定时，自己不能胡乱问显得没有城府，先保持漠然的绅士风度吧，也有人把这种心态称为闷骚。

情感永远是缠绕在人心上的东西，只能去感受。而情商高低不同，感受的效果也就不一样。吴伯都原以为自己情感的路已经走到禁地，很少会想什么美好的未来，哪来那么多儿女情长，顺其自然就好。可事实并非如此，你越是想怎样就越不能怎样。就像现在，他刚梳理完人生观，瞬间就被鸽子的一句话动摇了。自己的人生观就那么禁不住推敲吗？他老是怀疑。

鸽子没给他太多怀疑的时间，忽然转过头，看着他说：“你知道吗？明天我们俩就是搭档了。”听了这话，基本可以确定鸽子对自己印象不差，吴伯都暗自庆幸。

“这我当然知道，不过听说伴郎是要替新郎挡酒的，正发愁呢。再说我不只是伴郎，方旭叫我抽空拍拍照，这可是比伴郎更重要的任务。”

说完他意识到自己的话有误，立刻补充：“当然没有伴娘重要。再说我还是喜欢做伴郎，毕竟有你这么漂亮的伴娘。”

鸽子看着吴伯都，似笑非笑，没有说话又看向远处。

鸽子应该就是方旭说的人，这已经没有悬念。否则为什么安排他们俩做伴郎和伴娘？赌一把试试，赌对了最好，错了也没什么大不了，自己主动点儿。他对鸽子说：“鸽子，我不兜圈子，也不说过多铺垫的话，来之前方旭和静嘉说……”

吴伯都话未说完，被一个女人的声音打断：“哎呀，鸽子哈！老久不见了，越来越漂亮了呢！可嫉妒死人儿了，你看我还是这么肥，愁死我了，哎呀！就是狠不下心减，这张嘴啊，太馋。对了，这是俺家你姐夫。你们应该见过面，都是校友嘛。”女人说完引荐身边一个矮个子男人。

鸽子忙和人家问好：“来，我带你们进去，在二楼。”说话的同时站起身准备进屋。这时那个东北女人才看见吴伯都，忙对鸽子说：“哎哟！这位是……是妹夫吧？你看也不介绍下。”

鸽子忙责备的语气：“你怎么见谁都妹夫，哪来那么多妹夫，快走吧，别管他，大家都等急了。”吴伯都也点头示意他们快进去，自己再待会儿。

那女的又对吴伯都说：“行，那你坐着哈，我们进去了啊妹夫。”吴伯都忙点头，鸽子斜了他一眼。

那个晚上他和鸽子没有再说过话。鸽子忙这忙那从没闲过。而他就像个局外人，只是看着身边的一切。

转天，具有当今特色的婚礼开始了。这娘家人还真是善良，丝毫没有难为新郎官，吴伯都也躲过了挡酒的厄运。现场的高潮部分就是新人抛花的瞬间，十几位单身男女伸手去抢花束。新人宣布过，也是历代中国人的优良传统，谁能接到这束花，就预示着将成为下一对幸福的新人。单身男女蜂拥而至，很多已婚的爷们儿也试图混入其中，看看旁边坐着的老婆又退了回去。鸽子也挤在人群里瞄上了那束白色玫瑰，恨不得真的长出一双翅膀飞到空中把那花接住。

吴伯都准备好相机站到最后面的位置，想要抓拍到激烈的场面。只听方旭和静嘉齐喊："一、二、三！"

鲜花向高空中飞去，在吴伯都的镜头里呈现出升格的高速状态。他试图寻找大家去抓花的双手，却被花完全遮挡住镜头。就听到"砰"的一声，有东西擦过，他伸手一挡，然后放下相机，发现花已经撞进了自己的怀里。全场人开始欢呼："是伴郎接到了鲜花！"

雨荷和雪妃还有几个没有得逞的女孩，都带着失望的表情说："伯都，你好厉害啊！"

鲜花经过上空的气流阻力和落下后的碰撞，已经有些凌乱残破。只有花的主体还在。突然间，鸽子向他跑来："哎呀！吴伯都，你真讨厌，怎么让你抢到了？"

吴伯都忙说："是掉在我手里的。"

"哎！别解释了，你看看这花真可怜！还落了一地。"说完后她蹲下把地上的玫瑰一朵朵拾起。

这时，昨晚的那位东北姑娘打趣道："既然妹夫抢到了花，哦，不对，既然伴郎抢到了花，就送给现场的一位姑娘以示爱意吧！"大伙儿集体起哄表示赞成，吴伯都隐约觉得脸有些热，应该是红了。他看看雨荷，出尘离染，清洁无瑕。又看看雪妃，性格婉顺，千娇百媚。这花还真是难送，送谁都会让其他人伤心，这是他不想看到却希望发生的事。他又低头看了眼还在地上拾花瓣的鸽子。她今天是伴娘，自己是伴郎，花送给她才算合情合理，也不会把没得到花的姑娘伤得太深，他暗自佩服自己想得全面，走到鸽子面前，对她说："这花你喜欢，就拿去吧！"

鸽子没有拒绝，但却停顿了一下看了吴伯都一眼，然后才将花接过去。

"那谢谢了！你还真会借花献佛。哎哟！不对，我可不是佛。"

鸽子开始将玫瑰花恢复原貌。然后高举手机和自己的脸成45度角摆上了表情。玫瑰花儿在她的白衣服衬托下呈现出羞涩的黄晕。生活里的一些画面可能会和以往的记忆发生重叠。在认识鸽子之前吴伯都还认识一个喜欢穿白衣服又喜欢自拍的人。直到今天方旭也不让他再提此事，吴伯都答应不说并信守诺言，可方旭却一次次提起。

23

5. 重读的代价

吴伯都的很多记忆之所以都在高考那几年，原因就在于他考了好几年。考前的日子带给吴伯都很多奇怪的预感，预感到什么？很难具体化。他只觉得有一个巨大的谜团，里面隐藏着另一个世界，一旦你走进它就无法回头。那时夜不能寐已成家常便饭。方旭和吴伯都不约而同地重读了两年。方旭觉得自己的床每天都在颠簸，心也在颠簸中仿佛如巨浪一般滚动，还发誓绝没有发生地震。吴伯都说你能不把叫床形容得这么别致吗？方旭就傻乐。

吴伯都和方旭有个习惯，每次画画后不管多晚都要到小摊上喝两瓶啤酒，以此来冲淡心里残留的压抑。然后他们在酒精的刺激下不断地去厕所，与夜风擦肩而过后，再把自己幻想成一颗晶莹剔透的露珠在微风地轻抚下摆动着。可幻想终将破灭，酒醒的时候会认识到自己只是一根无依无靠的稻草。

终于有一天幻想变成了现实。方旭不再是以前的小蝌蚪，开始勾搭上了白天鹅。方旭这棵老稻草在补习的第二年迎来了他的第一滴露珠，就是许杨。

许杨个头不高，是一个乍看比较普通，然后越看越普通的女孩。吴伯都始终不理解方旭到底相中她哪里。直到很久以后他才明白，主要是有个人能看上方旭实在不容易，有自知之明的方旭不会错过任何一个能看上他的生命体。

许杨平时总穿着白色上衣和蓝色牛仔裤。最大的爱好就是拿起手机玩自拍。当时的手机还没有前置摄像头，几乎是盲拍。所以每张照片构图都不太标准，这已经叫人心生羡慕，吴伯都当年用的是摩托罗拉二代的呼机，就连字数都受限制。每次许杨找不到方旭就给他呼机里留言，搞得他当了几个月的通信员。更加缺心眼儿的是，他把这当成个美差，每天呼机都响，好像自己很忙的样子。

方旭和许杨的开始不怎么浪漫，就是幼稚加肉麻，偶尔有那么点儿傻×。当时班级人很少,但人会迅速增多,都是高考之后名落孙山者。因为这个，大家才有缘分走到一起，可谓患难之交。

班主任还是大侠，又是补习班，因此人称“大补班”。很多人都是慕名而来，想让自己变得更强壮，来后却日渐衰弱、身心俱疲。

而方旭这一年却犯了高考时期的大忌，情窦初开。用方旭的话讲，这都是上帝安排好的，爱是天意没有假如。吴伯都也曾分析过，这到底是天意还是人为。方旭和许杨一前一后地来到大补班，按照先后顺序，方旭坐在许杨身后的位置，两人成了前后桌，吴伯都晚来了一步，坐到方旭后面。从这一点上看，地利很重要，你已经失去了勾引女生的绝佳地形，也只好看着人家开花结果。想不看都难，他俩坐在吴伯都正前方，每天给他“表演”山盟海誓。吴伯都听课累了就会看他们的一颦一笑。连许杨放个屁方旭都觉得香，甚至要闻到脚后跟，生怕那个屁掉地上。

有一次，吴伯都问方旭：“你是不是看上这妞了？”

方旭假装没有这事儿的样子搪塞道：“啥看不看上的，都是学习需要嘛！”这嗑儿唠的，吴伯都接着他的话说：“此话怎讲？我不明白，但觉得有点道理。”

方旭一笑：“我是看她学习不错，一起切磋研习嘛！”

“是，这妞长得也不错，挺有女人味儿的。研习的怎么样了？床还颠簸吗？还和巨浪一样滚动吗？”

方旭露着大门牙笑着：“去！你太下流了，把我看成什么人了。不过说实话，这女孩倒是个不错的姑娘。其实啊，我总想找找原因，咱们为啥去年考不上？不仅仅是因为补习时间短，可能就是身边没个女人。”

“是啊！听你这么一说，我茅‘厕’顿开啊！”

“开厕所干啥，是茅塞顿开吧？”

“都一样，那你抓紧吧！借着天时、地利、人和，肯定能成。”

“嘿嘿！你平时点子多，你说我怎么能追上这女孩呢？”吴伯都心说方旭问他这个感情生活如此空白的人，这不相当于宣告他的死刑嘛。他推荐方旭去请教彭哲，这是他们共同的人渣朋友，此君精通此道，都能开个泡妞培训班了。

方旭还真给彭哲打了电话，可怎么也打不通，远水解不了近渴，于是又来找吴伯都，吴伯都也只能赶鸭子上架：“虽然我没什么经验，可我觉得想让对方记住你、喜欢你，就得做些让她惊喜的事情。”

方旭连连称是：“道理我懂，比如呢？”

“你看啊，我是通过容貌、气质和内涵打动女性的，虽然目前一个没成功，可不能忽视我的综合素养。而你就得通过做事情的出奇制胜来添补相貌的不足了。”

“你滚边去，说了半天是夸你自己。”

“你别着急，这是个铺垫，也是构思的过程。”

“快点吧！一会儿上课了。”

“这东西没法说，我给你做个示范，来，咱俩换下位置，你看我是怎么把人家逗笑的。”

“好，那看你的。”

说完两人换了位置，铃声也响了。许杨迈步走进教室，看见吴伯都便问：“你怎么坐这儿了？”

吴伯都笑着说：“哎哟！我就不能坐美女后面吗？”

许杨一副莫名其妙的表情看着吴伯都，然后转过身坐下摆弄自己的书本。吴伯都因为这几天有点感冒不断流鼻涕，就用卫生纸堵住了两个鼻孔。这时大侠走进屋，目光直接锁定到他身上，吴伯都顿时有种不祥的预兆，好像被大侠锁喉般。片刻后，大侠说：“吴伯都，你装相呢？”

全班同学的视线瞬间转移到吴伯都身上，许杨也转过头看他。吴伯都想说感冒了，可脑子一热，一个喷嚏射出了所有的忧伤和压抑。更难堪的是他鼻孔那两个纸球以光的速度弹射出去，直接沾到许杨的脑门儿上。许杨甚至还没反应过来，先愣一下，然后“哇……”的一声就哭了。真是世事难料，他本想逗人家笑，结果还给弄哭了。同学们哈哈大笑，方旭二话没说跑到许杨面前来个英雄救美，拿起干净的面巾纸给许扬献殷勤。

许杨边哭边说：“太恶心了，能洗掉吗？”

方旭忙说：“能！能！肯定能！不信你看，往我脸上抹点儿试试。”

说完去找地上那两个作案凶器，许杨“扑哧”一声笑了出来。

因为此事，吴伯都被大侠罚值日一周。方旭却开始和许杨畅所欲言，无话不谈。之后，方旭说他和许杨每天不说话或是不见面都觉得缺点儿什么，小日子也完全颠覆了之前的单调，所有忧郁一扫而空。

课堂上，许杨经常会紧靠椅子坐得笔直，摆出一副聚精会神的样子，看着大侠滔滔不绝喷出来的口水在阳光下呈现出被污染过的彩虹。方旭这时会趴在桌子上，头向前倾斜，保持和许杨最近的距离。两人的眼神此刻是统一的，装作认真听课，实际窃窃私语。大侠偶尔还会表扬他俩听课认真。他俩最重要的沟通方式还不是这些，而是传纸条。这本来是一项既传统又没有创意的举动，却被他们演绎得新颖别致。这或许就是人们所说的爱情。

他们每天早上见面后都在同一张纸上写出问候的话，然后长篇大论递来递去，还会配上有趣的插图。如两只小蜜蜂飞到花丛中，一个小乌龟使劲往前追。这可能是他们独创的一种沟通暗语，方旭没有详细讲过，吴伯都第一次觉得学美术还是挺有用的，可他们为什么不能用点儿成年人的沟通方式？吴伯都很是费解。一张纸如果被他们画得满满，轮到谁那里谁就重新换张纸接着继续。如果被同学或老师发现问起此事，他们会美其名曰：“我们在做标图练习。”

吴伯都心说你真当别人傻啊，要说画自画像他相信，说标图就扯淡了，没事你标乌龟干什么？

腻歪人的是，他们从早到晚都在重复这样的方式，吴伯都觉得无聊，就不再关注。有那工夫背诵两道题多实在。说到这儿，吴伯都有一事不解，不说谈恋爱会影响学习成绩吗？可方旭之前的成绩始终和他平分秋色，都是比倒数名次好一些。可吴伯都觉得自从方旭和许杨在一起后，会的题比他多了。难不成谈恋爱还能促进学习？如果真是，倒充分证明了方旭的论调。这难道就是一直以来他学习不好的原因？

后来的几次模考中，方旭和许杨的成绩在艺术生里名列前茅。吴伯都的成绩却稳中有降不见起色，于是他更加坚信这一‘真理’。古语就是精辟：任何一个成功的男人，背后都有一个不错的女人。很快，方旭和许杨在买饭的时候也为对方买一份或共进食物。趁人不注意时，借传纸条的机会捎带着拉拉对方的手，再很快地松开。

方旭的爱情随着时间稳定地发展着。吴伯都虽然单身，可他坚信自己的伴侣一定在世界的某个角落里等着他，不用着急，终有一天他要给对方一个惊喜。唉！也只能这么安慰自己。

时间又一次经过十一月，需要出去补习专业。不管学什么考前都得熟练一下手，尤其是画画。吴伯都的文化课成绩不给力，决定晚一点儿再去画，这也是大侠的意思。方旭和许杨要好很多，提前去也是理所应当。吴伯都也不想当那灯泡，自己去也挺好，路上还能思考一下人生啥的。

方旭他们走后，吴伯都回到教室上课，空空荡荡的屋子，一半座位都没有人用，想坐哪儿都成。剩下的一半学生是文化课考生，他们没有选择艺术的溜光大道，只能低头苦学。遗憾的是，这些人虽和他志同，道却不合，也没有太多共同语言，多数时间里吴伯都都是独处的状态，难免会有些失落。这个班里他已属元老，大侠都不爱多看他一眼，当然，吴伯都也不爱看他。大侠要不是看在吴伯都一直陪着他送走一批学生又迎来新一批的情分上，估计也不会收留他。大侠对他也不像从前那样刁钻刻薄，骂得他连北都找不到。甚至有时候还会和他开句玩笑，弄得吴伯都丈二和尚一样摸不着头脑。

半个月的时间能干什么呢？很快就过去了。这段时间吴伯都最大的收获是这次模考中成绩提前了二十多名。他充满信心，背上画板准备出发之前数了下空余的座位，这次模考前已经出去了三十多人。到火车上他还后悔干吗要数那些空座儿？就是闲的，让本来就不完整的自尊心再次受辱。

一个难眠的夜过去后到了津城。方旭已经在出站口等他，吴伯都看他精神憔悴，又是一个人，就有些纳闷。

“怎么一个人？许杨呢？”

方旭略带沮丧的口吻：“在你来的前一天她就走了。”

“走了？”吴伯都突然打了个寒战，半个月前还天天见呢，就这么一个花季少女说没就没了？虽然许杨和他没什么直接关系，可他的眼眶中还是有液体往上涌。

就听方旭继续说：“她回去考个什么燕京？还是什么大学。”

“我去！你可吓死我了，别这么大喘气行吗？”

方旭明白他想到了什么，笑了笑。

“还有这种大学？学习怎么做啤酒？”

方旭吞吞吐吐道：“那就是燕山……燕山大学，好了，好了，我们回去再说。”

回到画室的寝室后，方旭再没提过许杨的事，吴伯都也懒得再问。

可有些事早晚都会说，当天晚上他们就去路边撸串。有一搭没一搭地聊着，常常是发呆很久才会说上一句，两瓶啤酒下肚，方旭的话开始多了，而且推翻了自己曾经的论调。

“伯都，女人是不可缺少的，对我来说已经不是真理。”

吴伯都随口道：“你是不是想许杨了？”

他嘴角上扬，晃了晃头：“你说我该想她吗？”

“你问我？我怎么知道？我又不是当事人。你自己咋想的还用问别人？”

“该怎么和你说呢，我和许杨来到这儿没几天，她就说她妈让她回去考一个什么……反正她妈让考的，就是她妈的大学，我也不记得名字了。”

“你不说燕山大学吗？”

“哦对，就是那个吧！没办法，她只能回去，母命难违。女人就是这样，考个专业课家里也跟着瞎掺和。她说考完试就回来，到时给我打电话。”

“后来呢？”

方旭好像习惯了说话前先叹口气：“唉！她走之前去看过她亲戚家的孩子，一个弟弟，在这儿上学，给他留了些钱，没敢和家里说。她花钱大手大脚，已经把钱花的和家里对不上账了，怕回去不好交代，让我借她点儿。她说家里还有一个存折，她妈不知道，是她的私房钱，亲戚给的，到时把钱给我汇过来，我就答应给她取钱，一千七百元都给她了。你也知道，就我这条件，唉，当初就不该和她在一起。”

“后来呢？”

“后来……我在画室请了病假，其实我是到车站去送她。看着火车离开的时候，心里还真难受。”

“后来呢？”

方旭略带煽情地说：“日子还是和每天一样的开始，一样的结束，唯一不同的是我觉得它更漫长了。”

“你丫念台词呢？别抒情了，说重点！”

“后来，听说许杨考完专业直接回家上文化课了，不回来了。我一直不信，她就是不回来也应该和我说啊！怎么别人都知道而我却被蒙在鼓里？可我不想给她打电话，还是等她先和我联系。”

说完方旭从兜里掏出一根烟点上，方旭平时很少抽烟，偶尔深夜画画的时候会来上一根给自己提神。今天却为了心中的女神，点了一根大前门。

干冷的冬风好像在配合方旭的心情，瞬间又刮来几滴雨。冬日飘雨看来必有冤情，吴伯都抬头望去，大爷的，也不知谁家的空调漏水。他们没再多说就回去了。

直到专业快考试了，许杨也没和方旭联系。方旭有点人财两空的局面。心急如焚的世界又添了一把火。看他闹心的样子，吴伯都也帮不上什么，只好从存折里取出八百块钱给他报名用，以解燃眉之急。

考完专业，吴伯都和方旭也要回去上文化课，迎接六月份的高考。动身之前，方旭拉着吴伯都去了趟北京，用身上仅剩的几十块钱去王府井买了个兵马俑模型，也就巴掌那么大。吴伯都问他买这干吗？他说不管怎样还是想着许杨，许杨就喜欢这个，回去送给她。吴伯都心说人家是喜欢真的兵马俑吧，你就送个这破玩意儿，真不想打击他。不知不觉中，吴伯都对许杨这个女孩已经没有任何好感。

方旭的数夜无眠暗示了他见到许杨时的兴奋。他幻想许杨见到他的第一眼会是灿烂的微笑和略带一点儿羞涩的样子。不用吴伯都提醒，他自己也知道这是自欺欺人，按照现在发展的趋势怎么可能？事实正是如此，见面时吴伯都不敢相信自己的眼睛，这完全是一百八十度转折。二人形同陌路，甚至有点冤家路窄的感觉，连吴伯都也觉得不自在。方旭本来有很多话想对许杨说，可许杨反馈给他的表情不得不将沉睡中的方旭唤醒，他一句话也说不出来。要是无话可说也还罢了，但要是有话憋在肚子里不能说，也没人听你说，那比得了一场大病还要痛苦。

这时的班级又增加了不少新面孔。方旭也不是原来的座位，顶替他坐在许杨后面的是新来的一个男生，长着一副欠揍的样子。不久后的一节自习课上，方旭从书包里摸出那个兵马俑模型，小心翼翼地用纸包好，就像刚在西安出土的一样。纸上还保存着半年前两个人画过的乌龟和蜜蜂，现在又通过传递的方式将它送到许杨的手里。因为手机也不是每个人都有，在课堂里想和谁说话多半都是传纸条。有时候一个纸条要经过好多人的手才能到达彼岸。几分钟后换回来一个纸条，打开后方旭愣住。这是玩的哪一套？只见里面包着一百元钱，还都是零钱，五元、十元都有，并写着："方旭。我只有这一百块你先拿着，剩下的以后给你。不过以后我们最好不说话了，我爸爸战友的孩子也在我们班上课，我怕他告诉我爸我们的事。对不起！还有，谢谢你的礼物！我很喜欢！"

所谓的她爸爸战友家的孩子就是坐在许杨后面顶替方旭位置的那个男生。

吴伯都拉着方旭说："管他什么战友，知道了又能怎样？"可又一想，这不是赌气的时候，既然他对许杨已经没什么好感，就不能把兄弟往火坑里推。

这之后的方旭情绪一落千丈，整天想着要和许杨恢复以前的状态。同时想着怎么把考前借的债务还上。吴伯都能帮上方旭的力量也很有限，给他的钱没打算让他还。但方旭的大男子主义很强，从来不想叫别人帮他，脑袋很不开窍，什么都较劲，总以为自己可以承担一切。这样的人内心往往会更加脆弱。

距高考不到两个月的时候，所有人都忙着补课，晚睡早起地复习。大侠叮嘱大家要注意营养，每天务必吃鸡蛋瘦肉之类。方旭就惨了，把家里给的生活费、补课费都用来还债了，为了省钱他平时早上不吃饭，却还要和别人一样四点起床复习，上课时经常会出现眼冒繁星的情况。中午吃上一袋八毛钱的方便面，晚上有时候不吃，饿得实在受不了就再吃一袋方便面。吴伯都看不过去，但能做的也只有偶尔请他吃个饭而已。他们虽谈不上出生入死、肝脑涂地，可毕竟方旭是吴伯都少有的能谈得来的朋友。方旭奇迹般地以每个月不超过五十块钱的生活费熬过了两个月。在高考前一周左右还清了所有人的债，虽然这让他感觉轻松了很多，可他也浪费了时间和精力，没怎么复习，只能希望考场上有奇迹发生，自己能超常发挥。

方旭带着父母、老师和朋友们寄予的厚望走进考场，看着试卷一点儿也没紧张，他知道自己完了，发榜便意味着落榜。

许杨考上了一所很好的大学，听说就是那个燕山大学。方旭彻底被人家给甩了，看到方旭，吴伯都再不相信世界上有爱情。方旭单方面对许杨怀有执念，只能称为爱或者叫情，反正不能叫爱情。爱情应该是两个人的事，缺一不可。而单向的爱早晚有一天会消耗殆尽，这也许就是时间的魅力，它可以让你从头再来，这对方旭来说或许不是坏事。

方旭拿着一所国内重点美院三十七名的专业合格证，只要文化课过线就可以考上，可他却差了几十分。父母对他没有过多责备，又不想让他去种地，最后决定再给他一次机会，方旭第三次走上高考的路。当然了，吴伯都也没有缺席。

不管多久以后，吴伯都和方旭都会在自己的人生中为对方留下一席之位，就像今天，吴伯都作为伴郎见证了方旭和静嘉的幸福婚礼，过去的一切都已不足挂齿，他又何必再想那些。

6. 迷惑与不解

结婚典礼进行了一上午，最后一个环节是拍照，嘉宾纷纷上台和新人合影。几个姑娘大步流星地走到台上去沾新人的喜气，方旭招手示意吴伯都赶快上去。这样的机会实在不多，应该只有一次，除非他们离婚再复婚。吴伯都用余光扫到旁边，李风雷紧挨着他实在碍眼，李风雷的另一边就是雨荷。吴伯都想一脚把李风雷踹下台。他不断找鸽子的身影，以他伴郎的身份就该和伴娘站在一起，这张照片才会更有价值，当然只是对他而言。快门声音已经响起，由不得他再调整位置。照片拍完后，他跑到摄影师的旁边："让我看一眼刚才的照片吧！"

摄影师把手里的佳能 5D 递给他，吴伯都努力寻找的目标在这张照片上已经显示得很清楚。九个人的合影，他和鸽子中间竟然有七个人加塞儿。

吴伯都回北京的列车是接近傍晚的，鸽子和他时间差不多，只是列车不同，目的地也不一样。雨荷和雪妃一个回山西，另一个回山东，没有一个是能同行的人。他们相处的时间还有一个下午，于是决定去 KTV 热闹一下，这比在火车站等到晚上要强多了。

到了歌厅个个是麦霸，只有少数的几个男生和女生拿着啤酒在一旁私聊。方旭以过来人自居，坐到吴伯都旁边谆谆教导：“伯都，机会到了，自己把握一下，我想你已经选择好了你喜欢的姑娘。”

“说什么呢？搞得像夜总会选小姐一样。”

“靠！小点声，让她们听到就死定了。快去吧。”

吴伯都点头，又拿起酒瓶和他碰了下，吴伯都也承认喜欢鸽子。鸽子看起来虽然活泼好动，有悖于吴伯都最初选择伴侣的品相，可这都不是缺点，从这些外在的特点感知到现在为止，吴伯都给了鸽子一个新的画像，娴淑、平静。方旭曾说给他介绍的姑娘和他人品差不多，如果那姑娘是鸽子的话，这一定不是贬低自己。或许鸽子比自己强得不是一点儿半点儿，早就甩出好几条街了。

吴伯都又回过头对方旭说：“来，喝酒，恭喜了！”有时候一句恭喜只是随口说说，象征礼貌和客气。可跟方旭说的时候，似乎每个字都在他口中铿锵有力地弹出，没有一起经历过太多的事情，或许很难体会到那种俗套中的真诚。

方旭抿了一口啤酒说：“唉！这两天把我忙的，再也不想结婚了，太累！”

静嘉突然附耳过来：“你说什么？后悔了吗？”

方旭立刻笑嘻嘻地说：“我是说这辈子就娶你一个，别人谁都不要。”

静嘉一脸幸福地说：“这还差不多。”然后转过身又去抢话筒。

吴伯都看着方旭说：“你还真会哄女人。”

方旭笑了笑。

“这一点你该比我拿手。来，喝酒。”

吴伯都喝了口，尚未来得及咽下，就听静嘉喊：“伯都，鸽子要唱歌了。”看来都知道他对鸽子格外上心。

吴伯都侧耳倾听，歌声响起。瞬间吴伯都把那口未咽下去的啤酒吐了出来。可能是他出现了幻觉，吴伯都都纳闷儿，为什么和他粘连一点儿关系的女人歌声都这样不靠谱？即使不跑调听着也想上吊，慧文就是最好的例子。

那年吴伯都和方旭一致认为女人是有助于学习的，虽然他们高考落榜，但他们又觉得并不是因为女人，为什么不是，至今还在寻找答案。对此观点吴伯都也深信不疑，慧文已经给了他很好的答案，为了能来北京上学，慧文平时骑牛读汉书，一丝不苟地对待每一次考试。在民族大学的考场上，他和慧文被分到同一个考场，当监考老师点名的那一刻，他们意识到自己报错了学校，什么腾格里、库尔班、吾斯曼，就差没喊阿凡达和蝙蝠侠了，他们这两个汉族人竟然成了少数民族。但报名费不能白花，还是希望考得好一点儿，每一科吴伯都差不多提前一小时画完，坐那儿等着慧文。见她津津有味地改来改去，典型的老师不催场就不交卷的人。

考完时，他们当场扔掉了所有和画画有关的工具。如同《肖申克的救赎》中蒂姆·罗宾斯逃出监狱的瞬间，释放出难以诉说的情绪，轻松又潇洒。很快就见一个戴着眼镜的考生把他们扔的东西捡起来背走了，估计他是没考好，刚出来就准备着下一年重读的工具，吴伯都心里只能祝他如愿以偿。

慧文笑着说：“这会儿的天还亮着，咱们去逛下京城里的名胜古迹吧？那都是让人充满幻想的地方。”

吴伯都随口说了一句自己都觉得高深莫测的话：“为了能让你的幻想不会破灭，我们回去吧！”

慧文也点头："你说得好像有道理，听你的。"

寒冷的冬风开始在眼前慢慢地消失，天气温暖了许多。他们收拾好行李准备回家，吴伯都的行李是慧文，慧文的行李当然还是她的行李。为了不让行李丢失，吴伯都牵上慧文的手一路往前走。

车轮又一次从这个城市滚动起来，慧文靠在吴伯都并不厚重的肩膀上若有所思地看着窗外。

吴伯都摸着慧文光滑细嫩的脸说："今年我再考不上就不再考了。"

慧文急忙问："不上学你还能干什么？"

"我觉得就是什么都干不了的人才会选择去上学。或者说上了学就真的什么都干不了了。我宁愿找个一周劳动七天的工作，也不想躺在学校的寝室里过无聊的大礼拜。"

慧文转过头看着他："你这都是什么谬论？那我呢？我该怎么办？"

他被慧文问住了，他们才刚开始，他就说出如此偏激的观点，的确不合适。吴伯都马上打圆场："回去后我会陪你好好复习的。"

两人都回到了学校上课，却不在一个班级。吴伯都还在三楼大补班，慧文正如方旭所说，在二楼社经办对面，他们利用周末和平时放学时间见面，这点距离的确可以产生更多的美。

四月校园的早晨天空刚刚见亮，黑夜尚未完全被白昼驱散，操场上就陆续出现了高三学生的身影，又到了高考冲刺阶段，每个人都端着书摇头晃脑地念着之乎者也，还有人拿着书靠在操场的一角做着春秋大梦。方旭也加入到这个"早练"的队伍，并且扬言高考外语过百分。虽然最后只考了三十几分与他的目标相差甚远，可声势造得挺像那么回事。

方旭还常叫吴伯都一起去操场上看书。可那会儿吴伯都对这些书本已经失去了兴趣，当然也从未有过好感。他越看越觉得头痛欲裂，七窍流血。本来他很喜欢读一些课外书，也喜欢看历史长河里的一些地理，可单纯以高考为目的去看这些就觉得无比厌烦。大侠每天和大家讲："伟大的科学家爱迪生说过：天才那就是 1% 的灵感加上 99% 的汗水，所以，我不相信有人能因为起早学习而累死。"

大家听了这话后，每天玩儿命地学习，恨不得直接把书本塞到脑瓜子里。吴伯都因为怀疑大侠的观点，还特意查了爱迪生这句话，还有下半句大侠没说。那 1% 的灵感是最重要的，甚至比那 99% 的汗水都要重要。

吴伯都开始不顾身边同学和老师对他的看法，每天以打篮球为主业。就用那 1% 的灵感来迎接这一次的高考。

送走五月迎来六月的时候，到了自由复习阶段。本希望慧文能到学校和他一起复习，可事情不遂他愿，她妈妈让她在家里看书。只有她借口到学校弄档案之类的事才有机会和吴伯都见面。

每一次见面地点都会选在吴伯都的寝室，复习科目就是拥抱对方和亲吻，然后看着窗外走过的男男女女和食堂里养的黄毛小笨狗，总之就是看着外面的景物。

一周以后，一场检验应试教育结果的考试过去了。考得好坏先不提，每天都能听到这样的消息：全国顶尖教育家大会已经在某某地方的某某宾馆落下帷幕，一场由他们引发的关于中国应试教育的话题却余音缠绕。什么才是应试教育的罪魁祸首？如何破解应试教育的难题？抨击的同时，教育家们的理性思考和全球化视角，留下的永远是国人的深思。

去他的吧。每次看到这些新闻吴伯都就会觉得可笑，不是笑他们，是笑自己，笑自己的懦弱、畏缩、胆小、无能，所有这种词汇都应该形容他。明明知道自己被阴云笼罩着，却还死心塌地地往里面钻，他想过反抗，可没有一个理智的思路。既然教育家们总能留给人们深思，以后自己也要做个教育家。可他的数学从来就没有超越过 15 分，完全靠蒙选择题来决定命运，这个梦想很快就被现实破灭。还是踏实考虑下眼前该怎么度过吧，趁着录取结果还没出来，先规划一下假期的安排，可能需要规划的不只是这个假期，是整个的人生。不管以后命运如何，苍天在上，厚土在下，还是造物弄人……什么乱七八糟的，总而言之，在规划人生之前，要先做一件事，就是去看看慧文。

慧文和他现状相反，吴伯都像一只从笼子中刚飞出的鸟，获得了自由。慧文却成了被囚禁的夏洛特，失去了自由，被父母“软禁”等着成绩。

吴伯都闲着没事，拿起电话给方旭打了过去。

就听方旭兴奋地说：“伯都啊！我正想打给你呢。”

“那怎么不打？就说得好听。我无聊死了，想找点儿事做，你有啥想法没？”

方旭没有半点儿犹豫，好像早就想过不只一遍：“咱们开画室吧，怎么样？”

这是个很好的建议，但由方旭提出来却让吴伯都觉得奇怪。

“我无所谓了，干什么都行，反正有时间。可我记得你以前说过绝对不会干这一行，只一心奔向艺术，怎么这么快就毁人生观了？”

方旭听吴伯都提他短处也表示无奈：“其实呢，我吧，后来一想，这些事儿也不冲突，两手抓，两手都要硬。这不是一心二用，而是一种干革命。哲学上将这叫相辅相成、缺一不可，经济基础才能决定上层建筑。有谁会和钱过不去啊，是吧？况且我这只是勤工俭学而已，也没错啊。”

吴伯都听他振振有词，也就不再和他兜圈子：“你能这么想我当然支持，那我们见面商量。”

“好，明天我去找你。”

在家里就是好办事，很快画室就成立了。他们租了一间马路边上的小平房，也就二十多平方米，每月只需交两百元的房租。自己画几张画贴在墙上，又分头去路边的垃圾堆和壕沟里捡了几个瓶瓶罐罐来当静物，弄完后还挺有画室的模样；又制作了一块大牌匾，写了四个大字：七色画室。这一通忙活很见成效，不少人上门求学，学生年龄不等，小的才会走路，大的得搀着他走。虽说挣钱不多，甚至比不上九年义务教育交出去的多，但是吴伯都和方旭都不同程度上找到了一些成就感，也不会觉得无聊。

一天中午，吴伯都正在给学生改画，电话突然响了，是慧文打来的。

“你在干吗呢？成绩应该出来了，我考得不好，还不知道能不能被录取，你考号我不知道，快查查吧！”没等吴伯都回答，电话已经挂掉了。

吴伯都颤抖着双手拨通了查分系统电话，心里默念三次观音菩萨保佑。老天终于厚待了他们，他和方旭都被录取了。吴伯都考上了津城的一所艺术学院，方旭如愿以偿地考到了北京，慧文因为志愿填写有误需要和校方进行沟通，能否录取还是未知数，吴伯都几乎每天都在给她祈祷。

几年的磨炼不愧是魔鬼训练，让所有人都失去了知觉，吴伯都没有因为自己能考上而沾沾自喜，反倒有点忧心忡忡，他惦记慧文，不管用什么办法他都想和慧文见一面。记得方旭和他说过，慧文家在火车站前开了个旅馆，他决定先去看看。

当他离开画室，伴随灿烂的晚霞和清爽的夏风走到火车站前的广场上时，顿时傻了眼，这里几十家旅馆！没办法，他只能坐在最适中的位置碰碰运气，能否和慧文偶遇就得看天意了。然而一等几天徒劳无获，时不时地还会有人给他扔个三毛、五毛。这个办法行不通了，再这么等下去定会有城管把自己拖走，到时挨了打都没处说理去。吴伯都刚要起身离开，又有人给他扔了张一元的钞票，他抬头一看，啊，竟是慧文。慧文也愣住了，缓了几秒后大声说："你在这儿干吗呢？体验生活吗？"她第一次和吴伯都大声叫喊。

"这不是来看你嘛！"吴伯都语气平和。

"看我？我又不是站前广场的塑像，你坐这儿能看到吗？"

"这不看见了，虽然我的身份很被动，被你当成了要饭的。"

"要你个头，看你坐那个地方，谁不把你当乞丐。"

吴伯都发现旁边地上竟然有用粉笔写过的痕迹，一看就是乞讨者的大作。他无奈地笑了笑，慧文也坐到他旁边。沉默了一会儿，她突然低声说："伯都，以后别来找我了。"

"怎么了？"

慧文看了眼远处快要下山的夕阳，又看着他说："这次考试我的志愿填报有误，还没确定能否被录取，我爸爸在和学校做我的工作呢，妈妈每天都责怪我，也不知道他们是听谁说了咱俩的事情，所以把我看得特严，还说我报错志愿和与你交往有关。你别往心里去，他们就那样。这个时候我们还是少见面吧！好了，你走吧，我也得回去了，我刚和妈妈去姑姑家了，去商量我上学的事情，我说累了，先回来，结果就碰到你这个‘乞丐’，我妈可能也快回来了，我真得走了。”

吴伯都追问：“谁是你姑姑？”

“你们班主任啊。”

“大侠？”

“是啊，怎么了？”

“没什么。”

慧文说完站起身，匆匆地往离吴伯都所在位置大概五十米处的一家旅店走去，旅店外表简单，装饰并不奢华。片刻后，一个丰满富态的女人从他身边走过，进了那家旅馆。

八月中旬，吴伯都和方旭结束了画室的工作，把它转交给了另一位叫樊齐的兄弟。离开时，吴伯都依依不舍地看着画室里每一位漂亮女学生，方旭也一副不忍舍弃的样子。樊齐看他们满怀伤心，还安慰道：“你俩放心，长风破浪会有时，直挂云帆济沧海，这里还有我呢。”

吴伯都点头说：“那我们就放心了！”

方旭也不断点头。

走出画室后，方旭问他：“他说那句话是什么意思？什么风、浪、云、海？”

“他的意思就是，再恶劣的天气和环境都没有问题。”

方旭摇摇头说：“还挺能拽。”

为了在大学报到之前再见一见慧文，吴伯都策划了一系列行动，而且落实到位。他以客人的身份住进了慧文家的旅店，想和慧文来个邂逅。他会用老办法和她说：哎哟！这么巧啊，你也住店？

吴伯都摸摸腰包，身上的钱也住不了几天。他后悔画室学费收得便宜。理智的分析后，他交了一天的房租，决定先摸摸情况再说。

吴伯都扶着红木栏杆扶手缓慢地走进二楼的房间，屋里采光很好，卫生也不错，设备比较简单，除了电视也没什么了。可哪有心情来这儿看电视？他关掉电视躺在床上，不到一分钟又打开，然后再关掉。就这样反复开、关。实在想不出更好的办法，他推开房门来到楼梯拐角处向一楼俯瞰。一位中年妇女在前台的位置接听电话，并不是为他办理入住登记的人。这人微胖，个子很高，精神似乎也很好，眼熟的是那个肥硕的背影，好像就是那天从他眼前过去的人，是慧文的妈妈？他猜想着。

吴伯都战战兢兢的目光继续向里面转移搜索，突然眼前一亮：下面走出一人，身姿窈窕婀娜，白色衬衫配上灰颜色的长裙，看起来清纯靓丽，是慧文！吴伯都没想到只是看了一眼慧文就能让他这样开心。慧文走到离服务台不远处的一台电脑前上网，背对着他。

吴伯都在慌乱之中掏出手机给慧文发了条短信："你是不是在玩电脑啊？"发完他都觉得自己无聊。

慧文拿起手机回复道："你怎么知道？"

此时吴伯都心想他已运筹帷幄、纵观全局，干脆把这场游戏继续玩下去好了，然后回复说："我还知道你今天穿了件白衬衫，还有灰裙子，很漂亮嘛！"

这次慧文看完信息坐不住了，拿起手机东张西望，确认没人后又坐下，继续质问吴伯都："你在哪儿呢？快说！"发完后目光盯着显示器，等着他的回复。

这一次吴伯都没有回信息，却回了房间。要不要和她说实话？他躺在床上幻想了好多种慧文见到他的反应，如果他一冲动，或者说某种力量把他带到她身后，两人一定都很尴尬。当他们四目相对时，表情在这样的三秒钟内定会是凝固的。以他对慧文的了解，从慧文的眼神中可能会传达出恐惧，而未必是惊喜，也不排除会有些无奈。而且慧文妈妈在一旁打电话，他们只能用目光进行短暂的交流。可他还是想与慧文见一面。吴伯都再次走下楼，路线和动作相同，结果却非他所想，慧文已经离开，空空的椅子上只有一束刺眼的阳光，吴伯都把目光转移到那台电脑上，显示器上有两个赫然撑满全屏的大字：再见！

那一瞬间吴伯都的意念彻底崩塌，无法拾起，他失魂落魄般地摸索着扶手回到房间。这个低级的游戏死得如此彻底，他无心再去收拾残局，想躺下睡一觉，可他知道自己睡不着，黑暗夺去他整个晚上。

转天一早吴伯都办了退房手续，身上的钱也所剩无几，更让他想不到的是，这竟是他最后一次在这个城市里见到慧文。之后的一切就像穿越到另一个时空隧道，前途未卜。

7. 走进大学

吴伯都拿到大学录取通知书的第一反应不是高兴，而是五味杂陈。他住的城市，九月已经不再炎热，而此时的津城却依旧闷热，他没有让父母陪伴，选择一个人来校。

进校第一天，情理上应该是最开心的日子。一辆载满五十人的大巴车把他送到所住的公寓。学校主校区面积很小，主要用于教学楼和办公室。面积不够建宿舍，学校只好把大部分学生都安置在外面租用的寝室。校领导们说为了赶上大的教育趋势和潮流，也为了满足众多考生的需要，从长远角度考虑，要多招生，只是学生多了，配套设施不够，大家就得先委屈一下，给学校一点儿扩建的时间。具体时间不好说，毕竟是百年大计，质量第一，当然不会让你们等一百年。

大家刚刚入校，多数人毛还没长全，哪敢有什么意见，再说你也许就是那多招上来的名额，也只有感恩的份儿。

一座灰白色的四层楼房映入眼帘，看起来无比晦气，这便是吴伯都的公寓。他从工作人员手中接过门牌号和钥匙：206 房间。刚走进楼门就有种奇怪的气息笼罩在周围，这是个光线很差的方厅，完全靠楼门外投射进来的一些自然光照明。为了采光更多，厅里迎面放了一块巨大的镜子做折射光源。镜子中照射出的人因为是逆光剪影效果，看起来阴森诡异，每个进门的人都会先被自己吓一跳。某种程度上这镜子起了防盗作用。前面还摆放了一套20世纪60年代的革制沙发供人们休息，另外配备一张暗红色老式茶几，这种搭配折射出的年代感总让人觉得有那么点儿压抑。

吴伯都走上台阶，通过一道昏暗的走廊来到206房间。屋门开着，他跨步进去，身体先打了个冷战——这屋里阴气森森的。屋里一个健硕的侧影呈现出来，带着几分孤傲寒冷的感觉，他甚至没有转头看吴伯都一眼，更别提说话。他自顾自翻阅着手里的一本漫画书，书几乎挡住了五官，吴伯都看见他头上有丝丝白发。吴伯都仔细打量他，可他对吴伯都仍旧视而不见，吴伯都暗自生气，心说不知他哪来的自信，牛成这样。吴伯都继续向前伸脖子，清楚地看到了他的五官，有些惊讶：消瘦的脸颊透着一股清气，细长的眼睛深邃而专注，鼻梁高挺，嘴角坚毅，似一尊静谧的铜像，闪现出谜一般的气质。

这人和自己差不多的身材，有一米八左右，但比自己稍微强壮些。

吴伯都想打破僵局，于是主动招呼他："你好，我叫吴伯都，我们是舍友了。"

回应他的是一声低沉的"嗯"。

吴伯都心里嘀咕：听说有一字千金的人，今天也算见识到了。不说就算了，这寝室也不是就他们两个人，肯定还会来人。吴伯都放下物品后，开始东张西望。房间大概有二十平方米，门对面是一扇铁制窗户，窗两边摆放着灰颜色的上下铺床。两个床的中间不足一米的过道，床头是白色写字桌，共有四套，桌子上边是固定在墙上的书架和柜子，柜子要是和墙体固定不牢或者说装过重的物体时很有可能掉下来，把趴在桌子上学习的同学砸到。除了这些，人在这里面唯一的活动空间就是自己的床上。

吴伯都问那个人：“哪个床没人用？”

他指着一进门右边床的上铺说：“除了这个。”

“你竟然会说话，刚才干吗那么深沉？”

那人没再回答，把吴伯都晾在一边，好在屋里没别人，吴伯都不至于颜面扫地。

“起码告诉我你的名字吧？”那人想了想，手指了下床头，吴伯都看到那上面贴着三个字：“方幽弥。”

吴伯都适可而止，没有再问其他问题，免得自讨没趣。他坐到一进门左手边床的下铺上。

累了躺在哪里都舒服，何况这是他要躺四年的地方。

“下午有啥打算？出去吗？”吴伯都随口道。

方幽弥摇了下头。就在此时，突然进来一位壮汉，着实吓了吴伯都一跳。这人肩宽背厚，大大的脑袋，脸形和圆规画的一样，头发遮住了眼睛，他有着金属般的皮肤质感，是个标准的爷们儿形象。不足之处是身高不到一米七，属于短小精悍型。

壮汉看到吴伯都和方幽弥，兴奋地说：“你们好！我叫贺鸿飞，叫我鸿飞就好，飞翔的飞。我是内蒙古人，蒙古名字叫阿齐雅，也有人叫我巴拉猛干，以后还请多多关照。”未等别人说话，他将自己的一切叙述完毕。

吴伯都心说，刚才那个半天不说一句话，这个又和蹦豆一样说个没完，什么奇葩都被他碰到了。

方幽弥没搭理贺鸿飞，还是低头翻书，吴伯都介绍过自己，顺便也介绍了一下方幽弥。

最后 206 只来了他们三个。贺鸿飞在方幽弥的下铺，或许因为身高的缘故他没选择上铺，吴伯都上面成了无主之铺。

贺鸿飞弄好行李开始招呼他们："出去吃饭吧，顺便熟悉下周边的环境，如何？"

"好主意，今天第一次见面，以后要一起共度四年，是该喝点儿。走吧！现在就去。"吴伯都说完立刻起身。方幽弥虽然没说话，可也放下了手里的书，准备与他们同往。

三人走进一家烧烤店，要了几瓶啤酒和肉串，吃喝起来。

贺鸿飞的酒量吴伯都实在无从可知，他已经喝得快人事不省了，贺鸿飞才刚刚进入状态。

方幽弥就像个雕塑一样在一边吃自己的，一副若有所思的神态，也不和他们喝酒，任由吴伯都和贺鸿飞在他面前比画，旁若无人一样，有种心在桃源，独自笑春风般的惬意。

贺鸿飞是个好打听的人，虽然来的时间短，知道的事儿却不少。听他说这个寝室楼以前是个医院，学校还请法师看过风水，没什么问题，于是通过校方的简单装修，就成了现在的样子。条件没有想象中的优越，可也能说得过去。这儿到学校主校区的教学楼，骑车要一刻钟。宿舍院子里还有一排黄色的平房，据说是以前医院的停尸房，现在已经改成了宿舍的食堂。反正这么多人住在一起也不用怕，凡事习惯就好了。宿舍楼前面二十米处是几米宽的黑色铁门，旁边还有一米左右宽的侧门，是大家日后的必经之处。看门的大爷是个黑瘦的小老头，留着山羊胡，大家给他起个绰号叫"黑芝麻糊"。如果回来得很晚，大门都已经锁上，只要喊芝麻开门，黑芝麻糊就出来了。

听完贺鸿飞讲的，再看一眼方幽弥这样的怪人，吴伯都就觉得这里是个是非之地，早晚有事情发生，他不敢再想，只能在心里祈祷大学生活一切顺利。

吴伯都和贺鸿飞骑上买来的二手自行车，一路风驰电掣，去上大学里的第一节课。方幽弥是个独行侠，总是鬼使神差般在他们眼前消失又出现。

开学一周左右，学校的各种迎新晚会和纳新活动也陆续开始，吴伯都对这些本没什么兴趣，只想把专业弄好，可那天下午贺鸿飞突然跑进画室喊他："伯都，你怎么还在这儿？走，跟我竞选去。"吴伯都先是一愣，然后问他："选什么，联合国秘书长？"

"哪来的秘书长让你选！再说了，哥对那没兴趣，是学生会的音乐社，我想去。"

"哦，你竞选，我去能干什么？我也不是管事的领导。"

"你管不管事有什么关系？我又不是走后门儿的那种人，哥靠的是实力。你别废话了，找你是想叫你也参加个社团，玩呗，别整天闷在画室，烦不烦？去了没准儿还能多认识几个姑娘。"这最后一句话戳到了吴伯都的软肋，但他也就这么一想，即使去也不会单纯为了这个低级的目的去。他义正词严地对贺鸿飞说："你这觉悟就不对了，既然要去参加，态度就应该真诚点儿，好了不说了，我和你去。"

贺鸿飞感叹："真不愧是咱宿舍老大，说话就是有水平，明明是个别有用心的流氓，却装出一副正人君子的模样。"

"你就别再说方幽弥了，人家又不在。"

"少装糊涂，就说你呢。"

“好好，咱们说正事，你觉得我适合去哪个社团？”

贺鸿飞挠了挠头，有些为难。

“我还不知道你哪方面是强项呢！不过你外表还不错，口条上翘、胸廓深广、腰背平直、四肢强壮。”

吴伯都及时打断他：“你这是形容人的词儿吗？”

“哈哈，我们内蒙古选马都会看这些条件，人也差不多。”吴伯都暗骂一句，这家伙还真是个奇葩。

贺鸿飞继续说：“我的意思是你泡妞手段应该还不赖，干脆去报话剧社吧！那里都是女演员，这可是好职业，你看电视里那些演员没？整天亲嘴儿就能挣钱。哪像我，花钱人家还不让我亲。这个世界上除了当禽类以外，也就禽兽……哦，也就演员这一行业可以做到这点，而且又是合法的，多好啊！我要有你这身高早就去了。”

“听你这么一说我倒想问，学校有禽兽社团吗？再说了，你没演过话剧，还没看过吗？哪像你说的那样，话剧还没要求那么生活，不懂就别胡说八道。”

“好了，你少抬杠，反正我看你挺适合表演的，就去话剧社吧！”

“行，就话剧社。”

他们寻找不同的教室面试，吴伯都到话剧社的时候，里面围满了人。有两个灵魂人物站在中间，男的有女人一样的长发，那张辽阔的脸上戴着一副厚厚的眼镜，肥而不腻的身材好像并不影响他动作上的灵敏，薄薄的嘴唇周围布满了参差不齐的胡须，一侧头发掖到耳朵后面，露出黄豆大小闪亮的耳钉，而眼镜后面的双眸似乎无时无刻地思考着。旁边那个女的穿着比较时尚，肩上挎着大大的黑色皮包，看着就像名牌。她身材匀称，面部白净，气质甚佳，带着一副快遮住半张脸的大片墨镜，气场十足。

那女的摘下墨镜笑着说："我姓秋，大家叫我秋天就行，是上一任话剧社的社长，我旁边这位叫万瑞，是新社长。以后我们会和大家一起努力将话剧社发扬光大。先说一下这次考试内容，每人在三分钟之内表演一段向人求救的场面，大家踊跃表演，先来的还有加分。"

话音刚落，一位不起眼的男生走出来，他眼睛小小的，戴着一副普通的眼镜，长相接近林俊杰，不能说帅，只能说逗，因为明显是枪版的。他上来直接跪在地上向社长求救，让人觉得很突然。吴伯都心想，为了来话剧社，这连自尊都不要了，男子汉哪能说跪就跪！男儿膝下有黄金，要跪也只能结婚拜天地的时候再跪。可他忘记了这是表演，这样大胆的举动不是一般人能做出来的，这定是个经验老到的家伙。

两分钟后，"枪版林俊杰"站起身说："我叫陈晓，油画专业的，谢谢各位。"

下一个自愿表演的是一个女生，她高高的个子，有着一副匀称的身材，白皙的皮肤反射出阳光般的青春，下颌骨两侧还有两个小小的酒窝，看起来怪好看的，难怪贺鸿飞说这里美女多。

"我叫张玉，来自环境艺术系，献丑了。"

要不是吴伯都亲眼所见，他很难相信这么个学生队伍里会有如此专业的人，张玉用她缜密的思维讲述了一个生动别致的故事，是关于地震中的一只狗为了营救主人，到处去求救别人帮忙的故事。这种故事并不算少见，可从张玉口中讲出来，却让吴伯都有种身临其境的错觉，心里眼泪横流。

这种讲故事的表演方式是完美的，吴伯都沉迷其中，很快就忘我了。以吴伯都对表演的了解，他还没有评价她的资格，只知道好，好得叫他觉得自己很失败，看来在这个群体里他也只配做一片苍老的绿叶，无法盛开。

张玉毫无悬念地赢来大家长久的掌声。

当一个个表演结束后，所有人的目光转移到吴伯都身上。情况很不妙，看了这么久，他头脑依旧空白，对没有一点儿表演经验的他来说，这无疑是一次比割动脉还大的挑战。为了避免尴尬难堪，吴伯都本想说自己是来看热闹的，却出乎意料地被那个斗鸡眼儿的陈晓一把推出，他还带头鼓掌。被逼无奈下，吴伯都看着两位社长说："我今天来参加话剧社的面试是有原因的。"吴伯都突然想起刚才贺鸿飞的话，这小子给他带来满脑子邪念，他暗骂他禽兽。自己若说出了这个原因，肯定就歇菜了。

吴伯都隐约想起上小学时在影剧院看过一场话剧，因为是学校的集体活动，他当时只是看个热闹。看完后老师让大家写观后感。他哪有什么观后感？就觉得一个个人站那里跟个木头桩一样，还配上诗朗诵，一点儿也不好看，还不如东北二人转过瘾呢，可又不能这么写，他记得在影剧院门口排队的时候，看见售票窗口附近贴了很多关于那场话剧的介绍，只要揭下来抄写一份不就可以当观后感了吗？吴伯都返回售票口，宣传单果然还在，他趁没人注意时选了一张文字较多的揭了下来，心想这回就可以交差了。转身刚要走，一只大手从后边拍了过来，他差点摔个跟头，本来就心虚，回头一看差点哭了：是个警察。这不得抓自己坐牢啊？片刻后他得知那是影剧院的保安，他问清楚吴伯都的情况，觉得这是求知心切，不但没有责备他，反倒又揭了几张给他，让他回去好好看这些知识。吴伯都挺直腰板给他敬了个少先队礼，然后转身离去。他对那些宣传单的内容只有些琐碎的印象，只能凭着记忆，再加些虚构，说一些违心的话。

吴伯都不敢直视两位社长，怕眼神露怯，他看着地面若有所思道："我的原因就是对话剧艺术的热爱。就话剧而言，它有几个重要的特点：第一就是舞台性，所有的话剧，从诞生至今，全是在一个具有个性魅力的舞台上展现的。演员所扮演的角色也都要通过舞台行动展示在观众面前，这对演员来说是一个非常高的要求，这不是简单表演一个人物，而是创造，今天能来参加话剧社竞选，想必各位都清楚这一点的；其次是话剧的直观性，不用我多说大家也清楚，演员可以面对面地和观众在一起，这种真实感是话剧魅力最重要的元素之一。话剧还有很多特点，比如说……啊，时间关系我就不具体说了。总之话剧是人类文明的一种重要的传播方式。"他就知道这么多，再往下说非露馅儿不可。

俗话说言多必失，他得赶快做个总结。吴伯都继续说："我拥有一颗热爱话剧的心，它甚至比我的生命还重要。如果不能让我参加话剧社，我死的心都有，为了挽留我的生命，请二位社长高抬贵手把我录取了吧！"

他用这句总结的话来扣题，之前差点跑偏。说完自己差点没喷出来，然后大家哈哈大笑，陈晓还添枝加叶："你演得太真实了，真棒！"张玉也在一旁合不拢嘴。

万瑞总结道："大家表演得都很精彩，请回去耐心等待，下周会贴出海报，被录用者的名字会写在上面，大家留意看通知吧。"吴伯都悻悻离去，话剧社的事就此抛在脑后。

人逢喜事精神爽，月到中秋分外明，说得没错。那天回到宿舍后已经中午一点多，贺鸿飞拿着镜子和棉签抹着脸上那些活跃的青春痘，看到吴伯都就激动地说："怎么才回来？我就等着给你讲呢。"吴伯都知道这小子又要跟他吹牛了，没出声，就听贺鸿飞继续说："我今天太牛了！拿起吉他那么一弹，他们当场就把我留下了，我连个选择的余地都没有，你说这事儿闹得，哈哈，还让我以后和他们搞乐队。"

"那恭喜了！你得请客。"

"小意思，酒是必须得喝。你呢？怎么样？"

"没戏。"

"哦！没事，等我进去后，慢慢地把你也引荐过去，别着急！我对你有信心，别一脸萎靡相。"

"无所谓，我也不在乎这个，就是有点累。方幽弥不在吗？好像很久不见他了。"

"这小子鬼使神差，开学这么久从没和我说过一句话，我始终觉得这宿舍就咱们两人。他把我们当成空气的同时，他也像空气一样，人在我们身边，你却感觉不到他的存在。"

"第一次听你说出这样有内涵的话。"

"不提他了，下午陪我去买个吉他吧？以后我就是乐队的吉他手了，总得有一把自己的琴才行。"

"我又不懂那个，不去了。"

贺鸿飞也没强求："那好吧！你等着。我回来弹给你听。"

吴伯都应和了一句。

贺鸿飞走后，吴伯都来到水房冲了个凉，然后躺在床上很快进入了梦境。这是大学以来，第一个面目清晰的梦。

梦里，一些亦真亦幻的话从慧文口中飘出："人生若只如初见，我们都不能太贪心。如果我们一直维持一个距离，彼此有各自的感情多好。没有当时的近也无所谓今日的远，是人的贪心和软弱，才造成当时无法看得更远吧！这不是后悔，只是惋惜没有选择用更好的方式面对你。

“在情感方面，女人永远弱于男人。她们若真爱了，未必因为你多好，可能仅仅是因为爱了。爱就是这世间唯一的说不清也没有道理可言的东西。

“那天我知道你住在我家了，因为我查过住户登记资料，之后在显示器上打下了再见，这是我想告诉你的一件事情，你可以相信，因为你是我唯一那么亲密的人。之所以说这个，是想让你明白并让你学着相信，不需设防，信任很美好。

“在感情中你似乎有点缺乏安全感，我能明白。只是这容易导致你多疑和不信任，甚至狭隘，还有你的情绪化，容易给人不稳定的感觉。两人的相处，沟通最重要，有什么一定要说出来，别憋着。很多时候我们都觉得对方理所当然该懂我们、理解我们，可是你不说出来，对方有时真可能不知道。过日子也就是两个人在柴米油盐的琐碎中找乐子，尽可能多地找吧！

“至于你的选择，无论我过去曾经说了多少有用的、没用的、抱怨的、数落的、生气的、言不由衷的话……请相信我现在在平和状态下说的这些，我尊重你的选择并理解。至于以后，我不知道不相往来或是其他怎样的方式对你更好，只用你最希望的方式就好，我都会尊重并理解。

“此时此刻是现在，此时此刻也是过去，每一刻都是崭新的，每一刻都可以有想要的开始，这就是时间最美的地方吧！心的方向就是幸福的方向，勇敢地去吧！再见了伯都……”

梦中，吴伯都出了一身冷汗，这个梦很奇怪，明明是慧文放弃了他，反倒好像是他甩了慧文一样，难怪都说梦是相反的。

吴伯都拼命地想喊慧文，却喊不出声音。他在一首好听的歌曲《南方》地呼唤下慢慢醒来，此时的贺鸿飞手中抱着一个白色电吉他，正在含情脉脉地唱着。

“你终于醒了，我吉他都买回来了，看看，不错吧！”

吴伯都半睁着眼睛：“嗯！挺好的！刚才是你弹的？再弹几段儿吧！”

贺鸿飞开始一首首地唱着，虽然吴伯都叫不上来那些曲子的名字，贺鸿飞弹得也并不流畅，可总是有些东西能吸引人。

“这些曲子还挺好听，就是太伤感了。”

贺鸿飞停住了拨弄琴弦的手，点上一根恒大深吸一口，情绪低落地说：“伯都，这些曲子都是我以前常弹的，现在都生疏了，想当年哥们儿在西北某个角落也是个厉害的主儿，弹得一手好琴，身边从来就没少过女人，要不是为了考个破大学，不至于混到现在这么堕落的样子。”

吴伯都坐起身，本想认真听他说下去，可贺鸿飞却起身下床，向门外走去。一分钟后，他手上拎着几瓶啤酒走进来，然后用他的利器门牙打开一瓶，放到吴伯都面前，又给自己开了瓶儿，狠狠地喝了一口，脱掉背心儿，光着膀子，再次抱起白色吉他开弹，听着琴声，吴伯都想起一首久违的歌，并唱起来：

我想做一个梦给你　填满你心中所有空隙

让流过泪后的苦涩转成甜蜜

我想摘两颗星给你　放在你眺望我的眼里

于是黑夜里　你可以整夜看我　如何地想你
我想留一张纸给你　告诉你我一生的际遇
让受过伤后的刺痛随风而去
我想沏一壶酒给你　藏在你思念我的心底
日后再相聚　你听我醉后言语　说的都是你
翻遍日记将千言万语　找一个字代替
却发现爱是最深的痕迹
想你就乱乱乱头绪　不想又伤伤伤自己
情深就不必问　是合不合逻辑
想你就乱乱乱头绪　不想又伤伤伤自己
刻一个爱给你　在今生今世里……

回忆再次被鸽子唱出的音符带回现实，没错，这就是那晚慧文哼唱的歌曲，吴伯都对它早已牢记在心并能熟练唱出。可是鸽子突然唱出这段熟悉的旋律确实让人惊讶！没想到鸽子和他还曾经在不同的两个时空因为此歌而相遇过！

方旭看着吴伯都说："这歌唱的真让人无法淡定。"

"是啊。"

"那还等什么？快去啊！"

吴伯都拎着啤酒径直走向鸽子，方旭后面嘱咐："要淡定！"

静嘉是个聪明的女人，看吴伯都过来便起身让出了自己的位置，转投到方旭的怀里。吴伯都坐到鸽子旁边，替她开了瓶啤酒放下，鸽子没有推辞，说了句："我正好渴了。"拿起瓶子象征性地和吴伯都碰了下，喝了一口后才解释："我其实不能喝酒。"

吴伯都体贴道:“那就少喝点儿!”鸽子看着他笑了一下。

在鸽子面前吴伯都总是不知道该说些什么,或者说找不到一个很好的切入点来引出两个人都感兴趣的话题,从而让他们交集在一起。吴伯都特意考虑过,清楚不能一见面就给人家讲黄段子,不能暴露出自己的真实面目,更不能讲枪杆子里才能出政权,一切反动派都是纸老虎这种话。得想一些女人感兴趣的话题。可脑袋想出的都是一些诸如哪些牌子的卫生巾护理效果更好,哪些内裤能提臀,哪些内衣能丰胸,哪些化妆品会让自己年轻,脚指甲上抹什么颜色的指甲油更性感之类的话题。想来想去他对鸽子说:“我还是给你唱首歌吧!”

鸽子说:“好!”然后从雪妃手里夺来麦克风递给他。麦霸们看终于来了个男人要唱歌,都降低了说话的声音,看着大屏幕。

吴伯都选了一首走到哪儿唱到哪儿的情歌,并且和鸽子说了一句有歧义的话:“这首歌,今天我是第一回唱。”雨荷、雪妃和众多女生把双手抱在胸前起哄:“哇哦!”

吴伯都继续看着鸽子说:“这首歌就送给你吧!”显然这话有些冒失,且欠考虑。

女生们发出共同的声音:“唉!”然后开始议论纷纷。

吴伯都情绪饱满地唱着那首《静静的》,大家很配合,从开始直到唱完始终静静的,甚至没有一点儿掌声,他一唱完便有人从他手里抢过话筒玩上了接歌的游戏。虽然大家都不是北京人,却自豪地选了首《北京欢迎你》作为接歌曲目,充分证明了国人爱北京、爱奥运的精神。

这是一首群星演唱的歌,大家选出几位不受老百姓喜欢的明星,只要他们出现在镜头上,轮到唱那句的人就要罚酒一杯。若不是因为罚酒,真不知道这歌词有这么长,每个人都喝了不少,鸽子也难逃此劫,喝得面红耳赤。大家都以为最后一句自己可以侥幸逃过，不料出来个群星大合唱，只好再干一杯。

得承认酒是能让人多说话的催化剂。只要你没喝得人事不省，就可以浮想联翩、感慨万千。吴伯都因几瓶啤酒下肚，竟然想起了可以和鸽子沟通的话题。

其实很简单，他俩都是艺术院校毕业，聊专业就是最好的选择。

为了在鸽子面前彰显自己专业能力过硬，吴伯都决定用专业术语和她进行一次对话，让理论和实践达成高度的统一。方旭和他说过，女人其实很好哄，只要你没做很出格的事情，她都不会真生气。既然如此，他要说些鸽子爱听的话，不是奉承而是取悦芳心。吴伯都酝酿了一会儿情绪说："鸽子，知道我看你的第一感受是什么吗？"

鸽子迷迷糊糊地问："什么？"

"你的额骨颞线很有型，使顶骨上的头发和颞骨上的头发形成了鲜明的转折关系，黑白灰很明确，增强了你的体积感和空间感。你的眼睛非常大，就像月神狄安娜。你美丽的外耳轮，赛过美惠三女神。你走路的姿势也很好看，像缪斯女神的舞蹈。你的口轮匝肌微微凸起，就像看管无罪泉的仙女。你的皮肤特别嫩，好像大海的女儿塞壬。还有你生气的样子很可怕，好像愤怒的美狄亚。如果你要穿上白色的婚纱，那绝对是刚刚打开盒子的潘多拉。"

一段词儿说下来，吴伯都自己都开始对自己另眼相看，绝对完美，无懈可击。就算铁石心肠也会被他融化。

吴伯都偷偷地看了一眼鸽子的反应，竟然睡得呼呼的，白白浪费了感情。他气不过，随口道："你的鼻孔很特殊，从下面看像猪。"

鸽子却突然睁开眼睛："你说什么？"

吴伯都忙说：“你的眼睛刚一睁，犹如维纳斯的诞生！”

“你呀！就别和我贫嘴了，你的事我都听静嘉说了，听说你以前的女朋友都是大美女呢！还有一个和我是校友对吧？”鸽子说完后靠在沙发上，目不转睛地看着前方的显示器。

8. 见慧文行动

鸽子这话叫吴伯都心头一颤，在鸽子面前自己早已经没有半点儿秘密，他还在这一门心思装内涵，实在肤浅。鸽子说的这个校友一点儿不假，世界就是这样，你觉得它太大的时候反而变得很小。这事儿还得从大学那会儿说起。社团竞选后没几天吴伯都就看到食堂旁的信息窗里贴着醒目的红色海报，贺鸿飞的名字在上面闪烁着耀眼的光芒，意想不到的是吴伯都的名字也在上面，而且被两个社团同时录用，话剧社和电影社。

要不是看到电影社的通知，吴伯都都忘了有这回事。那天话剧社的面试过后，吴伯都不抱希望地离开，却在瞬间突发奇想，去其他社团看看热闹，就走进了一个空间大、又凉快的地方，里面有十来个人，正要收工的架势，看到吴伯都进来，他们目光同时会聚过来。一位眼睛小的看不见瞳孔的男生笑着对吴伯都说："是来面试电影社的吧？"

吴伯都心想反正话剧社也没指望，就点头说是。

小眼儿男生询问他的专业和特长，吴伯都编造出自己的一切优点，总而言之什么都行。旁边一个眼睛比牛还大的女生拿着本子记录着他的“供词”。突然有人提出让他展示一段特长，否则很难服众。吴伯都思考几秒走到台前说：“给大家表演一段话剧，一个向人求救的场面，献丑了！”

然后他把在话剧社的表演又来了一遍，他心想自己的表现一定很傻，因为现场那几个女生看到他的状态，笑得差点没背过气去。

吴伯都得到同上次一样的结果，回去等通知。

让吴伯都意想不到的是两次都没抱希望，两个社团却都录取了他，惊喜来得太突然，吴伯都决定以后做事绝不能抱希望。

更让他意外的是，这两个社团日后为他提供了一个共同的平台，对他来说影响深远，甚至决定未来。可这所有的一切似乎就如同一个皮囊，始终替代不了吴伯都的中枢神经，常有那么一刻他在思考，人活着到底为了什么？但也只是那么一刻，一旦他意识到了便立刻打消这个消极的念头，让顺其自然来决定明天。

一个星期二的下午，吴伯都来到阶梯教室上文化课，由于是多个班一起上的大课，难免有很多陌生的面孔，吴伯都在后排选个座位坐下。老师才点完名，他就因睡意来袭卧倒在了桌子上。讲台上老师发出难听的声音，外面的树叶也在秋风的配合下沙沙作响，吴伯都很快睡着了。

不知睡了多久，他被一阵电话铃声吵醒，环顾四周，铃声并没有影响到其他学生的聊天，他接起电话，那头方旭问：“干吗呢？怎么才接？”

“哦，上课呢，没听见。”

“还挺认真，啥课？”

“还行吧，睡觉课。”

“我去！我就说你没那么认真的，明天我去找你聚聚，有件事想和你说，等见面吧。”

“还玩上了悬念，好，既然这样，等你大驾光临。”

“那明天见，你接着睡吧。”

“好！我接着上课。”

放下电话，吴伯都抬头看看老师，怎么也提不起听课的兴趣。这是他曾经选择又放弃过的专业，他不晓得以后还会不会重新选择这个专业，但有一点可以肯定，没有人会为你反复变化的人生负责，不管什么时候你只能顶着头皮往前看，不论对的还是错的。这是吴伯都常在上课时间想的问题。此时，老师喊了句：“下课。”

一个个睡眼惺忪的人摇晃着身体相继离开教室。

吴伯都回到班级的画室，这是20世纪80年代末期建设的厂房，如今改建成现代感十足的工作室。吴伯都每次都会凝望一圈后，再将目光转移到自己的画板上，画中一位穿着吊带儿上衣的女孩，露出美丽又纤细的手臂，旁边坐着可爱活泼的威尼熊，这人就是吴伯都在创作课上画的慧文，还起了个名字叫《我的新娘》。他开始有去寻找慧文的想法，可她在哪儿呢？从他离开慧文家旅馆至今她一直处于失联状态。慧文的电话除了提醒他是空号，也没有更新颖的回答。吴伯都很念旧，有几次，他来到和慧文一起走过的地方，可他们经历的场景实在不多，能对上号的竟然屈指可数。一起坐过的咖啡屋、走过的马路，他总希望在这些地方与慧文不期而遇，再续前缘。然而现实不过物是人非，未语泪先流。这幅课堂作业就像固定在画板上的一张永恒的屏保，成为吴伯都的固定符号。

转天，方旭来到吴伯都宿舍，吴伯都把他介绍给贺鸿飞，方幽弥也非常赏脸地看了看方旭。晚上他们在宿舍里喝了很多酒，贺鸿飞还是老习惯，点上一支恒大，又给了方旭一根，然后拿起吉他给大家助兴。吴伯都也顺手在被大家洗劫过后的铺满花生皮、鸡爪子或者说是脏而乱的桌子上拿起一根潮湿了一半的香烟叼在嘴上将其点燃。方旭迅速把烟抢下来，直狠狠地看着他：“你小子不会吧，这么快就喝多了，不会抽就别浪费了。”

“把烟给我。”

“不是烟不烟的事，本来我今天还想告诉你一件事，看你这样还是不说了。”方旭面红耳赤地说。

“对了，不说我还忘了，你不说找我有事吗，快说。什么时候学得这么磨叽了。”

方旭晃悠着手里的香烟。

“就你那个慧文呗，我看她现在和我一个学校，而且寝室楼就在我们对面。”

吴伯都不相信自己的耳朵。

“你说的是真的？”

“不信自己去看，对了，这个是给你要的。”方旭说完从兜里掏出个纸条递给吴伯都，上面写着慧文的电话号码。吴伯都如获至宝，忙存到手机里。

贺鸿飞立刻插话：“谁啊？这么大魅力，问他他也不说，却总跟丢了魂似的，被谁偷走的？”

他问完将头转向方旭期待着答案，唯独方幽弥还一如既往地保持思考状态，但能感觉到他对这事情也感兴趣。

方旭感叹道：“唉！都是为了女人。”方旭将吴伯都和慧文的故事简单地说了，几人听完后情绪都低了不少。

贺鸿飞举起酒杯："来，甭想那么多啦，天涯何处无芳草，干！"

吴伯都心事重重地和大家碰了杯，一语不发。

方旭见他情绪低落，忙劝："哥们儿给你要电话号码也没多想，鸿飞说得对，不就是女人嘛，慧文就算翻篇啦，哥们儿给你介绍更好的！"

突然，一直沉默的方幽弥抬起头，问吴伯都："你还喜欢她吗？"

吴伯都一怔，顿了顿，自嘲般地点了点头。

方幽弥一字一句地说："那你应该去找她。"

他的声调低沉却决绝，眼神平静而锐利。

吴伯都看着他，陷入沉思。

贺鸿飞见气氛凝重，忙打岔道："不提这些啦，不提女人，说点儿别的，对了！我今天见到了一个不错的妞儿，呵！我怎么又提女人。"

方旭道："说！没事。"

贺鸿飞带着一脸色相："那个妞儿比我高点儿，但感觉跟我很般配，而且长得特别像我以前的一个陌生朋友，我只想和她认识一下，你们别多想。"

"你这话的逻辑怎么这么乱？比你高还和你般配？既然陌生，还叫朋友？你这什么思维逻辑？！话又说回来，比你矮的也不好碰，那你喜欢什么样类型的？"

贺鸿飞不假思索地回答吴伯都："个子矮，屁股大的。"

方旭大笑："这样的还不好找吗？到处都是。"

"也不是你们想的那样，屁股也不能太大，而且是有点内涵的那种，我不喜欢太瘦的，手感不好。"

方旭问："那什么样的算是有内涵的？"

"哎呀！这个只能意会不能言传。伯都，你知道我形容的那种感觉吗？"

“根据你的形容，养头母猪吧！和你挺般配的。”

“哈哈，这事儿不应该问你，来，大家喝酒。”

方幽弥垂着头，放下杯，自言自语道：“每一段感情，都该有个干净利落的了结。坠入深渊，也比不明不白强。”

方幽弥的话，总在不经意间，似一把利剑，刺穿长久沉默的同时，予人巨大的警醒。

夜晚没有因为他们的相聚而停止，反倒过得更快。窗外的路灯照亮了半个夜空，秋风也一次次席卷着落叶敲打在玻璃上。大家聊天的声音在沉闷和莫名其妙地高昂的气氛里不断转变，吴伯都也在对慧文的回忆里渐渐地睡着了，只知道他们还在说话，说了什么却不得而知。

转天早晨吴伯都无力地睁开眼，窗外天空永远都很难分辨出颜色，仍然是灰灰的一片。室内更是无法形容，俗话说：“英雄脚臭，好汉屁多。”屋里的空气再次证明大伙儿都是英雄好汉。空气混杂着昨天晚上消化的食品残骸和呼吸的味道，多了许多生活气息。方旭在吴伯都上铺，不知做了什么美梦，面带淫笑。贺鸿飞也四仰八叉的像只翻了盖儿的乌龟。而方幽弥的床空空如也，就像从来没人住过一样。吴伯都拿上手纸和手机向减轻身体负担的厕所走去。

等他再进屋的时候方旭已经起床了，带着痴呆一样的表情看着他说：“你得陪我去买辆二手自行车，我住在廊坊大学城，还不是北京，得住一年，到大二才能搬回去，有个车方便点儿。”

“你打算骑车回去？坐火车也要一个多小时。”

“反正我不着急，慢慢儿骑。”

“好！我和你一起回去，到你学校玩玩儿，也骑车和你做个伴儿，要不你自己不安全！”

方旭沉思下，然后一脸坏笑：“你小子另有目的吧？我劝你还是别去，要是受了打击怎么办？再说你回来可是一个人，要不让鸿飞陪你去，也安全点儿。”

“不用，我自己可以，早就想去看她了，有句话怎么说来着？叫……与其挫伤我的心，还不如劳累我的腿。再说这么久也该见见了，不管怎样男人也该主动点儿。”

“你说得也对，可当时我和许杨……唉！怎么还提上她了。你要还坚持去，就走吧！”

“嗯。”

他们用了一个上午的时间找到一辆几十块钱的二手山地车，还是个名牌，有七成新，多半是卖车人刚偷来想马上出手，谁买都算助纣为虐，可他们还是买了，方旭喜出望外，智齿都快笑了出来。

从津城的中心地带骑到大学城，距离虽不算远，但也有七八十公里的路程。按吴伯都现在的体能，若没有个天崩地裂的目标很难完成这一壮举。

看路标和问路成了途中主要活动，路上的汽车和行人不断减少，建筑物也由高大稠密变得矮小稀疏。因为骑得过快，微风慢慢变得强劲有力，在耳边疯狂地为他们呐喊助威。已经不记得穿过多少个桥洞，走过多少路口，吴伯都感觉双腿失去了知觉，屁股疼得好像股骨头坏死一样，手表的时针从出发时的十二点整走到了现在的三点一刻。路上只简单地调整过一次，他站在高速路边，对着前面辽阔平坦的大地激昂地解开裤腰带，痛快地尿了一泼，这种释放体内多余液体的过程无比快乐。

方旭还问：“我们用不用在树上写上到此一游，留个记号？”

“有病吧，又不是孙悟空，更不是狗，记号就算了，我回来也不闻味儿寻路。”

“你想象力真丰富。”然后两个人继续前行。

四个小时后，到了一个由众多学校会聚在一起的大学城。面积大得覆盖了半个城市，看不到边际，里面设备齐全，应有尽有，甚至还有高尔夫球场，令人心生羡慕。

两人来到方旭寝室的楼门口停住，方旭扬起头说：“你看，对面就是你女神住的公寓楼，我在这儿碰到过她，就帮你要了电话，她好像有意避开我，不知道是不是和你有关。”

吴伯都边听边打量对面的公寓，建筑风格俗不可耐，方方正正，有六层高，没有丝毫能体现出技术含量的地方，略带浅蓝色的墙面在傍晚光线的映射下就像晾晒着的一块儿巨大的尿不湿，和周围的环境很协调。对建筑上的欣赏到此为止，吴伯都迫不及待地想见到慧文，忙掏出手机要拨通慧文电话，方旭却劝他：“你呀！还是明天再见人家吧。这么晚了，又骑了这么久的车，也不嫌累。”

吴伯都摸了下自己的头发，又去旁边的窗户上照了照，确实不便见人。路上的沙尘和汗水掺和在一起，在脸上呈现出一幅来时的路线图，还是先去洗漱，让这个晚上再留些期待。

9. 重逢

虽然昨天很累，但吴伯都还是早早就起床了。环顾四周，方旭和他的室友们还在享受着周末的铁床。其中就有那个游戏达人李风雷，这会儿吴伯都与他是首次见面，还没有深交，只知道这家伙昨晚玩了一夜网游。方旭的睡姿还是和昨天一样不堪入目。吴伯都下了床，迅速地洗过脸，掏出兜里的口香糖，嚼上一条。刚要拨打慧文的电话，理智制止了他的冲动，手机上显示时间五点，这又是个周末，除了他，多数人都在温暖的被窝里。想到这些，吴伯都回到床上，本想再睡一会儿，可怎么也睡不着，天花板和蚊帐成了吴伯都几个小时内的观察对象。

九点过后，大家似乎睡得更踏实了。吴伯都下床走出楼门，毫不犹豫地拨通慧文的电话，电话响了好久，回应他的是一句您拨打的电话暂时无人接听。可能慧文没有起床或者这个时间正在洗漱也说不定。五分钟后吴伯都又拨了过去，她接了："是你啊！怎么了？我还没起来呢。"声音带着刚睡醒的嘶哑。

"我来看你了，你好吗？"

电话那边沉默了一会儿："就知道方旭帮你要的电话号码。怎么？还在我家旅馆住呢吗？"

慧文好像突然变了个人，说话也开始拐弯抹角，话中有话。她话中暗带讽刺，叫吴伯都无言以对，他想起那个白日梦，好像此刻都转变成现实。

"我来看你了，就在你门前，下来吧！"

慧文情绪淡定，也可能是还没有睡醒的缘故："看我？又去我家看我吗？"

"你别这样，我能联系上你不容易，在你楼下呢。"

几秒钟后她说："你等会儿。"

大概十分钟后慧文走下楼，白色卫衣，长长的马尾辫，简约清新，和以前一样，是熟悉的感觉。唯独不同的是面部多了些淡淡的粉底，有了些妆饰的味道。她看到吴伯都便问："你是来找方旭的吧？"

"唉，别生气了，我是去过你家，不也是为了看你嘛。"

"不说那个了，以后别来了，把我忘了吧。"

这话说得够直接，吴伯都没吱声，只觉得心揪在一起很不舒服，那种感觉非常特别，他一直试着描绘，但都不能形容确切，直到有一天贺鸿飞帮他定义了那种感觉。贺鸿飞说这是心脏病突发现状，很容易猝死，还叫吴伯都以后控制好自己的情绪。对贺鸿飞的话他只能当成身体里排出的一股气体，捏捏鼻子就过去了。吴伯都只是有些难过，人说做梦都想不到的结果，竟然和他梦里几乎严丝合缝。

他跟着慧文在这个陌生的大学城里漫无目的地走着，完全没有他想象中的美好，好像他们之前就从来没有认识过，吴伯都也才知道"被动"这一词的含义，很奇怪，也不知道该跟慧文说什么。吴伯都突然想起方旭的过去，他和许杨的经历也是这样没有过渡般地结束。他们兄弟二人在求学路上已经如此相似，在情感上还有必要这么一致吗？方旭曾告诉吴伯都要以他为鉴，吴伯都没有理会。任何人对自己的结局都很难把握，哪怕是个先知。这就是造化弄人。他感到慧文似乎要避开和他的接触，奇怪的是这种莫名其妙的冷淡好像并非就是针对他一个人。

他们走进大学城中的一片树林，里面有很多小路，路边每隔十米左右会有一个木制的靠椅，还坐着一些杂七杂八的人。吴伯都本想找些话题和慧文聊聊，却发现慧文已经把他带到了校门口，就和送客一样，在慧文心里这段路程始终是有目的的。

慧文停下来看着吴伯都说："伯都，我知道你对我好，可你自己也保证不了这就是永远。你不知道我想要什么，即使我告诉了你，你也无法理解，我们刚刚认识的时候我就已经认识到这一点，可我在和自己的内心抗衡，我相信只要彼此努力相互依恋，这世界没有办不到的事。可我做错选择题了，我错在不该在一个不合时宜的时候和你在一起，这对我们两个人来说都是件残酷的事，做淡淡的普通朋友挺好的。之前大部分时间我们都是在玩闹，没好好跟你说说话，我常常在跟矛盾斗争，很累。你要相信我，我对你的感情没有变过，可在和你在一起之前我已经选择好了自己的路，却不是和你同行，你别误会，因为我选择的路不是你能够接受的。所以我只想找一个恰当的时机，在我们都面对新的开始的时候提出来，这样或许能缓解一些东西，我希望是这样的。"

吴伯都看着慧文，却还是说不出半句话。这是怎么了？他甚至连问的冲动都没有。他从来没有感受到新的开始，只有毁灭性的结束，慧文看他不说话，安慰道："你回去吧！请给我一点儿时间。"说完转身跑进公寓楼，吴伯都看着她的背影，直到慧文消失后他还愣了一会儿，吴伯都心想没说话就准备回去了？否则呢？要不去骂街发泄一下？算了吧，也就是想想，他没和方旭打招呼就取了自行车狼狈地返回。

回来的路上，他独赏风景，险些迷路，太阳公公也薄情，很快弃他而去，自身后慢慢落下。整个归途，他只有一个问题萦绕脑际。

“怎么办呢？”

心里默念的回答是：还要再来。

10. 一个故事

吴伯都灰溜溜地回到寝室，坐在属于自己的那一平方米的位置上，无比空虚，觉得时过境迁，万物变化。慧文说得没错，一切都是新的开始，他开始规划今晚、明天和后天该如何度过。

他认真地想了一下，除了上课还有两件事情可做，去电影社和话剧社。既然参加了电影社和话剧社，就应该做些相关的事，于是看电影成了他每天的必修课，时间久了，吴伯都发现电影里有种特殊的魔力，总能触动他的某根神经。不论是忠贞不渝的爱情，还是让人难以想象的空间和梦幻，世界上还有那么好的东西。他对电影的理解也渐渐地由感性到理性，从欣赏到实践。

进话剧社不久，吴伯都参与演出了话剧《雷雨》，遗憾的是没有半句台词，只在舞台上一闪而过，演个土匪甲，还好没有土匪乙，否则也是他。

这次演出完后，高年级的同学因为面临毕业陆续退出了话剧社。这个舞台也真正地属于他们了，吴伯都告别了土匪甲的时代，开始演主要角色，和他一起登台的还有张玉和陈晓。

生活里增添了话剧的色彩，也算调节了大学里的乏味。这样的日子过得很快。

天气开始变冷，风刮得也更厉害。校园里的青石砖路面被鞋底磨得锃亮，两边的草坪也已经枯萎变黄，一棵棵梧桐在失去了绿叶的衬托后显得孤独无助。午后吴伯都走进画室，有几个人正在忙于复习，迎战期末考试。吴伯都坐到椅子上，看到画板上那张一直没有取下的画已经有些褪色。画上的人是慧文，从上次分开到现在近三个月了，吴伯都感叹一段感情的终结是这么容易。可就连自己也没有意识到，在这个时刻，他竟为下一次去看望慧文做好了充分的思想准备。

突然，身边不知什么时候坐了一个人，吓了吴伯都一跳。

“你这是打哪儿变出来的？连个声儿都没有。”

张玉笑呵呵地说：“学校的画室都是对外开放的，我想参观下你们的，就来了哦。”

吴伯都上下打量她，这一直是他钦佩的女生，从那天话剧社的竞选过后他就想拜她为师，后来觉得也没那必要。张玉不但是个美女，学习成绩也出类拔萃，据说入学成绩在这所学校里是前几名。她拍话剧的时候活泼开朗，平时少言寡语。

“有什么好参观的？学校所有的画室还不都一样。”

张玉没理会吴伯都的话，反倒看着他眼前的画板说：“哎哟！这是谁的新娘啊？”

吴伯都有些磨不开脸面地解释着：“就一个作业，老师就那么出的题。”

“哦！原来是你的啊？画得不错。”

“别寒碜我了。”说完他把画板翻了个面，这边是张自画像，也是刚完成的课堂作业，因为抽象绘画的课程，不了解的人也看不出画的是谁。张玉没有再评价，而是岔开了话题："其实我也是路过，看到你进来，就跟过来瞧瞧。对了，你复习得怎么样了？"

吴伯都对考试这个话题先天过敏，他从小到大就怕考试，觉得考试比去医院打针更叫人心烦，随口回答："都不知道快考试了，还没看呢。"

"那怎么行呢，不及格是要补考的，挂科超过四科连学位证都拿不到，我回去给你弄一份资料吧，你好好看看，反正我都复习过了，闲着也没事。"这话听着实在别扭，可不管怎么说，自己正需要一份考试资料，也只好连声道谢。

张玉继续说："对了，你现在的话剧表演水平已经很好了。不过我还是希望看到你能演得再欢快一点儿。哦！更确切地说，是你应该更欢快一些，这样才能让观众感到温暖或者希望，明白吗？"吴伯都心说这是哪儿和哪儿啊，怎么突然扯到这儿了？可又一想，张玉的确比他演得好多了，完全不是一个等级，就好像科班和业余，吴伯都这二把刀选手根本没有反驳她的资本。可他又听不太懂张玉话中真正的含义。只好实话实说："能别说得这么抽象吗？具体点儿。"

"怎么说呢？已经够具体了，我觉得你是有心事，而且一直以来，你都想去解脱。可能是因为陷入太深的缘故，就像你现在这种……"

她没有再说下去，眼睛盯着吴伯都的画板，看得吴伯都心里有些发毛。

张玉如释重负般地抬起头说："给你讲个故事吧。"吴伯都早就领教过她讲故事的本事，可今天语气如此正式，必定不是普通的故事，先听完再说。

“好！洗耳恭听！”

张玉目光直视着吴伯都的画板，开始讲了起来。

故事的名字叫《晚安》。男孩进入学校的半个月后，在校园里偶遇到女孩。在他心里，女孩无瑕的气质以及那翩若惊鸿的体态，使她就像一位脱离凡尘的仙女来到人世间，即将谱写一段传奇。

男孩每天都会来到学校，只为和女孩相遇，男孩得到女孩的电话，短信介绍了自己的身份。可女孩却给他一个难以接受的答案：认错人了吧？男孩再发信息便没有了回应。不知从什么时候开始，男孩给自己立了一个信念：不管何时何地，都要给她道一声晚安，也不论是开心还是难过，都会用短信的方式说给她听，无论千里之外，还是咫尺身边，距离不能成为障碍，即使得不到回复。男孩把自己的手机定上闹钟，二十一点。他希望闹钟每天提醒自己，可相反他每天提醒着闹钟，盼望着它快点响，已成魔怔。

讲到这里，张玉好一会儿没有说话，吴伯都还在等着下文，确认她不再讲了，才小声问：“后来呢？那些短信女孩看到了吗？他们在一起了吗？女孩为什么不答应？哪个女孩？我知道吗？还是你虚构的啊？这是你编的剧本吗？”

“我只能讲给你这些，后面的以后再告诉你吧，我要走了，开个会去，已经迟到了。”吴伯都心有不甘，可也不好强行阻拦，只好目送张玉离开。

转天后，吴伯都在画板的位置看到一份写着他名字的复习资料。有了这些资料，考试应该就高枕无忧了，他胸有成竹地回到宿舍，贺鸿飞正在用剪刀裁剪一些精致的小纸条，都是打印的书面字体，内容就是考试的范围。这些试题是老师在考试前给大家画下的，基本上三道题考两道，只要拿出两天的时间把这些题看上几遍，及格没有太大问题。即便如此，大家还是不想浪费脑筋背诵，认为有背题的精力还不如用在研究怎么抄题更加能锻炼和开发智商，更能体现出未来“艺术家”的个性。对此吴伯都深有感悟，因为经常跨入转年补考的行列中，没办法，考场上他也尽力作弊。吴伯都发挥出积极、踊跃的精神，不怕危险，一次次敏捷地逃过监考教师的眼神，手中、裤兜、衣兜，以及袜子里的小纸条一一躲过。看完后他再将这些微型的纸条攥在手中，顺着自己的胸锁乳突肌扔到肚皮上。考完出门找到垃圾桶，刚要拉开衣服将肚皮上的知识全部释放掉，却发现垃圾桶已然成了知识的海洋，纸条堆积如山。

每到考试前，学校周围的打印店生意都异常红火，甚至屡有新的打印店开张，考试结束后，又陆续停业关门。

11. 再遇慧文

寒假马上就到，有件事回家之前不了结，心不能安。吴伯都想起慧文说过，再给她一点儿时间。慧文不会和他说客套话，更没这必要。这次要速战速决，要的就是句痛快话，上次好像也挺快的，也由不得他。

慧文虽是吴伯都前任，可两人从没公开过关系，即使全世界的人都知道，他们仍旧低调，从不张扬。那种状态就像蜻蜓点水，哪儿那么容易稳定。初恋的结果大多苦涩，这也算条真理，可有几个人又会按照真理去活？

吴伯都用充满温度的躯体去挑战了冷酷无情的寒冬。按鸽子的话说：“你真傻！”

那天的风确实很凛冽，不断阻拦吴伯都，让他调转车头麻利回去。风里还夹杂着郑智化的“苦涩的沙”，让他永生难忘。

又是一个四小时后，熟悉的路径，敞开的大门，宽阔的大院，吴伯都又看见那栋大煞风景的六层公寓。迎面而来的是好久不见的方旭，他对吴伯都的再次来访表示无语，摇着头对他说：“从津城到廊坊坐客车九十分钟，只需二十块的车费，你怎么又骑车来了？上瘾啊？你一个人要是路上爆胎了，不是给自己找事儿嘛。”

“闭上你的乌鸦嘴，当我想来呢？还不是腿脚不听使唤，自己就骑来了。再说不坐车的原因很简单，我希望晚一点儿接受被拒绝的审判。”

方旭看他强词夺理，便说：“要这么说，还不如走着来呢，不是能更晚一点儿被审判？”

“去！你还没进京，嘴就变得这么贫，将来得成啥样？”

“我啥样无所谓，不是替你不值吗？你来我高兴，就怕你带着失望回去。”

“放心，这么久了，都过去了，今非昔比，爷就是输了也会很嚣张地离开，今天我只是来画个句号而已。”

“你呀！就是不见棺材不掉泪。”

和上次一样先住了一晚，第二天早上，吴伯都来到慧文的楼下。一样的动作好像不久前刚发生过，电话通了，这回没有久等，是慧文的声音：“是不是又来了？”

“是，本想来看看你，可到地方了才觉得不该来，反正你也不会下来，我在这儿坐会儿就回去了，忙你的吧！”

慧文有些生气地说：“那干吗给我打电话？自己坐会儿回去不就得了，人都来了还说这种话，真是讨厌。你等我一会儿吧！”

说完她挂掉电话，也不知好话坏话。吴伯都总是在这种情况下失去判断力，好在她给了他充足的时间在楼下思考，可这时间给得也太充足了。吴伯都甚至怀疑自己刚刚听错了话，难道一切都是幻觉？还是被她忘了？自己刚才没有给她打电话？慧文让他回去，而他听成在这里等她？从晦气的楼门似乎看不到什么希望。

为了来见慧文，吴伯都像个花季少年一样特意为自己准备了一套新衣服——一套男人味儿十足的军绿色套装。失策的是衣服有些单薄，一月初的天气又不太友好。这身衣服竟然陪他在这个异乡的楼下伴着恶劣的寒风站了一个上午，让吴伯都从里到外感受着恒温动物的特点。吴伯都曾在一本小说里看到过一种痛苦，一种在冬天里还会体验到的像火一样的烫人和绞心，当时不理解什么感觉，现在体会到了，真难受。

几个小时过去了，他的鼻涕结成冰柱，眉毛也长上冰霜，思维和肢体很难再达成配合，曾经灵活的肢体如今却跟不上缓慢的思维，仿佛一下变成了步履蹒跚的老人。来回过往的人，都用一种“佩服”的眼神看着他，以为他在玩行为艺术挑战极限，把自己冻成个傻子。也有的人带着些同情的目光似乎在说：这人真有毅力，这么耐寒，厉害又缺心眼儿。

更有人问：“这是学校新弄的雕塑吧？真难看，怎么放这儿了？”

“别胡说，你们家雕塑嘴里还哈气？”

有的人来回几趟都能看到他，很无奈地摇摇头离开。偏偏老天也不作美，让吴伯都的血液慢慢地凝固。这期间，吴伯都的听觉还有一丝的反应，还在为他艰难地工作。他听到楼上传来了“天籁”的声音，若没听错是六楼上发出的，而且确定是喊给他听的，他僵硬的脖子使劲向左上方抬起望去，六楼寝室的女生打开窗户向他高喊：“喂，帅哥，再等会儿！”

吴伯都尴尬得无话可说，身体器官或者说声带系统能支撑他发出的声音也不足以传到六楼。他更不知道四肢该如何摆放，甚至不知道自己在这个世界上还存在与否，也许他已经到了天上，上面那些就是美丽的天使，她们在考验吴伯都的心智和体魄。吴伯都目接、目送路上行走的每一个人，都希望是慧文。

当太阳快和地面呈现出垂直的角度时，慧文终于出来了，好像在关键的时候挽救了他。刚才所经历的一切现在都化为双眸的视线，凝聚在慧文身上。慧文跑到吴伯都面前，把他紧紧地抱住，声音急促：“对不起！”

慧文的身高和吴伯都相当，吴伯都在慧文的怀中竟然也没有明显的不适应。他的身体开始渐渐地融化，他抱住慧文，心中欢喜，这种熟悉的感觉，已经是一年前的事了。若时间能永远停留在这一刻，就是上天给他的最大恩赐。突然天空中飘下几片零星的花瓣，落到他们身上，把这一瞬间渲染得淋漓尽致。吴伯都抬头望向天空，刚才喊他的那几个天使大姐还在往下扔花瓣，瞬间吴伯都还许了愿：他要得很简单，和慧文一切如初。

慧文趴在他的肩膀上说：“还没冻死啊！”

“你是下来给我收尸的吧？让你失望了。”

慧文竟然扑哧一声笑了出来，然后说：“我们去吃个饭吧！喝点儿热汤给你缓缓。”

吴伯都几个小时的等待，换来了慧文的拥抱、微笑，当然还有陪他吃一顿饭的回报，他觉着挺好的。后来，贺鸿飞给他总结了一个字，说他这叫贱。

吴伯都还反驳：“贱怎么了？我愿意。”

贺鸿飞没有半点儿犹豫地说：“其实我也是。”

可吴伯都这次的贱，应该说贱到头了。在大学城里的食堂，他和慧文吃了一顿“丰盛”的晚餐。慧文点的麻辣烫，他吃的盖浇饭，配上一碗驱寒的萝卜汤。以前他们会同坐一侧，今天却对面而坐。慧文低着头看着面前的麻辣烫，似乎没什么胃口。以前两人也常吃这些，还会不分你我地往对方嘴里塞，那种和谐的镜头虐狗无数。今天的场面有些变质，每一个动作和每一次的呼吸似乎都不流畅，慧文抬起头看着他：“怎么不吃呢？”

“你不也没吃嘛！”

“我不饿，吃不下，你多吃点儿，一会儿回去路上还要那么久呢！又骑车来的吧？”

吴伯都点头。

“那就更得吃了，要不连骑车的体力都没了，你呀，唉！该怎么说你。”

“看你这情绪我怎能吃下去？”

“好，我们都吃，我陪你吃。”慧文说完开始动筷子。吴伯都早就想吃了，刚才在外面又冷又饿。很快他就吃光了眼前的盖浇饭，又喝完了热汤，身体彻底舒缓过来。慧文看他气色见好，才开始说正题。

“伯都，我不知道怎样和你说，可还是要说。想必你也等着我开口呢，我可以很清楚地告诉你，我只是想要一种新的生活。我也说过，这种生活你无法接受，也不能给我。”对慧文的任何决策，吴伯都早做好了心理准备，他只是想再给彼此一个机会。慧文继续说：“你应该知道，我有个愿望，就是站在T台上做一个模特，所以才会选择这所大学。这一步成功了，下一步怎么走我要好好地规划一下。所以，伯都，对不起。”

心里的话像池水一样积累到一定程度的时候原来不会迸发，而是戛然而止。吴伯都心里默认慧文说得都是对的，在他能力范围内，就算做得再多也是无济于事。这已经不是他是否能接受慧文所选择的新生活的问题，而是一个不存在轮回的开始。

这次午餐是残酷的，它记录了吴伯都和慧文的谢幕。吴伯都也知道那个拥抱对他来说意味着什么。还有那句“对不起”的真正含义，绝不单单是对他在寒风中傻等的补偿。

他们在食堂里坐了很久，彼此低头，幻化成两个安详的在火堆旁取暖的雪人。

冬天的太阳总是很快就落下，校园里的雪迹早已经暗淡无光，在回去的路上隐约为吴伯都照亮一段前路。或许这回真的不该来，可这些已经不重要，没有结果往往是最好的结果，他为什么非要寻求些什么呢？路上，吴伯都想起张玉给他讲的故事，突然羡慕上那个发短信的男孩，虽然不知道他们会不会有结果，可能也很渺茫，可那个男孩始终觉得自己很幸福，他勇敢地表达着自己对女孩不求回报的爱，这种境界自己永远达不到。

12. 直言不讳

出了慧文的学校，吴伯都本以为从那时起自己就和那里缘尽，不想鸽子也是那儿毕业，并且熟知他和慧文的事情。抛开回忆，吴伯都把注意力重新转移到鸽子身上。鸽子主动拿起酒瓶和他对碰。而吴伯都却突然起了怜爱之心。

“别喝了，你眼睛都红了。”

鸽子噘起嘴说：“要你管？就喝，就喝。讨厌！”说完又举起瓶子往嘴边送。这情绪明显有问题，他曾经在某公交车上看见过一条标语：说讨厌你的时候，就是喜欢你。这么说鸽子喜欢自己？既然这样，和她坦白说好了。本来昨晚就想挑明一切，刚要说就被那个东北胖妞给打断，现在趁着喝了点儿酒说正合适，而且周围歌声嘈杂，也没人听得清他说什么。

吴伯都看了眼手中的酒瓶子，酒能壮胆，果然如此。

“鸽子，我昨天本想和你说，但没找到机会。来之前，方旭和静嘉想给咱俩牵条红线，你怎么想？”他结结巴巴地把话说完。

鸽子明显有些惊讶，好像吴伯都突然给她灌了醒酒药。她看着吴伯都，没有马上回答。眼神中透出的光芒叫他不敢直视，仿佛要直接结果了他的性命。这下坏了，可怎么收场？吴伯都愣着不动，身体僵硬。

鸽子缓了半天神儿说：“你这个人没毛病吧？也太直接了。让我怎么说呢？毕竟我们都不了解对方。再说了，就算你了解我，我还不了解你呢。头回见面就说这个？你这人太恐怖，也太奇怪了。我回头得先问下静嘉，你智商有没有问题。”

她虽是一堆责备的话，吴伯都却是轻松不少。于是，他继续得寸进尺：“我就是想直接一点儿，一会儿咱们就各奔东西，下次见面又不知道什么时候。”说完感觉自己好饥渴。

鸽子哼了一下说：“也是，这也没错。都这把年纪了还有什么可装的。坦白说，我对你没坏印象，也不排斥你，你也别高兴，也别不高兴。有时候要看感觉的，尤其这种事，我现在就是对你没有感觉，也可能是不了解吧。”

“那你说什么样算有感觉？”

“感觉就是……哎呀！知道了还是感觉吗？这么和你说吧，如果你面试一个新员工，不能只看他的专业能力。专业不行可以后期培养，可这人要是不行就没办法了，你不会想和这样的人做同事。爱情也一样，我想你应该明白我的意思，这不是针对你。”

鸽子成熟老到的回答带给吴伯都的是身体上的某种沉重感。他也知道感觉很重要，你对着一个没感觉的人过一辈子，还不如跟一个有感觉的人过一天，这一直是吴伯都的观点。可今天他成了什么？还有什么比自作多情更悲哀？人家都没在乎你，可你自己却先醉了。你的多情在人家看来就是有病，需要治疗，别出来丢人。在鸽子面前，吴伯都或许永远都是被动的人，一切都被她压制着。这种感觉不同于传统意义上的妻管严，妻管严是幸福的，说出去不难听，那是夫妻之间一种爱的体现，是天性的互补，感情的融合，而他呢？在鸽子眼中只是来应聘男友的路人甲。时间不允许他考虑太多，他只能马上做出一个反应来让他们的沟通能继续下去。

吴伯都略带狡辩地对鸽子说："感觉是很重要，可我们还是要尊重现实。"

鸽子话锋一转："切，现实是重要。可毕竟要一起生活，我当然也希望我的另一半是个帅气男啊！"这话说得叫吴伯都瞬间失去了对恋爱的渴望，但他要把自尊拿回来，他们谈的已经不是在不在一起的问题了，而是凭什么藐视我？他逼问鸽子："你觉得我的形象拿不出手？以后出门会给你丢人？"

鸽子看他有些急，反倒用缓和一些的语气道："那倒不是。可也不能只看外表啊，还得考虑现实嘛！现在我们还有太多的不确定。"

吴伯都心里生气，这车轱辘话让她聊得，他说现实，她聊长相，他说长相，她偏又说要面对现实。她到底怎么想的？吴伯都继续问她："你到底想找什么样的？是不是自己都不知道？"

鸽子边想边说："嗯……我要找个能结婚的，以后还得能生孩子的。"吴伯都立刻火冒三丈，这种话对他来说简直是奇耻大辱。

"别说了，这话什么意思？我不能结婚？不能生孩子？我具备一个正常男人所有正常的生殖器官，或者说繁衍下一代的能力。甚至这一点还超过常人，我不但能繁衍生息，而且能让家族的香火更加旺盛，世代相传，我怎么就不能生孩子呢？"

鸽子惊异地看着他，显然被他的话震慑住了，缓了好一会儿才说："说完了吗？你明知道我不是这个意思。"

吴伯都真不知道她不是这个意思，这个意思又是哪个意思？他不吭声。鸽子继续说："一看你这人就挺笨。"

"为什么？"问完，吴伯都感觉自己也挺笨。

鸽子想了想，看着吴伯都浓密的头发说："聪明人都是秃顶才对嘛！"

吴伯都心中唉声叹气。他算被鸽子这不着边际的话雷倒了。

鸽子看他不说话，继续说："你喜欢什么样的工作？"

吴伯都犹豫了一下，心中嘀咕，难道鸽子是在考验他？看看他将来有没有发展的潜能？吴伯都本想说喜欢拍电影，可又觉得这行业不太接地气，整天外面拍戏不着家，而且那个圈子里的氛围又是出了名的乱。这哪个女人能放心？可其他的工作他还真没有想长久从事的。他只好说个不太具体的答案。

"自由些的工作吧。"

鸽子倒是没考虑，直接就说："那你可以出家当和尚或是投靠丐帮了。"

吴伯都喝了口啤酒，抬起头："吾空有满腔之志，却报国无门。虽不能达成我愿，却也不能沿街乞讨。否则岂不是有失大体，不可不可，你可有他法？"

鸽子斜着眼看他："有病。不说了。这是人家的婚礼，先不提私事，以后再说。"

吴伯都点头，靠在沙发上看着显示器，同时在大脑中又梳理了一遍身边的鸽子，结果却出乎他的意料。他得出了特殊的结论：那粉红色的指甲还真够艳俗，或者说俗得不能再俗的人。从他们交谈的话里，吴伯都听到的不是真诚，而是周旋，所以他也不能太快就掏心挖肺。而且鸽子每天做的事情，无非是染指甲、化妆、买衣服、逛淘宝，这些都是吴伯都不感兴趣的事。可叫吴伯都意外的是，即便如此，他依旧对鸽子有种亲切感，这使吴伯都觉得自己很普通，他们都是平凡的人，做着平凡的事，这才是真正的生活，真实的自己。而他也正需要鸽子这么个人，如果换成别人而不是鸽子，自己还会这么想吗？他不确定。有时候吴伯都很瞧不起自己，他现在可以很容易向别人妥协一些事情。很多出了名的人都说成功的要素就是妥协和坚持，他不反对，他也知道凡事都要辩证地去分析，可说来说去结果又能怎样呢？这么久以来，他已经向这个世界提出了无数个问号，却没有得到一个令他满意的答案。可能有一天当他心甘情愿地认可那个不满意的答案是正确答案的时候，自己就真的成熟了。此刻，他只恨和鸽子不能早几年在大学中认识，非要以这种方式见面。只是这也没办法，那段时间毕竟都不属于他们两个。

第二篇
DI ER PIAN

13. 萍萍

吴伯都和慧文分开没几天后就回了家，过了一个似梦似幻的假期。他不用再像小学生一样在寒假作业本上填写天气预报，也不用每天写一篇小楷和日记，还能一觉睡到天亮。可没过几天，他又觉得假期无聊乏味，他想出门走走，却不知道去哪儿，好像生活了二十几年的城市已经悄悄地和他划清了界限，除了他的家人没有人再联系他，他在与不在竟然对这里没有半点儿影响。想到这些，他有些沮丧，一个人漫无目的地走到了一个熟悉的山头。

这山名叫牛鼻山，只因他脚下山头外形貌似牛鼻子而得名。牛鼻山的秋天色彩斑斓，是很多出门采风之人常去的地方。冬天也另有一番味道，山路上的白雪被木制的车轮修饰得光亮而坚硬，偶尔林区中会出现一匹马，身后拉着长长的圆木寻找着家。躺在白白的雪地上就能感受到人类最高的境界：天人合一。看着没有边际的天空，视野里呈现出的永远是无忧无虑的青春。

在这里，吴伯都曾经做了一件极度变态的事情。或许年龄越小胆子越大，他常常爬到树上捉毛毛虫。当然也没缺心眼儿到直接用手去拿的程度。他先用纸折一个能把手指头插进去的镊子，再抓起毛毛虫放在罐头瓶子里，直到装满后拧上盖子，放在书包中满载而归，下山后再把它们埋到土里浇上些水，重新孕育生命。有一次却发生了意外，回家的路上他觉得身上有蠕动的感觉，同行的伙伴看他一眼便喊了起来："哇！"

原来是瓶盖儿没有扣严实，毛毛虫泛滥开，爬满吴伯都全身。吴伯都从容淡定地取下书包脱掉外衣，将它们一个一个重新拾起。如此行为至今他都不敢相信那是自己做过的，他能活到今天实属不易，这不是用恶心或胆怯可以形容的。在那个年龄段，吴伯都不断释放过自己的小宇宙，并希望得到雅典娜的特别眷顾，以使它们爆发，他是个永远打不死的黄金圣斗士，也希望能领悟到第八感，具有惊人的战斗力。后来，他在邻家大哥哥的帮助下打磨了一把木质宝剑，大哥哥还帮他雕刻了八个大字：日出东方，唯我不败。吴伯都无比自豪，手持宝剑站在自家墙头，如同紫禁之巅上的擎天。然后他"嗖"的一下从两米高的墙上飞了下来，摔得惨不忍睹。他在床上休息了两天，功力就全部恢复。吴伯都领悟出一个道理，他身边需要一个沙织这样的人来做他的守护神，他想起了萍萍。

说起和萍萍的初识，这个功劳要归功于他老爸。老爸见到邻居家和他同龄的女孩或者是同事家的闺女，就喊人家儿媳妇，从这一点上看，想必老爸当年也不是个本分人。然而女孩们一个个龇着豁牙子傻笑，表示同意。萍萍就是这样和他认识的，当时的吴伯都虽然不能很好地理解媳妇这个词的含义，但对这件事却信以为真。

他自认为是个守本分的人，当然是十岁以前。准确地说，是有贼心没贼胆的那种。有次他无意中看到萍萍在路边小解，她看到吴伯都立刻提上裤子，脸上瞬间铺上了一层红色滤镜，吴伯都的脸比她还红，只想找个地缝钻进去。而命运就是这样美妙，它竟然安排吴伯都和萍萍上了同一所幼儿园，这难道不是天赐良缘？吴伯都开始承担起作为一个男人应当担负的责任，为他看到萍萍小解的那一眼负责，吴伯都能感受到，萍萍见到他总是难为情，所以他要在众人面前宣布一个重要的信息。可这个信息的公开却导致了他幼儿园时代无可挽回的尴尬烙印。

吴伯都严肃地和幼儿园阿姨提出了要挨着萍萍睡午觉的事情，阿姨说男女有别不能在一起，他问那为什么爸爸妈妈可以，阿姨说因为他们是夫妻。吴伯都告诉她萍萍就是他媳妇，这个大家都知道，萍萍也没有反对，阿姨哭笑不得，只好如他愿。和萍萍挨着的第一天，吴伯都就犯下颜面扫地的错误，就是那个尴尬的烙印——他尿床了。而且是挨着萍萍尿的，他明明记得是在厕所里尿的，为什么会尿在了床上？都是做梦害了自己，他是在梦里的厕所撒尿，却用现实配合了梦境。那一刻吴伯都无比纠结，起身怕萍萍看见他的杰作，面子上挂不住，用身体压着痕迹也不是长久办法，可他希望尽快用体温把它烘干，在无比煎熬的时候，他听到了萍萍的声音：“你是尿床了吗？”

吴伯都背对萍萍，躺在潮湿的褥子上点了一下头，好像一下丢失掉了所有的尊严，他没脸再去面对萍萍，可萍萍却把他拉起来，又小声说：“我们快把褥子拿出去晒晒，趁着大家还没起来。”吴伯都不到十秒钟就完成了她的吩咐。萍萍不但没有笑话他，还安慰他不要放在心上，或许这是一件让萍萍找回心理平衡的事情，吴伯都目睹过萍萍小解，萍萍见证过他尿床，从此各不相欠。

萍萍天真，他本无邪，后来萍萍继续天真，吴伯都却变得有邪了。

吴伯都人生第一次猥琐行为也是发生在萍萍身上。他趁萍萍睡着的时候，掀开她的裙子，探索里面的奥秘，可能他当时在想这是自己媳妇，有权利看，可那时他懂个屁呢？他到底想看什么？也许那就是人们说的对异性探索，性别意识的萌芽！今天吴伯都才知道那时自己有多幼稚，只掀开了萍萍的花裙子，没有掀开过其他女孩的，这就是他那时的专一。

每年冬天，吴伯都都会带着萍萍在家附近的冰面上抽冰尜、滑爬犁。春夏的时候，就把抓回的虫子给萍萍看。吴伯都认为那些就是男人的象征，估计萍萍也会觉得他特爷们儿。他们常常玩到天黑才回家。到了七月七的时候，吴伯都就拉着萍萍的手蹲在家里的黄瓜架下面看着天空，给她讲那些天方夜谭似的故事。

“你知道吗，牛郎和织女每年到这个时候都会见面的！还会说很多悄悄话，说完还会哭泣，所以这一天才会下雨，其实那是他们的眼泪。”

萍萍不解地问：“我怎么没听见呢？”

吴伯都告诉她：“这必须是没有说过脏话，没有骂过人的小朋友才能听见，是爸爸告诉我的。”

萍萍就使劲想，憋得都快哭了。

“看来我说过脏话了，要不怎么听不见呢。我以后再也没机会听到了是吗？那怎么办？他们都说了什么，你讲给我听好吗？”

吴伯都犹豫地说：“好吧！我讲给你听。”萍萍就笑了。

可他也从来没听到过牛郎织女说的话，又不甘心承认自己说过脏话，就编造出好多故事讲给萍萍：牛郎和织女生活在辽阔的草原上，每天牧马放羊，恩恩爱爱。一天，牛郎给织女捉蜻蜓，在蜻蜓的尾巴上插上小木棍，拿给织女做风扇用。在那之后便发生了一场战争，两个人被冲散了，他们开始寻找对方，找了整整一年。世界变了，他们的家园被战争从中间制造出一条深深的沟壑。而战争的硝烟弥漫着整个草原，那片草原一夜之间变成黄色的沙漠。他们彼此再看不到对方，也听不见对方的声音。直到某天，一位天神降临，她像一只迷人的蜻蜓挥动翅膀，驱散了战争的硝烟。两个人终于看到了对方，天神质问牛郎："认识到自己的错误没？就因为你的爱忒自私，为了自己的爱情牺牲了别人，一年前那个被你绑在木棍上的蜻蜓就是我，为了惩罚你，我让你们永远分开。但你们的真爱打动了我，所以每年给你们一次见面的机会，就是今天，七月七号，你们抓紧时间吧。"说完，天神一挥袖在沟壑的上面画了一道彩虹，彩虹转眼变成一座天桥。天神继续道："你们要是真心相爱，每年在这里哭泣的时候都会感动上天，就会出现这座天桥，便可以见面。"说完，天神看了眼手表，嘀咕道：时间不早了。然后向天边飞走。

萍萍蹲在黄瓜架下面认真地听着吴伯都讲故事，同时津津有味地吃着黄瓜。每次下雨的时候，萍萍就会更加坚信牛郎织女在哭泣，然后也跟着一起伤心。从此以后萍萍有了一个梦想，就是能到大草原和大沙漠中去看一看，她觉得只有到了那里才能找到真正的爱情。吴伯都对她说："好啊！以后我们一起去那里生活！在那里我就是你的牛郎，你就是我的织女。"

萍萍立刻接道："不，我们要天天见面，不能一年才一次。"

"那好吧！"

后来，吴伯都和萍萍比牛郎织女还惨，牛郎织女一年还能见上一面，而他们再未见过。萍萍的家搬到离市区更近的地方，以便日后萍萍上学方便。这是吴伯都上初中以后萍萍写给他的一封信上说的。还说她将来的梦想是考进师范学校，做一位教师，再把牛郎织女的故事传遍天下，叫所有人铭记这段爱情。信上还说别忘记他们的约定。可吴伯都都忘了约定了什么。萍萍没有留她的地址，吴伯都无法回信，这封信就成了他们唯一的信物。

吴伯都寻找过萍萍，她是自己的初恋，为了能和她重逢，他用尽心血，只为考进市里唯一的那所师范学校，并付出了重读的代价。那一年正赶上举国欢庆香港回归，而他却独处一室，卧薪尝胆，以图东山再起。

14. 寻找萍萍

当吴伯都如愿以偿考进那所师范学校，已经是澳门回归了。入校之后他马上寻找萍萍，然而这种可能性几乎为零，若真和萍萍重逢，想必也认不出对方，他已经形容不出萍萍的样子，只隐约记得她的一个轮廓，说不出一点儿细节。好多年不见了，上次见还是童年，这一晃已经越过少年，到了成人礼的年纪。

一个窗外偶尔飘过一两片落叶的午后。吴伯都紧张得不得了，全身都在流汗，生怕有人踢开画室门闯进来，把他们抓起来绳之以法。

咚！咚！咚！

“开门，大白天挡着窗帘干啥？”一个粗门大嗓在喊。

李小野立刻关掉电视，取出光盘，拉开窗帘，让午后的阳光重新洒满污秽的画室。吴伯都神情恍惚，电视上的画面在心里挥之不去。是不是看了这个自己就成了坏人？完了，什么纯洁、单纯，再与自己无关，他有些懊悔。

方旭已经打开了画室门，一位不太高的女生神气十足地走进来。白胖白胖，走路和说话都有爷们儿的风采，她就是之前提到过的陈元，大家都叫她汤圆。

“嚯，这么多男生，还关着门，干吗呢？我想画画都进不来。”汤圆一脸责备地问。

“没事，看电视呢。”方旭慌乱地解释着。

“好啊，一起看呗。”说完走到电视前，顺手按下开关，却找不到一个台。

“这 VCD 还开着，你们在看光盘？”然后将目光转向吴伯都，继续逼问，“伯都，看啥呢？”

吴伯都支支吾吾：“一个……艺术片……对，艺术片，我形容不好。”

正在大家无语对视之际，李小野拿出光盘递到陈元面前：“这个。”

盘面上是一位泳装少女，手拿玫瑰花，趴在海面上，回眸浅笑。还写着五个大字：琴箫大合奏。名字实在高雅，很难和内容匹配。只听汤圆从容地说：“这破光盘，我看过，没劲。”

吴伯都心里的一块石头落地了，心说还是汤圆见过世面，也不知道她看过的是不是这个版本。

汤圆突然话锋一转：“其实我是来和大家告别的，我要转学了，理由我不想说。新高中的手续都已经办好了，你们保重，后会有期！”然后一挥袖，潇洒地走了。

那一刻，吴伯都觉得汤圆好帅，不仅他一个人有这种感觉，其他几人也一样，经举手表决，全票通过，一致要求再看一遍光盘来纪念和汤圆在一起的日子。方旭还发表了自己的观后感，觉得不但可以填补精神上的空虚，还可以了解人体结构，对他们的专业很有帮助。行为人师、德为师范的他们有义务去了解这些知识。从那以后，每次看片之前，大家会在心里默念一遍校训，有了高尚的动机，积极性更高，也看得更加坦然。

从此，班里为数不多的八位男生每次看完都要来个交流会。但有的人看完舍身去实践，这种人大伙儿就都瞧不起，因为嫉妒。他们要惩罚那个人，逼着他把实践过程讲给大伙儿听。

彭哲就是其中的代表。听得大伙儿直流口水。后来越听他说，越是折磨，觉得不如自己也采取些实际行动。他们资源匮乏，只能去泡自己班的妞儿。可班里女生相貌平平，胸比相貌还平，反正每次看到她们的容颜，都能变得更理性，最终选择以谈话的方式和她们交流。在他们班没有泡妞儿一说，若自我保护意识不强，还要被妞儿泡。

八个男生分成两个派系，每派四人。一派绰号“四大金刚”，听着荡气回肠；另一派史无前例，叫“巨恶军团”。两派主要区别在于行事方式不同。

彭哲为首的四大金刚生活充满硝烟战火。每天吃喝玩乐，打架斗殴，不知何时就会挑起一场腥风血雨。打遍学校无敌手。“四大金刚”认为凡事只要能动手，尽量别吵吵。因此成了学校里的公众人物。

“四大金刚”的地位也不是一帆风顺得到的，得罪了不少人，还经常引来外校的挑战者。常在江湖飘，怎能不挨刀。一个阴云密布的下午，“四大金刚”走向他们常去的饭馆，途中蹿出一群手持棍棒的少年向他们跑来，少说也有二十多个。“四大金刚”见势不妙，撒腿就跑。不是落荒而逃，而是迅速跑进那家饭馆。他们和饭馆老板早已兄弟相称，那里提前替他们准备好了神器。他们从不同位置拿出匕首和铁棍，反身冲了出去，直奔那些手持棍棒的人。这伙人看“四大金刚”大有玩命之势，手中又都是硬家伙，心里虚了不少，军心动摇，彼此推让，不敢贸然上前。彭哲不光是个色魔，打架更是莽夫，手持铁棍，一马当先，像扔标枪一样把铁棍向对方的人堆儿里丢了过去，不是扔得准，实在对方人太多，瞎猫蒙上死耗子，一个点儿背的被正中面门，当场倒下。所有人都被镇住，丢掉手里的武器弃友而逃。之后就是一堆乱事，不说也罢。

“四大金刚”之勇虽不值得赞扬，可在那个特殊的时期里，他们成了班中的保护伞。

以吴伯都为首的“巨恶军团”，名字虽然豪迈，实则窝囊。成员有方旭、李小野和樊齐。

他们和“四大金刚”路线截然相反，打出的口号是“生命诚可贵，爱情价更高”。每天谈书论画，更兼医卜星相、宇宙之秘、天地之机，无所不谈。甚至有点未出茅庐，先定天下的意思，他们也在谋划着自己的“出师表”，想早点儿走出学校这个表格。同时，与“四大金刚”携手，就是上课时间也出去打台球、玩游戏。这种日子让他们一时满足，时间一久还是觉得空虚乏味，有时就考虑上上课来调节一下吃喝玩乐的日子。

学校安排的课都是和心理学、教育学相关。每天研究不同年龄段儿童的心理特征。校领导说只有学好这些东西，将来才能肩负起培养下一代花朵的重任，使之成为国家的栋梁之材。听了这些，大家倒没心气学好了，觉得自己不是那块儿料。对此，吴伯都深信不疑。

说到专业课，更是一言难尽。吴伯都像个呆瓜一样看着自己的画，想着专业老师“夸”他的那一幕。说他有大师的风范，即使没有古典主义的写实，也有印象派一轮红日出东方的嚣张，只要自己再悟一悟，定会出人头地。开始吴伯都信了，暗暗自喜，望早一天功成名就，回报肥沃的土地。后来他明白了，那些话并不是在夸他，真难为老师他老人家想出那些词儿来。

可就算他画得不咋地，还不至于垫底儿，只要和方旭比较，就会信心倍增。他抬头看下方旭，本想取乐，忽觉方旭有些异样，蜷缩在一个角落里。方旭本是身高一米八五的硬汉，有开朗的性格和方正的脸盘儿，皮肤黝黑，怎么会突然像大病一场？

就是从看完《琴箫大合奏》开始的。说实话，看完那个以后，吴伯都也有点儿气血两虚、阴阳不调。可能看得过于投入，还是伤了元气。

吴伯都走到方旭面前："怎么看个片儿，整个人还变了？快振作起来。"

方旭苦笑，吐出个烟圈儿。吴伯都第一次见他抽烟。

"唉！不至于那么没出息，和那无关，就是觉得心里挺不得劲儿的，也说不上为什么。"

方旭说到了吴伯都心里，必须承认自己也有同感。

随后就找到了答案。方旭说："伯都，我觉得这培养园丁的摇篮，把我摇得心神散乱、游手好闲，甚至不学无术，我想汤圆的选择是对的。"

"啊？难道你也想上高中？"

他叹了口气："以前不想，可现在有点儿。你也知道，如果去上高中，相当于放弃了一只铁饭碗。可要不放弃，这辈子可能也就这样了。伯都，要不咱们也转学吧，也去上高中，考大学，怎么样？"

方旭越说越激动。吴伯都有些措手不及，不知该喜还是悲。他是有苦衷的，不是因为找萍萍化为泡影，而是这个选择会让他离开一位姑娘。听起来好像一回事，但完全两码事。吴伯都认为，她就是自己找了多年的萍萍。

吴伯都和她同一时间来到这个学校，只是入校的身份有别，她是老师，吴伯都是学生。

吴伯都清楚地记得，这老师一进教室就说：“同学们，我们今天来学《七子之歌》。”说完，还给他们一个月牙儿般的微笑，笑得吴伯都心里跟刚喝了碗白糖水似的。吴伯都毫无反抗地将她和萍萍联系在一起，甚至坚定不移地认为她就是萍萍。蜻蜓之神再次挥袖，他与萍萍终于重逢。可这一切终究只是猜测，在没有确凿证据之前，不能贸然与她相认，只能先增加了解。

机会出现了。学校开设了各种门类的第二课堂，其中就有音乐，毫不犹豫，直接报名。再说，唱歌本来就是吴伯都小时候的梦想，每次看到电视里那些歌星在舞台上嘚瑟他就很着急，但他能做的只能是慢慢地成长。吴伯都对唱歌钟情到有些变态。

当时家里新盖了一间大瓦房，还加盖了一间厨房，厨房一直闲置着，成了吴伯都的练歌房。他常一个人关好门窗，关好灯，随手拿起手电筒或擀面杖之类的充当麦克风，闭上眼睛，以百分百的投入状态，大声地唱着刘德华和张学友，适当插入一些捂裤裆的动作，仿佛他就是站在舞台上，被灯光照耀着。可这个舞台下面还真有一位观众，就是萍萍。她总会透过门缝儿偷窥他，然后扭头大笑而去。那笑声不管是讽刺还是赞扬，对吴伯都都是让他坚持不懈的动力。

学校的教学楼中，他认为音乐楼是最神圣和有灵魂的，即使它外表方正，极其普通，找不到词汇加以形容，可每次看到它，吴伯都眼前都现出无数罗马柱头和带尖儿翅膀的悉尼歌剧院。平时这里除了音乐系的学生，外人是不让进的，可能校领导担心外系学生顺走钢琴。今天不同，二课堂就在这里上课，向全校学生开放。吴伯都趾高气扬，带着藐视门卫的眼神迈进楼门，找到指定的教室，准时到位。

本以为来得很早，进去后傻眼：里面已经坐了几十人。和他有同样热情的人竟然如此之多，再次证明自己也就是个俗人。奇怪的是，这个女多男少的学校里，选这门课的人竟然男多女少。吴伯都抬头一看登时顿悟，讲台旁的钢琴前竟然坐着那位美女老师，又惊又喜。可见来上课的这些男生动机是多么不纯，虽然自己也不高尚，毕竟来之前并不知道。

这些人来自学校的不同专业，有音乐系的，这无可厚非；还有吴伯都一直不看好的英语系的，从记事到十七岁那年，他只见到过一次老外，按照数学家的逻辑思维，就算活到一百零二岁最多也就能见六次老外，还未必都是讲英语，所以，他记住二十六个字母以后，就想放弃了。

二课堂里还有部分五音不全的体育系同学，也来凑热闹。知道多难听吧？让人难过的是他们自己竟然非常陶醉。还好他们只是三天半的新鲜，日子一久，很多人由于不可抗因素——跑调或者视觉疲劳，有了自知之明，陆续离开这里，另寻能开发自己潜能的地方。吴伯都却泰然自若，态度更加端正。美女老师每次示范的发音方法和每唱出的一个音符，都掷地有声地传到了他的耳朵里，遗憾的是，他始终未能找到一丝线索证明她就是萍萍。

吴伯都继续等待机会，一等就是半年，二课堂的人只剩不足十人，于是被调到小琴房训练，不巧又赶上校舍变动，吴伯都所在的美术系暂时搬到了城市的边缘地带，本来不大的校园，又分成两部分。大家问校领导要多久搬回去，领导充满自信地说：“最晚到毕业。”

转年冬天，银装素裹。吴伯都也适应了新的环境，甚至还喜欢上了这里。周围环山，远离喧嚣。这种心态明显是上了年纪的人才有的，无所谓了，由着心情来吧。总之一切都好，唯独一点，他每周要下山两次上音乐课，有几里路程，浪费时间是小事，反正有的是时间，可是天气越来越冷，肯定要吃点儿苦头。

街道上稀稀拉拉的行人，情侣依靠彼此的体温来取暖。多数人躲在屋里，用打麻将来调节冬眠日子的单调。身边的一切事情都会让人产生惰性，吴伯都这个自控能力差的人更是不爱动弹了。算了，最后去一次，就当和美女老师告别吧。仅存的嗜好已经屈服，对萍萍的梦也该醒了，她只是童年时期的一个玩伴而已，没必要把她生搬硬套在另一个人身上。

再次来到音乐楼，脚如注铅。美女老师已经等候多时，这种等候散发出的温暖，驱散了他身上少许寒气。吴伯都东张西望，别人还没有来，正是和老师提不来上课的机会，可话未出口，老师便问他："怎么才来？"

吴伯都闪烁其词："外面下雪，路太滑，没敢快走。对了，想和您说件事。"

"一会儿再说，先上课，你看都几点了。"

吴伯都想既然来了，也不差这一节，上完再说。可又觉得哪里不对：坚持下来的学生虽不多，也还有几个，怎么一个都没来？都迟到了？那自己就是来得最早的，那老师干吗问他为何才来？吴伯都觉得奇怪："怎么就我一个？"

老师迟疑了下说："先上课，一会儿再说。"

说完，转身背对吴伯都坐在钢琴前，吴伯都站在她的右后方，看着她按琴键。

"先来练习发音，一会儿我教你首歌曲。"

吴伯都点头答应，站直身体准备就绪。忽然间他身体抖了一下：美女老师用右手抚摸他左侧腰间，偶尔碰到他的前腹。她在感受吴伯都的呼吸和发音是否正确。原来这就是一对一教学，之前从没体验过，感觉太棒了。这最后一课还来着了，享受到如此待遇。可说实话，这种触摸让吴伯都全身紧张，发音很难正确，声音紧张里带些急促。在吴伯都能挖掘出的记忆里，除了他妈，没有第二个女人抚摸过他的身体。吴伯都努力地按照她要求的方式唱，却总不尽人意。可他又想，如果唱对了，老师的手可能就会从他腰上松开，刚刚那种快意甚至心神震颤的感觉就会消失，为了留住这种感觉，也要尽量唱不到位。

吴伯都后悔穿的衣服过厚，不能更好地感受美女老师的手有多柔软。休息的时候，他假装屋里太热，把外套也脱了，只穿一件薄薄的衬衣，表现出可以不用休息随时进行训练的状态，美女老师看吴伯都如此积极，也很高兴，略带欣慰地说："发音练习就到这儿吧！"

她的表情开始严肃了："伯都，我也想和你说件事呢。其实第二课堂已经取消了，各种原因都有，也无须多问了。你是坚持到最后的一位学生，很感谢你对我工作的支持，很欣慰。万万没想到我最后的这名声乐学生竟然是个学美术的。呵呵！希望你能一直坚持下去。这是这间琴房的钥匙，以后不管我在不在，你都可以过来练歌和弹琴。还有，过几天要举办学年汇报演出，你是我唯一的希望，我给你选了首歌，叫《嘎俄丽泰》。"

真没想到是这个结果，这算不算熬出头了？吴伯都拿起房间钥匙，没了想不来的想法。

他重新打量这间不足十平方米的琴房，屋内光线极好，带孔的回音墙壁，两面金属窗户，凭窗可以俯瞰学校的全貌。以前觉得这间教室很小，那时挤满了上课的人，现在觉得正好，只能装他们两个，多一个太多，少一个又太少。

吴伯都把钥匙穿上了红绳套在脖子上，和带了个信物一样。它可以随时打开那扇音乐之门，让他躲避严寒酷暑和狂风暴雨。

不论兴奋冲动，还是伤感失落，走进这间小屋，就会觉得那些滚滚红尘中数不清的悲欢离合都化作缥缈云烟，淡然散去。那些音乐就好像孟婆汤。美女老师就是那个孟婆。

吴伯都找到了自己的位置，不再觉得冬天寒冷寂寞。他在琴房里畅想明天、后天和大后天。这样还不够，干脆想到春天来了，然后是夏天，秋天之后是冬天，冬天过去又一年。

有那么一刻，他宁愿在音乐楼里胡思乱想，也不想走出去，不想离开这间琴房，不想离开美女老师。虽然他没有“1900”那样高深的境界，也不会像他一辈子不下船，但走出音乐楼，对他来说意味着什么，他一样不知道。方旭的答案是：这就是前往前方。

纠结过后，为了这个前方，吴伯都走出了音乐楼。离开时他把钥匙放在钢琴上，默默注视了几分钟。

和美女老师就这样散了，萍萍也彻底不见了。方旭说你一定能碰到一个更加让你刻骨铭心的女人，应该就是你下一眼看见的女人，她将成为你生命中的伯乐，不要再等了，快些奔跑吧千里马。

吴伯都被他说得有那么点儿热血沸腾。在十一月的一个早晨他的确遇到了那个伯乐。她“侠”光一闪，吴伯都此生难忘。

15. 遇“伯乐”

吴伯都和方旭一起到新校园报到。一位约三十七八岁的女教师接待了他们。她的气质直接颠覆了吴伯都内心对女教师的好感。紧接着就得知了一个不幸的消息，这就是他们的班主任。班主任那不太大的眼睛眨动的频率像天上闪动的星星。和她对视后，吴伯都也不由自主地挤两下眼睛。窗外一缕阳光打在班主任脸上，把她的脸照得如同刚刚出水的仙人球，让人敬而远之，不想远观，更不想亵玩焉。要如方旭所说，这就是他生命中的伯乐？和他心中美好的向往落差太大啦！吴伯都不相信也不承认将来会与她产生任何瓜葛，她无非就是自己暂时的班主任而已。此人就是前面提到的名号响彻校园的“大侠”。

大侠目中无人般道：“我带你们去教室。”语气之冷，如同加拉帕戈斯的巨龟。他们跟在大侠身后，看着她左右摆动的屁股，一路不敢言语，莫名的恐惧油然而生。

这高中看着老旧，班级却不少。一直走到三年（十六）班。是个补习班。

大侠推开门，上百人的教室鸦雀无声。里面的人都低着头上翻着白眼儿盯着他们。而吴伯都和方旭就像两只狐狸一样，跟在这只母老虎的后面，腰板儿竟也硬了不少。忽然间，吴伯都视线顿住，心中一喜：那不是汤圆吗？汤圆正偷偷地看着他们，报以淡淡的微笑。

高中第一节课就是大侠讲的。她是学校有名的历史老师，但绝非因讲课而出名。确切地说，她是一切学生的克星。只要落到她手里，就算你身上左青龙、右白虎，她也敢骂你二百五。吴伯都仔细打量一下四周，慑于大侠的威严，大家都小心翼翼，面如菜色，他心头一冷，恍若进入了集中营。片刻后他就得知了答案。大侠走到讲台边严肃地说：“刚才我看到有人早自习聊天，我不想点你名，一会儿下课去办公室找我！臭不要脸的，可恶心死我了，让你嘚瑟！这都什么时间了？！火烧眉毛不着急？！还聊？！你个虎了吧唧的，看我一会儿怎么削你！”说完后用粉笔在黑板上写了四个大字：“虎门销烟”。

从几天的体验中得出，课程多数听不懂。吴伯都一头雾水。方旭也没比他强多少，一副无能为力的样子。进退两难瞬间到来。

凡遇这种紧要关头，汤圆都会过来开导他们，从汤圆身上总能获取十足的信心。可是她的成绩也就那么回事。

班级的艺考生开始陆续出去补习专业，就连汤圆也去了。临走时说先到那边摸摸情况，给他们先探探路。之后班级出现了大量的空座位，吴伯都和方旭因此有机会坐到靠前的位置听课。大侠为了不让同学在课堂上闲聊，采取各种措施，最后实施男女生交错的方式安排座位。在大侠年轻的时代，男女是授受不亲的，在她心里是同性相吸，异性相斥，见面都喊“同志”。可今非昔比，这种安排正是大家想要的，班级里也因此成就了不少“梁山伯与祝英台”一样的恋情，吴伯都还因此挨了一次“冲动的惩罚”。

他坐到了两个女生的中间，有点儿不知所措。按理说不是什么特殊的事，可你要清楚，对一直以来坐在最后一排受压抑的他来说，这是莫大的安慰。这绝对是大侠人性化的一面，当然，也取决于两边女孩的综合质量，那一刻，吴伯都产生了某种幻觉：自己是至高无上的皇帝，两边是陪王伴驾的妃子。

吴伯都正要行使皇权，让她们给自己打杯水过来，刚一侧脸，话未落地，就听到一声响彻云霄的怒吼，甚至来不及喊两边的女生护驾。

“吴伯都，你给我滚出来，你个臭不要脸的，让你在那儿扯犊子。”

吴伯都被定罪为早自习调戏良家少女，被罚在四百米一圈的操场上跑了二十圈。他边跑边想从此与大侠势不两立，有她没我，可事实证明，他们始终在同一片蓝天下共存，同一个室内呼吸。

那天圈越跑越小，可还是诱发了吴伯都的体育潜能，高考志愿差点儿填体育。也只是差点儿，根深蒂固的美术专业早已经无法动摇。在临阵磨枪之际，即将出战的前夕，他竟然“看到了”十年前的萍萍，并因为她而“中毒身亡”。

16. 出征

这次的目的地非常遥远，远到无法描述到底有多远。而现在看来，这个世界没有纯粹意义上的远近之别。

那个说吴伯都有大师风范的老师把他们推荐到一家画室，说那里教出不少优秀的学生。有那么一刻，吴伯都突然觉得教师是个肥差，不管是艺术课还是文化课，随便补补，带上几个学生，外加拿点儿回扣，就能“钱”途无量了。不知道自己以后会不会这样。而方旭认为，这种事他是不会做的。他觉得走出了家门就只有两个选择，要么出家当和尚，要么做艺术家。吴伯都想不通这两点何以对立，但显然方旭选择了后者。

树往后走，人往前行。这次终点站是以狗不理包子闻名遐迩的天津，不知如今它是否仍如历史课本中描绘的一般。

吴伯都看方旭一直皱着眉头，若有所思地看着车窗外千篇一律的风景，偶尔拿起啤酒喝上一口，却不多说话。说起方旭，他家里的经济条件并不好，与贫穷一线之隔。他父母属于中国品质最高尚的人群，就是农民。靠天吃饭，收入很不稳定。方旭每次展望自己前程，眼前都会浮现父亲扛着锄头在烈日下辛苦劳作的画面。还要供妹妹和他上学。本以为考上师范就算稳定了，踏踏实实读完，毕业后分配到县城做一名美术教师，家里也算出了个吃皇粮的人，就是堂堂正正的国家的人。不求荣华富贵，起码这辈子不用发愁。方旭转到高中，让家人本来尘埃落定的心再次悬起来，为他捏了把汗，但并没有阻止，而是一如既往地给他全力支持和鼓励。这一切给了方旭更大的压力。方旭很明白，接下来他将面临更多的挑战，也可能是付出巨大的代价。他今年文化课和专业课都没有把握，多半是垫底。吴伯都又何尝不是？老师已经给他定位成大师，现在正可以验证画饼充饥的空想，那东西考试根本不好使。即使真的像大师，也只能是个赝品。

这次特殊的行程，吴伯都不想找太多麻烦。一切都是上天安排好的，我们执行就够了。吴伯都也把目光移向车窗外。白昼一点点过渡到了黑夜，又由黑夜过渡到了白昼。吴伯都早已经筋疲力尽，途中风光百分之八十垃圾成堆，令人失望。

方旭面带疲惫地转过头安慰他："快到了，坚持下吧！"

吴伯都点头，想分散下自己的注意力，这样或许时间能过得快些。坐在方旭旁边的大叔手中握着份报纸不断翻看，突然放在桌上，用手擦了一下鼻涕抹到自己的懒汉鞋上，再拿起报纸翻两下，好像已经把内容牢记在心。他抬起头，看着吴伯都关切地说："小伙子，累了吧！给你报纸看会儿就好了。"

吴伯都忙说："谢了，大爷！我不爱看报。"

方旭转过头："你不看，我看。"

然后接过大爷手里的报纸翻阅起来。报纸的另一面正好横在吴伯都眼前，是整版的摄影作品，吴伯都随意扫一眼，惊讶得差点儿喊出来，抢过报纸细看。方旭不解："不是不看吗？"

吴伯都没理会他，继续看着那张照片。是人物和风景的完美组合。一位优雅的少女，穿着长裙站在沙漠中迎风而立。好面熟，总觉得在哪里见过，但就是想不起来。不是他见到美女就觉得面熟的老毛病犯了，这个是真的似曾相识。方旭见他看得如此认真，也伸头过来瞧。然后说："这姑娘是不错，难怪看得这么痴迷。这背景好像是戈壁。"

"这明明是草原。"

"爱啥啥吧！跟咱什么关系没有。"

列车里广播响起，但自带噪声，远远压过音乐本身，隐约听到是《人在旅途》。

车已驶过山海关——一座封建王朝统治的象征，在大雾的弥漫中若隐若现，雾气催眠，让吴伯都睡着了。

不知过了多久，方旭把他叫醒："伯都，快起来。到了！到了！到了！"

吴伯都半睁开眼："有这么激动吗？用了这么多排比。"

"少废话，快起来。"

停车后，天已经黑了。

天津站的前广场视野很开阔。眼前就是名河海河，来之前还听大侠念叨过。两人东张西望，虽然是过滤掉大部分景物的夜景，还是觉得眼睛不够用，典型的农民进城心态。随后就被一群出租车司机围住，全是天津话，听起来就像开玩笑一样。

突然一张熟悉的大白脸再次出现，是汤圆。她是特意来接站的。他们跟着汤圆坐进一辆黄色的大发出租车里。司机看他们人不少，行李也多，直接打开了后面的车门，连人带物一起推了进去。一路飞驰。吴伯都环视车的内部，就跟小时候家里的破仓房一样乱，却没仓房安静。应了那句话，除了喇叭，没有不响的地儿。即便这样，车速不逊宝马和奔驰，闯过一个个红灯和路口。难道车已经处于失控的状态？刚刚吴伯都还疲惫不堪，昏昏欲睡，现在不得不睁大眼睛，眼观六路，以防不测，甚至有几次有了想要跳车逃命的冲动。

吴伯都看了眼汤圆。显而易见，她习以为常。汤圆一直在和方旭说话，而方旭除了不断点头，双手还牢牢地把着座椅。路不算远，十几分钟后，开进了一条黑乎乎的胡同。

胡同里是老式带遮光罩的路灯，距离很远一个，光线非常微弱，隐约能看到两侧的建筑破烂不堪，以二至三层的小楼为主。在吴伯都家里这都叫土楼，需要自己家烧炉子取暖，没有集中供热。想不到这么大的城市还有这样落后的地方，吴伯都顿时感觉前程受到了某种力量的干扰，变得晦暗起来。在一扇黑色大铁门前，司机来个急刹。汤圆付给司机八块钱，大发车裹着一团浓烟消失在黑夜里，留下浓烈的柴油味儿。三人拾起地上的行李和其他装备。汤圆推开那扇大铁门上嵌着的小门走了进去，吴伯都和方旭紧随而入。

这是座废弃厂房的院子，黑夜隔离了所有的细节。整个一楼都是黑灯瞎火，无人居住的样子。隐约看到正前方有座通往二楼的铁楼梯。上面有节能灯发出来的光亮。他们摸索着来到楼上，汤圆推开门叫他们进去。此时，吴伯都看到了他之前从未见过的景象。

里面挤满了人，少说也得有七八十个。每十几个或更多的人围成一圈在画同一个模特，也没人在乎他们进来。吴伯都看方旭正环视周围墙上贴着的画，都是选出来的优秀作品，有几幅带框子的估计是老师画的，也看不太懂，就知道应该不错。汤圆对他们小声说：“你们先烤烤火，暖和下再带你们去见老大。”吴伯都说好。同时留意到屋子中间有只水桶大的铁炉子，里面燃着赤色的火焰，烟囱从大家头上一米的空中伸向窗外，足有七八米之长。炉子周围热量就像起伏的波浪，在屋中的每一个角落荡漾，可似乎还是没有压倒屋中的寒凉。

片刻后汤圆说："走，我们去小屋，老大应该在那里。"所谓老大就是他们的老师。方旭问她为啥叫"老大"而不叫"老师"，汤圆说她也不知道，反正大伙儿都那么叫，就跟着喊呗。

还说小屋里都是重点培养对象。你别看这里人少，老大多数时间都在这儿，每天只抽出少部分时间到大屋子里选上几个人，给他们改画。被选上的人就是这一天的幸运儿。不过也不一定，这老大脾气不太好，叫"老大"的一般都这样，这也是通病。甚至看你的画不顺眼直接就是一脚，等你反应过来时画板已经踹碎了，就这么变态，没招儿，谁叫你乐意来这儿画呢，只能忍着。有时老大亲自做示范，大伙儿围着看。这种范画你要抢到好位置看才有作用，所以多数人都是看热闹，连老大怎么调出的颜色都看不见。还有，用力的细节也看不清。但也不用太担心，平时机灵点儿，看到老大就主动问。再说，还有几个助教老师，画也都不错。至于小屋的教学方式，属于研究生待遇，比不了。一般人只能在大屋画，咱们当然都是一般人。汤圆介绍完，也走到了小屋门口。

这一次汤圆没有破门而入，而是毕恭毕敬地敲敲门才推开。一间相对温馨的小厅，有几个人正在边聊边画。汤圆引荐，他们向老大问好。场面如同初入黑社会。老大性别男，年龄三十出头，皮肤微白，脸略圆，头发过耳，戴着耳钉，鼻上架一副黑色眼镜框，褐色短款皮衣，足有半厘米厚，下身一条百孔千疮的蓝色牛仔裤，足蹬一双半米左右长的大头皮鞋，看去足足五斤有余。这人看着吴伯都和方旭，敛去微笑，变为严肃："带画了吗？"

吴伯都明白这是想看他们的基础如何，心说还真带了几张，给他看看也无妨，好歹他有大师的雏形，别让老大小看。方旭看吴伯都找画，也翻起了自己的画袋。吴伯都拿出一张以前画的素描头像。方旭抽出一张临摹的伏尔泰石膏像递了过去。众人的目光瞬间聚过来，都想看看画室又来了什么样的高手。吴伯都看到一圈人转为怪异的表情。最后，老大给了四个字："从头来吧。"吴伯都的脸上瞬间发生滚烫的泥石流。他看方旭，方旭一副想和他头碰头撞死的神态。老大没有再说话，仿佛寡言鲜语能增强威严，转身给一个穿着粉色羽绒服的姑娘改画去了。吴伯都和方旭扫兴而去。出了门，方旭握着拳头低声自语："你等以后的。"这话深藏了太多含义。

花了几天时间，汤圆带他们熟悉周围的环境，吴伯都印象最深的就是附近的一家家小野馆。贪图便宜，他们成了这里的常客。这些餐馆的中心地带，有间公共厕所，是和大自然融为一体的那种，八个蹲坑下面互通有无，快满了再用吸粪车处理，无时无刻不飘荡着让人回味无穷的味道。方圆五里想找饭馆的人都可闻味儿而来。

有首歌唱得好：左手一只鸡，右手一只鸭，身后还背着一个胖娃娃。此刻，吴伯都左手画箱，右手画板，身后还背着个画架。衣服满身颜料，脚上大头皮鞋，从此就以这种形象走遍城市大街小巷，寻找他要考的学校。他就此深深地理解了一句名言：远看要饭的，近看捡破烂的，一问才知道是艺术学院的。连乞丐都不正眼瞅，怕抢了自己的饭碗。

春节快到了。路边挂起了五星红旗，街头巷尾张灯结彩，行人比往日多了不少。这本是让人高兴的日子，可对于艺术考生来说，没那么让人高兴，特招迫在眉睫。

或许学艺术的人情商都相对高，词典里没有能准确描绘他们思想的词语，他们只有通过画来传达给这个世界内心的语言。吴伯都此刻心里就有种说不出的感受，他想用酒精让自己彻底醉一次。他想忘掉一切烦恼的事情，忘掉考试，忘掉学习，忘掉他是谁，甚至忘掉那个陪伴他童年的萍萍。天啊！吴伯都瞬间想起来，火车里那张报纸上的照片拍的应该就是萍萍啊，可这已经是三个月前的事了，报纸没有留下。注定自己和萍萍此生只能擦肩而过。吴伯都端起那杯解忧杜康一饮而尽。就让酒来浇一下忧思吧，也许这样才能心安理得地过个年。

当他再睁开眼睛时，大年初一了。看到眼前的吊瓶，白色的被褥，吴伯都意识到自己躺在医院的病床上。方旭和汤圆，还有其他人一起伸头过来，看着他说："酒精中毒了你！"

吴伯都没有说话，拼命回想昨晚发生的事情。

就听方旭开始诉苦："你小子太有魄力了，把我给害苦了，打车都没人拉你，怕你吐在车上。"

"是吗？我一点儿印象没有，彻底断片儿，只记得好像又拿了瓶白酒。遗憾！还没吃到饺子呢，唉！"

方旭立刻急了："你拉倒吧！我不但没吃到饺子，还把你背到六楼呢。要知道一个烂醉如泥的人，全身软得跟面条一样，比平时起码重一倍。何况我昨天也喝了不少。醉鬼背死鬼，我差点儿没挂了！你请客吧！"说完转向汤圆，想让她说句公道话。

吴伯都忙说："好，扶我起来，再出去喝点儿，算我答谢各位的照顾了。"

方旭忙说："你是爷，我说错了还不行吗?！"

17. 考试的结果

这次酒醒后，吴伯都想了好多。他从骨子里厌烦上课，现在后悔也晚了，路是自己选择的，就算碰到一万个困难也没法当借口。真搞不懂为啥非给自己出这个难题。怎么还不是活一辈子，这又何必呢。他只是宇宙中一粒若隐若现的尘埃，落到哪里又有什么区别，又会有谁在乎自己呢？一直以来，吴伯都心里的纠结都不比方旭少。他常想这样算不算在实现某种远大的抱负，还是随波逐流凑个热闹。每想到这些心里都会无比沮丧。他想马上回家休息几天，可方旭说再考最后一个学校。吴伯都本来可以不参加，可也不多这一个，学校在北京。方旭觉得只有去北京才能接触到最好的艺术环境，自己的艺术梦才能做得更彻底，只因这里是离梦想最近的地方。在他心里，北京的任何学校都至高无上，哪怕郊区的专科院校，也比其他城市的重点院校更加神圣。

考试前一天晚上他们走出了北京站。吴伯都心里骂着，人真多，跟蚂蚁堆一样，只能用泛滥形容。都来这儿干吗呢？真不理解。也别说人家，自己不也是其中之一。

方旭说："找个取款机取点儿钱。我们这点儿钱，要是住了店，就得挨饿了，站前旅店肯定贵。"

过了北京站的天桥，不远处看到了一个全封闭的二十四小时自助银行，要刷卡才能进去。方旭拿出银行卡刷开门，瞬间有种成就感，说没想到这东西到了北京仍旧好使。吴伯都说你别丢人了。进去后再刷卡却让人失望，余额一块八，也不知道怎么花的，剩下这么个数字。吴伯都的卡含金量也不大，同样解决不了问题。可两人都不想找家里再要。方旭是条件有限能省就省，而吴伯都觉得逆境成才的概率更大一些，凭什么他能吃苦自己就不能。两人转身刚要离开，忽然同时一愣。就见墙角里席地睡个男子，背对着他们，看不出年龄，穿着也不像丐帮人士。

方旭小声嘀咕："管不了那么多，就这儿了，陪你做个伴儿。"说完把画板铺到地上，躺了上去，看着很舒服的样子。吴伯都也躺在地上，头冲着门外，透过玻璃门看着外面灯火通明的北京站，心情无比复杂。这就是他们一直神往的城市，晚安北京！

长话短说，最终的结果是汤圆考进省城的重点，学的油画专业。听汤圆说她刚进大学就成了班级同学崇拜的偶像，因为多数人的专业能力较差。汤圆因为身边同学能力差而感到自己身处的环境并不如意。这不成了鱼找鱼虾找虾乌龟找王八吗？可有时候，也因为自己的成绩好，她沾沾自喜。即使形象没有优势，也能昂首挺胸从校园中的草坪上穿过。

吴伯都光荣落榜，方旭英雄略同。颠沛流离、寄人篱下的日子只能继续。

七月，吴伯都第一时间走进了补习班课堂，再次见到大侠那张熟悉却不美的脸，却觉得比以前顺眼些。在大侠带领下，他每日钻研文化，闲暇时与方旭对酒当歌，人生几何。方旭也正是这一年和许杨结成连理枝，无须再提。

吴伯都碰到慧文的时候已经是高中的最后一年，一切都发生了变化。连大侠的形象也大幅改观，对吴伯都多了一点儿慈祥和关爱，把他调到第一排上课。吴伯都感叹，从最后一排熬到第一排足足用了三年时间，真的好累。这位置听课很清楚，大侠的口水能喷溅到他的脸上，还夹杂着空气中的粉笔灰，所以那阵子他的皮肤特别差，终于领悟到学习好的同学为什么脸上都会起很多疙瘩。

这个假期，吴伯都用回忆度过，想了太多的人。有时自己觉得或许该起身做些什么，可突然就感到身体有些不舒服，心里空落落的，好像什么事都不能提起兴趣。他想人生无非就是不断相聚、分离和回忆的过程，直到自己两鬓斑白不能自理时，坐在轮椅上搜索心里模糊的记忆。可吴伯都不理解，不管是将来还是从前，他所经历的事情对自己到底有什么意义。这种感觉来得很突然，他措手不及地病倒了，在床上躺了两天，因为有些发烧，整个大脑一片混乱。在混乱中吴伯都不断寻找能将内心空洞补好的巨石。他突然想立刻回到学校，好像那里有什么人或事情在等着他。

18. 出演男一号

吴伯都回到学校，出乎意料的是方幽弥竟然回来了，和吴伯都第一次见到他时一样，坐在那里翻着一本漫画。

吴伯都忍不住问他：“怎么这么早回来？”

“有些事要办。”方幽弥语气还是一如既往的冷。

“方便告诉我吗？”

“你不会理解。”

“那有什么需要我帮忙的？”

方幽弥停顿一下：“别添乱就好。”

“添乱？”

“别问了，我走了。”

“你不会又消失很久吧？”

方幽弥轻摇了一下头。

方幽弥不愿与人交往，可对吴伯都还是用足了耐心。在吴伯都印象里，他没主动和谁说过一句话，也包括鸿飞，这使吴伯都有和方幽弥交流的自信。

方幽弥出门后，吴伯都冒出个大胆的想法：把他拉上和自己去排话剧会是什么效果？随即觉得可笑。

本以为和方幽弥这一别又不知何时再见，谁料片刻后他们就在莲花桥下边重逢，方幽弥好像提前知道吴伯都的路线，在这里等他一样。肃穆的身姿岿然不动，炫目的黑色碎发被风吹得微微翘起，眼瞳中有些令人沉沦的淡褐色，始终让人琢磨不透。吴伯都正在迟疑，方幽弥看着他说："想找你帮个忙。"

"什么？"吴伯都怀疑自己听错，方幽弥竟然真找他帮忙？吴伯都愣了一下，来不及想就说好。

方幽弥看着莲花河："介绍我去话剧社。"

吴伯都又是一副目瞪口呆的表情。简直不可思议，刚还在想这件事,这会儿他就自己提了出来。吴伯都忙点头说好。随后方幽弥道："你什么都不用问，我也告诉不了你什么。"

吴伯都哽一下："我不想问什么，只想多了解下你，毕竟一个宿舍的。"

方幽弥低声说："我没有家，也没有亲人，我都不知道自己是从哪里来的。我也一直在寻找答案。"

吴伯都不知道该以什么样的情绪给出一个什么样的反馈。他始终觉得，对于方幽弥，自己的认知还未起步。

引荐方幽弥加入话剧社，后来成了吴伯都最后悔的事，或许，他自己都不该加入，更不应该将方幽弥也拉进来。这件事并非三言两语可以说清楚，它囊括了一个庞大的时空，甚至是整个大学。

方幽弥加入话剧社不久，他们就开始排演一部话剧《疯人院》。

吴伯都因此成了一号疯人，名叫许忧；二号疯人是陈晓；另一个就是方幽弥。这样一个不爱说话的人很难想象他演话剧的样子。可出乎吴伯都意料的是，方幽弥的表演有种气场，话虽不多，可句句都能把他带入情境，在他面前，连张玉的表演也显得过于肤浅。

而张玉毫无疑问是和吴伯都演对手戏。像吴伯都这种没什么表演经验的人被选上男一号并非偶然，大家一致认为他的形象气质更傻一点儿，适合演一号疯子，吴伯都只能接此重任。

说来也巧，排话剧的同时，万瑞和秋天又组织大家拍摄微电影，也选吴伯都演男一号。

微电影是讲一所艺术院校里发生的故事，没有大起大落的情节，也没有曲折离奇的悬念，只是呈现了几个大学生平淡的生活，传递出一种忧郁的情绪。日子淡淡地过，大家正经历着一生中仅有的大学时光，时间是春季。

听完万瑞的叙述，吴伯都才发现身边少了个人，方幽弥不知道什么时候消失了。吴伯都也习惯了，心想方幽弥对这片子可能没兴趣。

吴伯都这么个门外汉还总是有机会演男一号，他自己都怀疑将来这片子的质量或者说观赏性有多高。他问陈晓为什么会认为他合适这个人物。

陈晓吞吞吐吐地说："就觉得吧……你的性格和形象很适合这个人物。"

"你们觉得我什么性格？"

他想了想："闷骚型！"

影片很随便地开机了，大家都穿着自己平时的衣服，也都是素颜，想化装就自己在宿舍化好了再来，省钱又省事。也没有像正规剧组一样开机要烧香拜佛，祈祷顺利，一切能省的程序全省。拍摄器材只有一台标清摄像机和一支带竿话筒，远没有想象中壮观。

有关校园的故事总是会给人浪漫的感觉。拍摄成了校园一景，常引来围观。开始吴伯都不习惯，众目睽睽之下丢人现眼，实在难为情，看电影和演电影真不是一回事。时间一久适应了，都说人不要脸天下无敌，此时吴伯都已经觉得敌人越来越少。

很长一段时间，大家像农村里一帮老娘们儿一样，八卦着万瑞和秋天的关系。有人说是同学，有人说是男女朋友，更有人说演艺圈里只有潜规则，别的都不重要。可能是拍摄闲暇度过无聊时间不可少的戏码。

以吴伯都对万瑞的了解，他做事相当谨慎，到了无懈可击的地步。好像他说的话就是真理，其他人都是放屁。每次碰到拍摄问题，只有秋天会和他理论几句，其他人都在看热闹顺便等结论。这个群体里也只有他俩是大家认可的专家。

秋天这个人更难琢磨。伶牙俐齿，好像在她面前男人都是窝囊废，这就是女强人的基本特征。工作的时候她可以像男人一样奋战在一线上，休息时如娇弱女子展现着细腻的心灵。吴伯都不解的是，她每天都在询问着别人的生活、学习、情感乃至一切，只有别人答不出的，没有她问不到的，不公平的是，大家的奉献在她那里从来得不到回报。吴伯都总试图从她口里问出些有关她的事，可每次不超过五句话，自己老祖宗的事先都告诉人家了。她的所有信息对所有人都是屏蔽的，不论爱情还是年龄，即便回答了，她的话里也没个靠谱儿的答案，可能只有万瑞才了解一二，而万瑞除了聊怎么拍电影和演话剧，其他一概敷衍了事。

片子杀青后，片名成了大家讨论的主题。因为故事发生在春季，有人说干脆就叫《春天》好了，听起来很文艺范儿。片中人物那种蠢蠢欲动的感觉，就像春天里正在发芽的老玉米。陈晓说它更像一部反映真实生活的纪录片，没有大起大落的波折、冲突，加上万瑞的长镜头摄影风格，此片基本定位为催眠题材。

19. 杀青饭

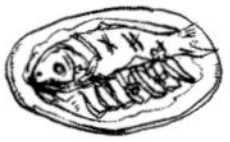

五月底的一个下午，太阳的光辉亲切地停落在大家休息的台阶上。鸿飞靠在一边的石柱上，等着去排练歌曲，脚下那把白色吉他在阳光下显得格外刺眼。鸿飞眯着眼睛看来往的女同学，吟诵着他常常挂在嘴边的段落：“小毛驴儿，你跑不出那个圈儿……”吴伯都耳朵都快听出了茧子。

“那部话剧应该找你演，你天生就是个疯子。”

“好啊，改天飞爷我心情好了给你们客串一下。最近是没戏了，乐队忙着排练，等你们的话剧上演之后，我们也快闪亮登场了，还有几首歌是我主唱的，瞧好吧。等到那个时候，咱哥俩你就是学校的影帝，我就是歌皇……歌皇？怎么说起来这么别扭。有点儿歌坛皇后的意思。无所谓了。”

“挺好的，总比蚂蝗好听。”

“你说不出好话。对了，我想起个事，你得帮我。”

“你还有用我帮忙的时候？”

鸿飞感叹：“哎呀，你还记得我跟你说过的一个女生吗？”

“这学校哪个女生你没说过，我记得过来吗。”

“那些都是随口说说不算数。你好好回忆下，就是方旭来的那天晚上我提到的姑娘，都是上学期的事了。”

吴伯都隐约想起了那晚的事。

“你说那个个子矮屁股大的？”

“我什么时候说她了？她不是那种。”

“你直接说事，我能帮你什么？”

“下次上大课的时候，过去帮我要下电话号码，你的任务就光荣完成。”

“你自己干吗不去？”

“你不是演员吗！脸皮厚。”

“那也得分事，这种事我也不好意思。”

贺鸿飞理直气壮地说：“这事放在当事人身上总是有些难为情。要是你想认识哪个妞儿，一句话，兄弟我立马就过去问人家。再说了，像你这种帅哥成功率也能高点儿不是。”吴伯都被逼无奈，点头答应。贺鸿飞看他答应，乐得屁颠屁颠的，起身拎着吉他就去排练室了。

吴伯都刚要起身离开，手机铃声响起，是万瑞打来的，说晚上要请大伙儿吃关机饭。这是个好消息。

那顿饭吃得很热闹，还拍了不少照片，好多人争先恐后地和万瑞、秋天单独合影，幻想有一天人家成了真正的大导演、大制片，自己脸上也有光。

吴伯都回到宿舍已经很晚了，鸿飞还在拿着吉他研究指法。鸿飞见吴伯都便说：“大明星怎么才回来？电影拍得怎么样了？兄弟还等着看呢。”

吴伯都没搭理他，一屁股坐在电脑前，按下开机键，这已经是习惯，回来第一件事就是开电脑，哪怕不用。生活里经常会有失落感，而且不一定和具体的人或事有关，就像现在一样。吴伯都在大脑里过了一遍这几天的拍摄。好像自己刚刚失业一样，有点儿迷茫。客观来说，他和电影的关系非常遥远，那是另一个世界，与他格格不入。可这一切就发生在他身上，他的专业又与之相关，可以名正言顺地参与其中，串个角色，感受下别样人生。吴伯都正想着，看到屏幕上 QQ 头像闪动。点开后是陈晓传的照片，都是今天的合影。看着这些照片，吴伯都想起了张玉，因为上面没有她。这部片子选完演员后就再没见过她，还总想找她问问以前讲过的那个故事呢。几乎与此同时，万瑞宣布话剧《疯人院》继续排练。张玉将再次出现。

20. 进一步发展

由于天气热，鸿飞整天足不出户，专注练吉他。方幽弥又始终是和他们生活在两个世界，白天消失，晚上不见。

吴伯都每天步行往返画室和寝室，不是为了上课，只是不想在同一个地方待太久，来到画室就惦记回寝室，回到寝室便想着去画室。

这途中有一条约两百米长的连续树荫，走过树荫，前面是一条看不到尽头的河流，河面上的水草给河流盖上一层绿色的纱巾，纱巾伴随着缓慢的水波光向远方浮动。据说以前河里长满了莲花，把这座桥衬托得委婉含蓄，因此取名“莲花桥”。这也是上一次吴伯都与方幽弥相遇的地方。

莲花桥在失去莲花的衬托后显得突兀许多，和周围的建筑一样土里土气。每天在这样一座桥上走上几次，心情可想而知。吴伯都常幻想要是每日能有个美丽的姑娘同行，才算不虚此行。幻想并非不能实现。

“吴伯都！”声音清脆悦耳，熟悉亲近。

吴伯都转过头，看见连跑带喘的张玉已来到他身后，满头大汗。吴伯都还在惊讶中，她接着说：“一起走吧，我也没骑车。”

这么久没见张玉，正想找她聊聊。张玉给他留下些神秘的念想。这到底是个什么样的姑娘?

吴伯都不停在脑子里组织问题。竟然到今天才知道自己和张玉住同一栋宿舍楼!

突然，张玉停住脚步。

“怎么不走了？”

吴伯都组织半天，但这就是他的第一个问题。

张玉面向河水流走的方向：“我们到河边走走吧！”然后直勾勾看着吴伯都。

“好，正好还有事想问你。”

张玉有些疑惑：“问我什么？”

“上次的故事还没完呢，结局是什么？”

张玉没有回答，又现出思考的神态，继续顺着河边走着。吴伯都也把注意力转移到两岸，杂乱的草坪好像从来没有修整过，中间是高大的梧桐树，阳光在梧桐巴掌大的叶片间漏下，岸上一片斑驳灵动的阴影。草坪上还有供人们休息的石椅，可能很久没人坐的缘故，表面几无光泽。他们选个位置坐下。又沉默了一会儿，张玉才说：“伯都，我就知道你早晚得问我上回的故事，只是我还没有考虑好该怎么和你说。我只能告诉你，女孩最后……没有答应他。”

“这个我知道，可她为啥不同意？”

“因为……因为……”

张玉因为了半天也没出个结果。

吴伯都抬高一个调门儿：“到底因为什么？”

“你急什么！后面的……后面的我也不知道了。”说完，张玉一副惭愧的样子，低头看着自己脚上的帆布鞋。

“肯定有原因，只是单纯不喜欢吗？”吴伯都对着苍天问道。

张玉抬头看了吴伯都一眼，露出一丝无奈的微笑。

“你这人有时候还挺有趣的，虽然看起来傻傻的。”

“我傻？没开玩笑吧？你都没说，我怎么知道？”

说完这话，吴伯都突然觉得有些不自在，张玉这话肯定里面还有话。

吴伯都半开玩笑地说：“那个女生不会是你吧？”

张玉看着他喊道：“你不只是傻，还疯。”

然后，她站起身：“是谁都不重要了。我们回去吧，有些累了。”

说完向宿舍方向走去。

张玉每次都给人留些新的悬念，对她的未知越积越多，想起来都让人心烦。如果是放在以前，碰到张玉这样的女孩，吴伯都必定经不起考验。她闭月羞花，善解人意。自己帅气潇洒，善解人意。这不是门当户对的事吗！可奇怪的是，看着这样一个女孩就在自己面前，他仍旧能凡心不动。既想和她接触，还有一点儿胆怯。难不成已经六根清净到能当和尚的境界？那几天，吴伯都还真想过出家，法号都取好了。

21. 军训通知

六月底，学校传来一个不可思议的消息。因为特殊的原因，吴伯都这届学生军训被安排到了暑假前期，也就是一个月后。这是太阳和北方生物最亲热的季节，屋里静坐都有中暑的可能，何况室外。学校说，这是锻炼他们的毅力和严肃他们的作风。

都说没当过兵的男人不算真正的男人，为了证明自己的性别，吴伯都已经振作好精神。遗憾的是，别人都是刚入学就训，同学之间都不熟悉，异性之间还有很多让人浮想联翩的内容。如今却不同，名花有主，其余都不能唤起一点儿新鲜感。很多同学想方设法请假免训，学校却说不参加就拿不到学位证，大家只能服从。

七月初的一天晚上，空气比往常更闷热，立在门口的风扇以它最大的马力搅动空气，但还是不能驱散屋中的闷热。贺鸿飞还在用祛痘灵涂抹入学伊始就陪伴着他的那些青春痘们。他抹完后站起身，走到吴伯都旁边说：“伯都，下去待会儿吧！太热，我受不了了。”

吴伯都也有此意，光着膀子和他走下楼，坐到宿舍门口的台阶上。两个闷骚男欣赏着夜空的美丽和清澈。

贺鸿飞深深地叹了口气，点上一支恒大，深深地吸了一口，吐出个祥云般的烟圈。他一副放荡不羁的表情，看着天空说："大学不应该是这样过的。没上大学时天天向往，做梦都想上，可来了完全是两回事，我以为大学会给我方向，可仍旧迷茫。感觉这一年什么都没干，除了认识你这么个哥们儿！"

"这和大学本身无关，凡事都得看自己，谁都不欠谁的。别想那么多，等到大二就好了。也不能说什么都没干，你不还组了个乐队吗！那也是收获。"吴伯都发自肺腑地说了这些冠冕堂皇的话，好像和当下情境还蛮协调的。

贺鸿飞没有说话，只是看着门口出出进进的每一个人。

片刻后他说：

"月亮是明朗的，

"星星是安静的。

"照在我们脸上的灯光开始慢慢地熄灭了，

"温和的月光和星光呈现出来。

"大家都开始休息了，

"一阵凉风夺去了我散乱的眼神，让我更加精神。"

吴伯都忙说："好诗。"

"好什么?！我想好了，我要带上相机和三脚架出去拍照。"

"你不是每天都在拍吗？"吴伯都好奇地问。

"嗯，没错。但这次不一样。我要去有沙漠、戈壁、草原的地方。"

吴伯都有些不解。那些地方是很好，可是在特殊的语境下突然提起，就会有那么点儿让人排斥。

"为什么非要去那种地方？"

贺鸿飞咬了咬嘴唇，好像决心已定的样子："你有所不知，我能来到咱们学校和那里有很大的关系。这得从两年前说起。那会儿还在上高中，我就瞒着人一个人自驾车开进了沙漠。可车开进那种地方就相当于残疾了。我把车寄存在沙漠的边缘，临走摸了摸车上面贴着的残标，是四个字，它们一直鼓励我到今天。我孤身走进沙漠，那种景象此生难忘。沙漠之海的壮阔远比大海更令人震撼。我们在海边观看潮水，以为这样就体会大海了。最多也就是坐在游船上在海里漂泊上一天半天而已，很难有感觉。沙漠，你可以置身其中，那种天人合一的感觉会让你忽略掉迷失的恐惧。很快我就迷路了，开始还能看到骆驼的脚印，没多久它们就被沙漠里的风沙覆盖掉。我心里只有一个念想，就是车上那残破的四个字：前往前方。哪怕我在这条路上倒下也不后悔。我想，这世界上除了我没有第二个人敢孤身一人徒步穿越沙漠了。当时我就是这么想的。烈日很快吸干了我身上的水分，我已经不抱活着走出去的希望。可是天不灭我，这时候我看到了另一个人，他和我一样孤身一人。我使出全身的力量跑了过去，让我惊讶的是，竟然是个女的。她嘴唇干裂，脸上沾满了黄沙，但看起来仍旧很标致。我问她为什么一个人进入沙漠，可她却告诉我她要去找草原。我说找草原怎么进入了沙漠，她说这都是她向往的地方。我就说陪她一同前往，可她却说这是她最后的时间，想一个人去。我不懂她的意思，什么叫最后的时间？可我没来得及问她。只知道这是她多年前的一个梦想，而且有一个人会去找她。我想陪她走出沙漠，当然我也需要有人陪伴，可她拒绝了。她说即使在浩瀚的沙漠里相遇我们也只能擦肩而过，过一个人和过一百个人没有什么区别，因为我们各有目的地，这里只是片刻停留而已。我同意了她的观点，因为她比我更会表达，竟然化解了我内心的执念。可我还是不甘，我留了她的电话号码，说有机会联系。又拿出随身携带的相机给她拍了张照片，当作纪念。我竟然忘记了问她的名字。”

吴伯都打断他：“那照片呢？给我看看。”

“唉，倒霉就倒霉在那张照片上了。我把它投稿到一份摄影刊物，竟然真的刊登了，我很高兴地给那姑娘打电话，可之后就再也联系不上，电话号码都成了空号。估计那张照片给她带来了不必要的麻烦。不过，就是那次后我开始对摄影感兴趣，就考到了咱们学校和摄影有关的专业，这也算缘分吧。那张照片，本来还有张底片，也在高考前失踪了。”

吴伯都觉得鸿飞这故事有些奇怪，可又说不出什么。

“那你打算什么时候出发，军训完吗？”

“不，就这几天吧，不训了。”

吴伯都说：“大学四年，还差这几天？因为这个没了学位多不值。锻炼下也没什么不好，男人没当过兵算男人吗？”

“这又和当兵不一样。你不懂，也别劝我，管好你自己得了。可能有一天我会补上这一课，但不是现在。明天我就去请假，给不给我都走。”

“嗯，我支持你去拍照。不过我得参加，不为别的，就为早点儿毕业离开这儿。我们付出的不一样，得到的结果也不会相同，顺利读完大学或许就是我最好的选择。”

贺鸿飞又点上一支烟，吸了一口，低下头说：“你说得也对。人就是奇怪，没来之前拼了命想来，来了之后又拼了命想走。我也没办法，错过了这个季节就赶不上最好的拍摄时间了。这次我还要带上吉他，带上我的音乐，一起出去走走。”

“我挺佩服你的，可这么多年来一直做着不想做的事，推着走已经成了习惯。”

贺鸿飞站起身向门口的食杂店走去，片刻后，拎来几瓶凉啤酒放在地上。直到食杂店关门，他俩才发现已经喝了好多酒，满地的瓶子。黑芝麻糊发现他们，多次劝他们进楼休息，却都无果，只好锁上楼门，还让他们多保重。黑芝麻糊一走，两人就顺着排水管爬到二楼回宿舍。要的就是这么个劲儿。

22. 军训

晴天姗姗来迟。下午四点，开阔的训练场上人声鼎沸。

由于蹩脚的动作，一个矮小的男生正被大家争相取笑。他满头大汗，亢奋地回击。

吴伯都混在人群中，一脸坏笑地说："老岑，刚才那动作好像正常情况下用不着吧，说实话，在哪家酒店用过？"

大家一阵哄笑。老岑面红耳赤，冲吴伯都叫道："小伙儿挺熟悉啊！你没用过你咋知道我干啥用的。"

吴伯都继续玩笑："好好，这事哪天咱俩单独聊，别让他们都学走了。"

笑声再次爆发。吴伯都偷眼看到人群深处幻影般的方幽弥，嘴角也划过了一丝笑意。

吴伯都捂着笑得发疼的肚子，缓步走出人群，来到空旷处，惬意地躺了下来。

啊，多久没抬头望天了？层层叠叠，奇云飘过，其中一朵像极了皱纹满面的人脸，脑海里不禁闪过已故姥爷的苍老面庞。凝望天空久了，身体恍若消融，眼看就要天人合一啦，不巧天女下凡，挡住了他可怜的姥爷。

迷彩服衬着姑娘逆光的清秀面庞，是张玉。

“你挺美呀，跑这儿躲清静。”

吴伯都拿腔拿调：“这叫偷得浮生半日闲。”

“哎呀，挺能整词儿啊，学问见长啊。”

“过奖过奖。”

吴伯都依旧躺着，双手交叉垫在脑后，微微仰头，注视着张玉。

张玉闪着明眸，问：“看啥呢？”

吴伯都柔情道：“我发现你逆着光更好看了。”

“呵，嘴真甜啊，终于发现我天生丽质了吧。”

吴伯都一本正经道：“不是，主要因为逆光看不清五官。”

张玉愠怒：“你嘴里就吐不出象牙来。”

她绕到侧面，坐在吴伯都身旁。吴伯都顺势坐起身来。二人并排。

她蜷着腿，双手抱住膝盖。略显肥大的一团迷彩，悄悄晃动的马尾。

吴伯都腿伸直，望向不远处嬉闹的人群。

沉默。夕阳落山。

他瞟了眼张玉。姑娘精致的侧脸，被暮光勾出一道迷人的轮廓线，眼神澄澈，嘴角如雕刻出一般。

张玉似乎有所觉察，放下了双手，撑住地面。

她指了指前方，说：“纪阳明是不是对张茜有意思啊，这几天总往人家跟前凑合，就差端茶递水啦。”

吴伯都瞅了瞅两个小人影，没言语。

张玉兴致盎然：“你知道张茜是谁吧？”

吴伯都平静地说:“不要那么有好奇心。内心匮乏的人才四处好奇。这不像你之前的性格啊！”

张玉咯咯笑起来:“呵，果然长学问了，最近没少读书吧，整得跟个哲人似的。”

“当人类抬头仰望星空的时候，哲学便诞生了！”吴伯都的朗诵腔和夸张手势让张玉由咯咯变成了哈哈。

“怪不得你刚才躺这儿看天，耽误你思考人生啦，哲学家。”

“没事，知错就好。”吴伯都做无奈状。

夕阳缓缓下沉，吴伯都的心情也莫名低落起来。默契地安静再次降临。

良久，吴伯都扭过头。张玉无瑕的脸庞，挂上了泪珠。

吴伯都愣住:“哟，咋啦？”

张玉胡乱地抹了把泪，低声说:“夕阳落得太快了。”

吴伯都连忙打趣:“你因为这个哭？你太文艺啦！我真是越来越不了解你了。”

张玉对吴伯都的贫嘴无动于衷，缓了缓，像是自言自语道:“怎么哭了，真是的……我只是突然觉得，和一个人，哦……一个男孩，一起看夕阳，很熟悉，刚才那一瞬间……太熟悉了，也是这么坐着，谁也不说话，夕阳一点点落下，那感觉……太美好了，不知道……我也不知道……”

她看了看吴伯都，勉强挤出一丝笑，像在对语无伦次表示歉意。

吴伯都无言以对，只是默默地看着她，心中怅然若失。

忽然觉得眼前的张玉也许历经沧桑，忽然觉得她平日的笑容多么弱不禁风，忽然觉得人生真是悲凉。

吴伯都想一把抱住她。但他只是轻轻说了声："明白。"

吴伯都扭回头，看到夕阳已经落下了大半。

一声哨响，大家集合。

张玉迅速收敛起惆怅，边拽吴伯都起身边说："快快，一会儿教官又发飙了！"然后向大部队跑去。

这哨声似乎就是吹给远离中心的他俩听的。

黝黑发亮，不苟言笑，吴伯都心中暗想，曾被我小小顶撞过的李教官啊，请耐心地等一等，你瞧，我也跑起来了呀，要知道我现在的心情可糟着呢！

张玉很快归队，大家都集合好了，等着吴伯都。

在李教官的视野中，吴伯都的跑姿还是太散漫了。他迎面走来，眉头紧锁。两人越来越近。

"这么慢悠悠，没看大家都等你一个人吗！"李教官声如洪钟，引来了众人目光。

吴伯都没理他，继续往队伍里走。

"以为你家后院呢，这么无组织无纪律！"他又叫。

离他三四米时，吴伯都忍不住回了句："这不离得远嘛。"

擦肩而过的瞬间，教官一把拽住他胳膊，喝道："说话时看着我！"

吴伯都扬手甩开他——严重出乎他的意料。

李教官怒了。

他抓住吴伯都手腕，力如蛮牛。可吴伯都异常平静，盯着他，说："你松开。"

他又加了加力。吴伯都加重语气："松开！"同时抬手推了他肩膀一下。

他恼羞成怒，叫了一声："好小子！"手腕一扭，吴伯都被迫转过身去。

"你给我松开！"

他用手摁住吴伯都后背，义愤填膺："看你老不老实！"

吴伯都猫着腰，隐约感到侧面忽闪着几十双惊愕的眼睛。

吴伯都使了使劲，却动弹不得。终归干不过教官。

他叫道："还动手吗？"

吴伯都紧咬牙关，没搭理他，只是半垂着头，看到昏黄的地面上，奔跑着一只仓皇的蚂蚁。

气氛凝固了几秒。小小的僵持。虫鸣般地交头接耳真烦人。吴伯都心想，哥们儿可没受过这种侮辱。

忽然，余光扫到一双脚闪出队列。很快身后传来了低沉的声音："放开他。"神谕似的，不可辩驳。

教官松了松手，吴伯都微微直起身，扭头看到方幽弥健硕的身影，面沉似水，目光锐利。

李教官一愣，警告他道："你，回去！"

方幽弥二话没说，以迅雷之势逮住他胳膊，连人甩到了一边。

整个操场骤然安静。所有声响逃跑般熄灭。不容置疑的彪悍气息笼罩四方。

方幽弥把目光转向吴伯都，说："没事吧？"

吴伯都犹在梦中，呆呆回了句："哦，没事。"

他看到方幽弥深邃的眼神，平静得令人发指。

此刻，夕阳落幕，喧哗退场。

吴伯都远远看到同学们神情各异，隐约间张玉朝他笑了笑。然后，又抚平下心绪，看了看身旁的方幽弥。他依旧从容镇定，耳边的长发随风飘动。吴伯都心中感叹，我高大冷峻的同窗、神出鬼没的室友啊，终于侧脸微微一笑。于是，吴伯都就势嬉皮笑脸地说："多谢拔刀相助。"

方幽弥扭回头望向天边。许久，说出了那句之后很长时间吴伯都反复咀嚼的话——

"我只是不喜欢我认识的人受欺负。"

大事化小，后果就是，吴伯都和方幽弥被罚站军姿两个小时。

再说张玉，刚刚的微笑让吴伯都心中得到一些宽慰，这几天他们接触很多，张玉常会跟他说一些自己的事，每次都含蓄婉转，真情流露，吴伯都成为名副其实的倾听者。

军训结束的前一天，张玉坐到他旁边，酝酿了好一会儿才说话："对不起，又打扰你。"

"和我说话没必要这么严肃，有话就直说。"

"谢谢你，不说这个。刚才我们和教官一起做游戏的时候我很开心，真的很放松。我想通了，如果每天都很开心地面对很多东西，一切都会那样过去的，因为日子照旧进行着。以前总想很多东西，但现在不让自己那样。我是女生，有些时候也喜欢那样的生活，喜欢逛街看饰品，也希望有时会有男朋友撒娇，但是基本上实现不了。虽然我也要学习，但是我不要每天都那样，那样没效率。所以嘛，以后我要放松地活着，至于你，其实很不了解。"

吴伯都越听越糊涂，智商明显不够用，过了好长时间他憋出一句话："说什么呢？我怎么一句听不懂？"

"你只要听着就行了，懂不懂不重要。对了，我还有个愿望你能帮助我实现吗？"

“什么？愿望？说吧，只要我能帮上就行。”

张玉低下头，有些不好意思：“你能帮到，我只是觉得这个要求对我来说有点奢望。”

“快说吧，咋还吞吞吐吐的？你不要我命就行，别的都好办。”

“那倒不至于，军训完咱们就放假了，你会马上回家吗？”

“还不一定，想让我帮你什么？”吴伯都追问。

“还是算了，估计你也没时间，先忙你的吧！我这儿没什么重要的事儿，等开学后再说吧。”

训练的哨声响起了，他们各自站到自己的位置目视着前方。

23. 电影首映

闷热的无事之夏后，吴伯都成功晋级大二。系里老师推荐大家配备了各种款式的影像器材，多数是二手店淘来的，以胶片相机和卡带DV为主，这样才能看出是专业的人。

系主任是个年过五旬的男人，有着多年暗房冲洗照片的经验和获奖经历。他每天开着自己的大排量吉普车穿梭在来回不足百米长的校园内，身边无时无刻地围绕着几名忠实的粉丝，都是大三的学生和个别大二的积极分子，贺鸿飞也是其中一员，并且和主任的关系异常密切。

军训期间，贺鸿飞西藏、甘南之行硕果累累，回来后仍旧精力充沛，把自己拍的照片拿给主任看，希望主任为他指点迷津，争取用最短的时间“榨干”主任身上的艺术细胞。看得出来，他的工夫没有白费，和主任走得越来越近，甚至让很多同学羡慕。他每天随同主任出入暗房和工作室，还有教学楼旁边不足五十米远的一家饭馆。每去一次，贺鸿飞都要象征性的在经济上拮据两天，吴伯都问他：“你们天天去吃饭，都谁请客？”

“当然轮班请。我的钱没干别的，都花在请主任喝酒上。”

“主任不请吗？”能提出吴伯都这种问题的人，将来在仕途上估计只有死路一条。

贺鸿飞的回答是：“主任每次都说请我们吃饭才去的，可去了之后总是在主任掏钱之前，别人就先把钱付了，多数都是我请的，那有什么办法？想让人家带你，就得交点儿学费。”

“我这种不常和他接触，也没请过他吃饭的人，以后会不会给我穿小鞋？比如，考试不让我过。”

“应该不会，主任这人除了爱吃爱喝也没别的嗜好，人挺好的，对我也不错，我都把他当成自己的义父了。”

“可以啊，才几天就把主任和你搞得这么有血缘关系，大学没白上，还弄个爹回去。”

“别乱说，我只是想和他学点儿东西，我是说很尊重他，就像父亲一样，绝不是你们想的那样，明白？”

“别解释，没人想调查你的身世，再说大家都羡慕你们的关系。”

“好了，不说这个，带你去暗房看看我的作品，就是这次出去拍的。”

吴伯都跟着他来到暗房，一间伸手不见五指的黑房间，其实就是没开灯。这么昏暗的屋子贺鸿飞竟然迅速地脱离开吴伯都的视线走到自己的位置，吴伯都摸索着往前走，慢慢地适应着黑暗。黑暗中，吴伯都暗自佩服贺鸿飞，他躺着仰望蓝天的时候，贺鸿飞已经付诸行动。他做好准备工作时，贺鸿飞已经带回了作品。他在暗房中摸索前行时，贺鸿飞却早已轻车熟路。吴伯都走到暗房中间的水池旁，隐约看到贺鸿飞熟练的动作。他拿起镊子从药液中捞出自己的作品，在红灯下贴近眼睛仔细查看，就像变戏法一样，相纸上很快就出现一幅幅美丽的风光，那是个有美丽草原，可以牧马放羊的地方，也是当年乔峰和阿朱向往的生活，还有一些是沙漠中的驼队。照片中的景深像大海一样看不到边际，看完只觉得自己的胸怀也宽阔不少。从草原、沙漠中回来，贺鸿飞的信心和方向更加明确，也是他的精神梦想，前往前方。

和贺鸿飞相比，吴伯都自愧不如，也没什么可拿出来炫耀的资本。可无意间吴伯都竟然成了众人眼中的“明星”。

秋天的电话，成了一切的开始。

“伯都啊，我们的影片剪辑完成，可以和大家见面了，你召集下参与人员，我们一起看看。”

“好，我马上联系。”

转天下午，几个主创会集在万瑞家的电脑前，播放器缓慢出现片名：春天。

这不仅是大家的处女作，更是记录了每个人的大学时光。

一个周五的晚上，经过学校团委审查，确定《春天》既非色情、也不暴力，更没有讽刺学校和反对社会主义的不良情节，同意在学校的放映厅进行免费放映，以鼓励和激发学生的创作热情。值得欣慰的是，三百个座位座无虚席，甚至有人坐在过道上看。电影放映过后，得到不好不坏的反响。大家不觉得这部片子拍得多好，但起码反映出了艺术大学生的部分生活，这引起了共鸣。

放映的时候，吴伯都坐在前排靠边的角落，以免被人发现，再用唾沫喷他。但有一点还好，他觉得现在的自己不管面对什么情况，都不会过度的紧张和害怕。俗话说，再丑的媳妇也得见公婆，这些也都能忍，令他难堪的是，在影片过半中场休息时，贺鸿飞找了个音乐社的姑娘扮成吴伯都的粉丝手捧鲜花向他走来，吴伯都措手不及，无处可藏，只好起身双手接过鲜花当众表示感谢，好像获得了奥斯卡最佳男主，场下众人哄笑，贺鸿飞、陈晓等人纷纷起哄，企图营造万人演唱会的场面，那一瞬间吴伯都过足了瘾。事后回到寝室，贺鸿飞又将鲜花要回去插到了自己的瓶子里。

那天舞台下面还坐着一个人。吴伯都知道张玉一定会去，她在吴伯都后面第二排的位置。这是新学期他们第一次见面，直到片子放完后，吴伯都看张玉笑呵呵地看着他。吴伯都走过去问：“笑什么？”

“笑你这个大明星，给我签个名吧。”

“你就别跟着起哄了，还嫌我不够二吗？”

“你演得很好，反正我喜欢看，但还是和我之前说的一样，再多一点儿阳光就更好了。我会一直关注支持你的，快过去吧！你朋友们都在等你呢。”

张玉没和他多说，就和一个女孩彼此挽着胳膊出了放映室。

吴伯都因为担任片中男主一炮走红，成了学校里的明星，开始片约不断，但却只管盒饭。

24. 幸福来临

当天晚上吴伯都接到张玉的电话，她想让吴伯都转天陪自己出去遛遛，去哪儿都行，还说这就是她在军训时候想让吴伯都帮她的忙，时隔两个月后，她又重新提出来，吴伯都也准时应约。

转天清晨，天空呈现出一片冷色调，不知道是雾气还是尾气将城市蒙上了羞涩的面纱，扑朔迷离地呈现在眼前。张玉兴高采烈地出现在吴伯都面前。他们来到不远处的马路边儿上吃早点。张玉只要了碗豆浆，边喝边看着吴伯都笑。吴伯都吃了两根油条、一碗老豆腐、两个鸡蛋，后来也喝了碗豆浆，吃完后说：“走吧！不吃了。”

“你吃好了吗？”

“算了！不吃了，今天没食欲。”

张玉刚送进嘴里的豆浆一口喷了出来，差点呛着，哭笑不得。

“你……这叫没食欲？比我一周吃得还多呢。”

然后，她放下手中盛着豆浆的碗说：“走吧！我也饱了。”

“去哪儿啊？”

“我知道前面有家超市新开的，我们去逛逛吧？好久没逛超市了，正好买点儿东西。”

为了配合张玉今天的心情，吴伯都答应了。

他们走进一个地面凹凸不平却人流密集的农贸市场，远远就看到两个醒目的大字：超市。进来后，吴伯都一声不吭地跟在张玉后面环视琳琅满目的商品，突然产生一种奇怪的幻觉。这一幕在他人生计划里从没有安排过。并非逛超市陌生，而是和张玉一起逛是做梦也没想过，这种偶然性很有趣，他看张玉一会儿拿这个毛巾瞅瞅，一会儿拿那个肥皂瞧瞧，似乎要把超市里的所有东西一一过目才肯罢休，还不断叫他也看，可他实在没看出什么门道儿，张玉越觉得有趣，吴伯都就越觉得无聊。

走到超市里侧，那里摆放了几个书架，吴伯都顺手拿了一本杂志看。张玉说：“你在这儿看吧！等着我，别往远走，我买完东西回来找你。”

“好。”吴伯都痛快地答应。

才看不到一页纸，张玉就跑过来：“我回来了。”

“这么快？买完了吗？”

“嗯！买完了。你怎么样？看完没？”

“我就随便翻翻，那我们回吧？”

“嗯！走。”

走到结账出口，张玉迅速地交了钱，生怕吴伯都和她抢着付，吴伯都就没打算掏兜。看着她买的东西，吴伯都有些疑惑：“怎么买的都是男人用的？”

“说对了，这都是给你买的，算送你的礼物，总不能让你白白出来陪我。让你这么无聊，我于心不忍，再说看你平时拍片也很辛苦，晒得那么黑，这个是专用的男式洗面奶，给你的，记得天天用，还有牙膏和牙刷也是给你买的。对了，你看这个是不是很适合你，你穿穿看。”然后随手拿出一件黑色的半袖T恤让他穿。

突如其来的礼物让吴伯都不知道说什么，他既不是感动也不是厌烦。吴伯都若不收这些东西，可能两个人都不会愉快，尤其是张玉。吴伯都说了谢谢就收下了，毕竟也需要这些。

出了超市，吴伯都还是有些过意不去。

“也不能白拿你东西，我总得表示下才行。”

张玉欣慰地笑了笑：“那请我喝杯咖啡吧！”

“好，反正今天都是你的，怎样都行。”

张玉看着他说：“就一天吗？呵呵！走吧！”

吴伯都挥手拦住一辆夏利，和她一起坐到后座上，对司机说：“师傅，四马路廊桥咖啡。”

张玉略带情绪：“这么熟啊！看来经常和人来吧？”

“哪能啊，只是路过有印象。”

吴伯都心说这咖啡厅的确来过，而且印象颇深，但没必要告诉她，还是高考的时候和慧文一起，也不知道慧文走没走上那个梦想的T台。吴伯都不敢多想，不管怎样身边的张玉好像正在提醒他那都是过去，应该好好珍惜今天才对。

吴伯都轻车熟路地把张玉带到他和慧文曾经坐过的地方，又推荐她点了爱尔兰咖啡，自己还是加柠檬的科罗娜，当初和慧文就是点的这两样。

他们坐到沙发的同一侧，都先静静地适应一会儿这种环境下的彼此，貌似这样才能与咖啡厅的大环境搭配协调，张玉酝酿了好久才说：“伯都，问你个问题，你要和我说实话。”

“问吧。”

“你说我这人是不是很让人讨厌？”这种问题搞得吴伯都心里没底。

于是他小怒：“这叫什么话？像你这种女孩都是可遇不可求的，谁要讨厌你纯属心理变态。”

张玉扑哧一笑：“这话也太假了，不过这是你今天说的最好听的话。”

然后，她表情又严肃起来：“可为什么我这么讨厌自己呢？我一直以为自己很坚强，可真正遇到问题时，却不如想象的那样。我同样是女生，很多东西很难想象，也想不通。也许你觉得我很可笑，和你说这些不是想得到你的同情。也许别人都是对的，是我错了。但是，我真的很不甘心。我一直觉得认识你以后，我曾经的一切都过去了，以后会很开心，至少会希望，可现在我觉得压力更大了。”

张玉的话吴伯都向来只能理解一半，也可能是小半，其他只能意会，再去慢慢咀嚼。

“真新鲜，认识我还会给你压力？”

“这也正是我害怕的。以前没这种感觉，哪怕我们一个月都见不到一面，只要想到你就会感到不一样。到底什么原因我不想知道，也许你不会有这种感觉。我发现突然某一天，在看电视的时候，去超市买东西的时候，总是感觉会有你需要的，会不时地想到你，我是不是疯了？我控制不了自己，今天才找你陪我。你能来我真的好高兴！可我更害怕！等你走了我又该怎么办呢？”虽然咖啡厅里灯光暗淡，可遮不住张玉的情感流露，眼睛也变得红润了。

吴伯都就是再迟钝也知道张玉喜欢他。以前只是隐约觉得她对自己不错，却没有过于上心这些。如今，张玉已经捅破了这张纸，几乎来个开门见山，还让他挺难为情，吴伯都突然变得口吃，说不出完整的话。

他一直不排斥张玉，只是还不够了解彼此。话说回来，了不了解又能怎样？两人若真想在一起，也不需要那么深知对方，感觉到了就行，其他的慢慢来。吴伯都心里各种权衡，能和她出来，说明已经试着和她发展一下关系，也或许吴伯都只是希望可以和她同船渡、共枕眠，但却未必是百年。张玉低头不语，拿着勺子搅动着面前的爱尔兰咖啡，吴伯都也拿着加了柠檬的啤酒瓶晃来晃去。咖啡厅里很安静，他们比咖啡厅更安静。过了好一阵子，张玉说：“我们回去吧！”

出了咖啡厅，张玉说想去自习室看会儿书，吴伯都当然不反对，反正他也不去。自习室一直不受他的爱戴。人有时就是这样，对未知的事情总是向往，当你知道或者实现的时候才发现也就那么回事，并没有想象中美好，久了还会感觉乏味，可能重新给你选择的机会，还会再寻老路，可能这一切都不是你想要的，只是错觉而你却一错再错，将错觉变为了现实。此时此刻，吴伯都真心不知道这些与他不去自习室有什么关系，可就是这么想的。

25. 接受？

回来的路上，吴伯都琢磨了下和张玉的现状，有些事情很难理解。有关她的事本与自己无关，也没必要去寻个答案搞得神经兮兮，可他们的生活似乎在彼此渗透，张玉做的事很多和他息息相关，难以躲掉。

再之后，吴伯都又了解一些事情。为什么他很少去上文化课，甚至很少参加学校或班级组织的活动却能安然无恙，既没受到老师的批评也没遭到学校惩罚，睡觉也如此坦然，终于如梦方醒，多半是张玉的功劳，全部是她摆平的。上天总是公平的，叫他失去了慧文却偿还一个张玉，他不敢乐观，或许这只是他们人生轨迹发生了暂时性的重叠，稍有风吹草动，彼此都会随风而去，再难相见。

周三下午，吴伯都去上一节久违的文化课，早早就走进阶梯教室，选择最后一排坐下。没多久张玉走进来，坐到前排的位子上拿出笔记本准备听课。工夫不大，一个头发贫瘠闪着光亮的头颅在讲台前出现，是政治经济学教师，他翻开点名册。大学校园里流传一句话：上学这一天最痛苦的事儿是啥，知道不？就是去上课了，老师没点名。最最痛苦的事儿是啥，知道不？就是没去上课老师点名了。最最最痛苦

的事儿是啥，知道不？第一节课去了不点名，第二节课走了，老师点名了。

今天老师点名吴伯都当然高兴，可以不虚此行。当他喊出吴伯都三个字时，吴伯都片刻没有迟疑，响亮地喊了声：“到。”

意外的是，有另一个声音比他喊得还要响亮。

他们两个声部配合默契，引来大家的笑声，也给吴伯都带来不必要的麻烦。老师说：“吴伯都下课来我这儿一下。”然后继续点名。

真是世事难料，吴伯都正无可奈何之际，就见张玉悄悄地坐到他身边。

“你来了我也没看到，就找人帮你答到了，竟然弄成这样，真对不起。”

“你这是帮我，怎么还给我道歉？搞得我多不是人。老师又不能把我怎样，没事。我得感谢你才对。”

张玉笑着说：“谢我就真诚点儿，别光嘴上说，来点儿实际的。”

“那晚上一起吃饭，算有诚意吗？”

“好，我同意了，呵呵。”

晚上，吴伯都选了家西餐厅，舒缓的音乐轻柔地传过来，很适合谈话。自从和秋天认识以后，吴伯都的城府越来越浅，总是动不动就和别人吐露心扉，或者说不打自招。还没等张玉多说话，吴伯都就开始给她讲了一些关于自己的事儿，包括和慧文的事，上次咖啡店都忍住没说，这回到底没忍住。和吴伯都的初衷恰恰相反，他明明是想问张玉的。而张玉对他说的一切就像心知肚明，只是倾听不愿打断，更不想插话。吴伯都也把自己的乱七八糟倾诉完毕，舒服多了，却未感到轻松。他不再说话，看着张玉。

张玉面露微笑："谢谢你的坦诚，还有你的故事。我挺羡慕慧文的，或许我永远也比不了她。不得不承认，虽然我喜欢你，但我从来也不敢和你讲话。今天我才知道在你面前我是懦弱的。我在你那里永远找不到自己的支点，那些东西似乎是我永远得不到的。我常自己在这儿瞎想，想找你，又怕你烦。不找你又好想知道你在干什么。有些时候感觉自己低声下气，偶尔你说点儿什么我就会好开心。以前每次和你聊天我就会失眠，这是实话。我不想为自己辩解什么。我想以后，但又不敢想，看到你好就可以。因为，我不确定自己的一切，我太平凡，掉到人堆里都不会被发现。等什么时候我的那颗骄傲的心能和我的实力成正比就好了。坦白说有些难过，不是因为你，是我。我从来都不懂得珍惜，不懂得那份宽容，从来不知道自己这样。"

张玉说完后，一副失魂落魄的表情。吴伯都再次打量她，优雅的身姿仿佛是一位脱离凡尘的仙女，张玉的确有种不寻常的魔力，吴伯都差点就被她的话感动了，就差那么一点儿。

吴伯都总认为张玉对他的感情是不理智也是瞬间的，只是随便相处一下而已。碰到这种情况他往往会考虑很多，也许他们相处过后，张玉会很快忘了他，当然，他会更快地忘了张玉。可从张玉给他讲述那个没有结尾的故事到现在已经快一个学期了，她的态度不但没有变化，而且根深蒂固，不可动摇，这些都让吴伯都矛盾，心里多少会因为接受张玉而去内疚一些事情。

刚离开慧文的时候，吴伯都还出现过一个奇怪的幻觉，他就是为了一段爱情可以一生守候的情圣，虽然他们分开了，可他们的爱在彼此心里并没有枯竭，有一天还会重见光明。吴伯都还幻想过，如果和慧文真的缘分已尽，他就闭关修炼，与女人绝缘，做一个脱离凡尘的和尚，若再有还俗那天，一定是个奇迹。只是没想到奇迹这么快就发生了，当第二个姑娘出现时，他就想开始一段新的生活，还因此惆怅过几分钟。

26. 发泄过后

从餐厅出来，吴伯都和张玉回到话剧社，等着半小时后的排练。

他们像陌生人一样，坐在圆形大厅里的凳子上，彼此互不干扰，各自想着事情。吴伯都看着窗外的校园，心里产生了一点儿小小的感慨。学校很小，小到每一个角度都可以看到校园的全景，他甚至在不同位置的厕所尝试过，蹲坑之余欣赏校园全貌，也会有那么几分惬意。

他转头看看张玉，张玉正低头翻看手机。吴伯都心情很乱，身旁的这个姑娘无论从哪一点上都符合甚至超过他理想中的样子，触手可及,反倒觉得没那么美好。用鸿飞的话说,这叫得了便宜还卖乖。而且，吴伯都把这个乖还卖到了排练现场。

戏排到了第十三场。一个雨夜，吴伯都饰演的病人精神崩溃，对同屋的病友暴力攻击。

病友宽厚如山，接住他痉挛的拳头，大海般抚平他泣血的心。中途护士进来，绽放出复杂情感，最后泪流满面地抱紧了他。

饰演病友的，就是此刻坐在角落课桌上，晦暗虚无的方幽弥。而张玉则化身为女神护士，救吴伯都于水火。这场戏乃重中之重。导演万瑞对他的要求是：释放、挥洒、忘我。

是的，他是病人。崩溃了的精神病人。他得爆发，歇斯底里。此时，方幽弥放下剧本，缓缓走过来。万瑞讲戏时，他一如既往，侧耳聆听，不卑不亢。直到排练开始，他悄声对吴伯都说：“别顾虑，放开了。”他看了看方幽弥，明白他的意思，怕他束手束脚削弱了剧的火力。吴伯都总觉得，任何话出自方幽弥之口，似乎都暗藏深意。

排练开始，戏中午夜。吴伯都挣脱梦魇，起身，抱头，做痛苦状。病友方幽弥熟睡一旁。吴伯都神志已废，于是手舞足蹈，凯歌高唱。他演得扭捏而紧绷。病友惊醒，过来抚慰，抓住他颤抖的肩头。方幽弥高大伟岸的身影带给他巨大的安静。

吴伯都挥舞手臂，象征性地推他。吴伯都心想，在众人眼中，他的表演一定苍白透了。方幽弥摁住他，惊惶地说：“你怎么了？”声音低低传来，和煦如春风一般。

吴伯都扬起头，长久以来第一次认真看方幽弥的脸。充满关切的表情背后，满溢沧桑。恍惚间，这张俊秀的年轻面庞陌生起来，缓缓消融，弥漫在空气中的，尽是时光的罪孽。

骤然，吴伯都彻底放松了。莫名其妙，如置云端。他不明所以地跌入剧情，变成一个合格的疯子。他开始捶打剧中的病友。他击打峰峦叠嶂的臂膀和一望无垠的胸膛。方幽弥不躲闪，不回击，默默地承受。神一样的包容、宽广。

吴伯都愈加肆无忌惮。封存千年的心门轰然炸开，喷涌出积压成吨的委屈、纠结和痛楚。他隐约感到四周充斥瞪圆的眼睛。渐渐地，方幽弥开始轻拍他的背。一股暖流穿过全身。

吴伯都放下了梦呓般的拳头，再生般地通体舒畅，几乎掉下泪来。

终于，万瑞先反应过来，小心翼翼地说：“好，好，停一下。”大家长舒一口气。

吴伯都回过神来，兀立原地。陈晓忙跑到方幽弥面前，问：“你没事吧？”众人接着围过来。

方幽弥脸上，依旧是雷打不动的平静。他环视一下大家，淡淡地说：“没事。”然后回身坐到椅子上。

张玉这才过来，一脸难以置信，瞪大眼睛问吴伯都：“你刚才是在演……你演得……你也太……”

吴伯都有些茫然，下意识地走过去，伸手碰了下方幽弥的肩。他不知道为什么要这样做。

方幽弥冲他微微一笑，像什么都没有发生。这笑容和那天在军训操场上一模一样。超然、神秘、不可忖度。方幽弥细长的眼睛，是深不见底的一潭湖水。

这场戏的确超出了吴伯都的预想，真实得叫他觉得可怕，就好像有一个人在控制他的意识。等他清醒后，张玉、陈晓把他拉出来，并劝阻今天继续排练。

陈晓抖着肩膀说：“伯都，要以大局为重。我们的话剧再有一周就上演了，一定要理智啊！”吴伯都没有说话，只是一直往外走。

进了宿舍的院子后，张玉说：“我还有些话想和你说。”陈晓立刻觉察到自己此刻的多余，忙说：“哦，那你们聊，我还有事先回去了。”

吴伯都跟着张玉坐到院子里一个并不张扬的台阶上。张玉说：“刚才可把我吓坏了，真没想到你还有这一面，以后我要是哪里做错了，你不会也这样打我吧？”

吴伯都觉着好笑，随口说：“刚才是我和方幽弥在演，你不了解情况，不想再说这些了。”

“好，不说。不过我觉得方幽弥这人也挺奇怪的，总觉得以前在哪里见过，又想不起来，好了，不说他了。刚才的事我也有责任，要不是我下午把你心情弄得不好，你可能也不会和人家那样，对不起。”

“跟你有什么关系，别给自己揽责任。都说了，不提这事。”

“嗯。不过，不管怎样，你答应我，不要中途放弃，我们坚持把这部话剧拍完好吗？”

“好，我答应你。”

就算张玉不提这个要求，吴伯都也不会中途放弃，对他来说才刚刚开始何谈退出？而且，对方幽弥这个人，他越发想了解。

张玉又说：“哎呀！本来今天应该是我心情不好的，现在反倒是我安慰上你了，人真是奇怪。”

“我有什么好安慰的，本来也没事，不过，还是得谢谢你！”

“什么谢不谢的，要谢也应该是谢你才对。以前如果有人说我只会说不会做，我都没有底气去否认，我做得的确很少，虽然有些目的也得到了，有些结果也会拥有，但付出太少。可认识你以后就不这么想了。我突然有种感受，发现身边有好多人，当然了，也包括你，如果你们不开心，我也会伤心。同样，我不开心的时候，你们，哦，应该是她们也会为我而难过，这个不包括你，我不敢奢求。不管怎么说，我很幸福，也知道满足。我不要自己像个怨妇一样，大家都需要改变，需要适应，需要好好认识身边的人，我是，你也是。所以，以前什么都没有发生，明天太阳照常升起！”

张玉的话总是那么给力，虽说不上充满诗情画意，可也总是在理性中夹杂她独特的感性，她的话常能给吴伯都好多提示。张玉确实和其他的姑娘不同。吴伯都感叹，好像跟他在一起的姑娘都非比寻常。当然也不是信口开河说这些，他总会找些相关的事情来论证他的观点。比如，在今天这样的情况下，张玉还能用这样平和的心态和他说话就是个意外。这平和心态的另一面有一种强烈的欲望，这种欲望的执着让吴伯都无地自容。

一阵微风拂面而过，张玉轻轻抚弄一下耳边的头发，委婉含蓄地说:“你对我有太多不理解的地方，甚至还会有些误解，当然这不怪你，之前我对一切事物都太封闭了，但我心里的那扇门对你一直都是敞开的。可你并不想往里走，也不想了解。很多时候我都是跟着你的节奏，所以你看不到我的改变。以前我觉得你是冷酷的，没有感情的，不懂得去爱对方的人。后来发现我错了，你比谁都更敢去爱。对于我的一切，你也许是有阴影的，就因为不了解。但无论你怎么看我，卑鄙还是无知。可是我也会有自尊，你那样的不冷不热，我会觉得自己真的什么都不是，在你看来我很轻浮吧？有时候做某些东西真的很难，很需要帮助。我是女生，没那么了不起。好了，今天就说到这儿吧，我回去了，你也早点儿回去休息。还有，今天我不会失眠，我很好，谢谢你陪了我这么久。”

张玉说痛快了，吴伯都也听痛快了。吴伯都做了和张玉在一起的决定，可接受她的同时，吴伯都竟然提出了自己都觉得无耻、可笑的条件。第一，不许她参与自己的事情，让他有绝对的个人空间。第二，不能当众和他过于亲近，要保持一定的距离。吴伯都暗骂自己，要是换作任何人和他提这种条件，他绝对挥刀自尽，他都觉得自己恶心。让他意外的是，张玉竟然接受了。

吴伯都常在傍晚或人少的时候才和张玉见面，如同地下党接头一样隐蔽，除了他们两个当事人，没别人知道，就好像这是不可告人的秘密。吴伯都良心发现时，还会换位思考，然后会骂自己挨千刀的。

吴伯都还记得和慧文在一起时，他主动过，也被动过，过程的甜蜜享受过，结局的苦涩也品味过，他知道那种责任感。所以今天，为了让自己的良心别受到太大谴责，他想对张玉有一点儿表示，送她一个礼物以表决心。送什么呢？又把他难住了。

他问过一次张玉："如果送你礼物，最想要什么？"

"那要看是谁送的。"

"当然是我。"

"如果是你嘛，传说如果男人送女人一枚戒指就会套住对方，永远不会离开他。不过我当然不用你套也不会离开你，所以送什么我都喜欢。"

吴伯都点头，承认张玉说得有道理，所以他不能送戒指。第一，买不起；第二，没必要套住她。最后，这礼物也不了了之，没有送成。

和张玉在一起短短几天，吴伯都如同躲瘟疫，很少和她接触。可这一切似乎没有影响到张玉，因为吴伯都的闭门不见，张玉也采取了相对的措施，每日 QQ 留言成了她的必修课。

27. 躲

除了每周一次话剧排练外，吴伯都找各种理由拒绝和张玉见面。用贺鸿飞的话讲，这叫占着茅坑不拉屎。

时间久了就能考验出人的耐性，张玉对吴伯都除了表示出无奈，更多的是忍让。可终究还是有熬不住的一天，张玉给吴伯都的留言中多了些犀利和责怪："很讨厌我吧？很让你烦吧？每次当我想靠近你的时候，我们都会有这样那样的问题。应该说是你。而这一切却发生在我身上，你真的很差劲，一点儿都不会包容。总是用你的思维方式思考问题。这样说也许你会生气，但有时你就是那样。人和人相处没那么容易，很多东西需要互补，知道理解万岁吧，你觉得需要的就不是我这样的，那请你告诉我，坦白说，我现在很不舒服。我不会勉强别人，我很讨厌那种行为，也讨厌有事不说清楚，让人很伤心，什么事都不想干，简直有种想死的感觉。"

看了这些，吴伯都和以前一样，心里还是有些难受，还和张玉达成了共识，他确实很差劲。可总得想个解决的办法，他想找个机会出去散散心，让距离帮他做一次选择。去哪儿都行，越远越好，最好能走出这个城市，把郁结心里这么久的矛盾都扔到一个无边无际的大海里淹死，淹死它们唯一的办法就是先把自己淹死，很快他又打消了这个念头，还有一场重要的话剧，等着他登台“丢人现眼”。

28. 演出结束

周五晚上六点，《疯人院》和大家见面。吴伯都从转场的黑暗和光明中反复登上舞台，越来越觉得自己是一个需要治疗的病人。这是个爱情怀疑论者，从不相信世界上有真正的爱情，因此被押到疯人院治疗。他路上遇到了女主人公陶陶，在她的帮助下，吴伯都寻找到自己的真爱，就是陶陶。而她的扮演者正是张玉，这是他们的首次合作，也是最后一次。舞台上吴伯都和张玉的情感交流方式已经互换，张玉拒绝了他的爱，他也不再怀疑世上的真爱。

回到现实又何尝不是？吴伯都也在寻找自己的良药，张玉是不是这位良医还不能过早判断。

演出结束后，话剧社人员变更。万瑞和秋天退了二线，一心去拍电影。新社长是众人推荐的陈晓。张玉实现了和吴伯都的约定，有始有终地将这部话剧拍完并演出，之后也就光荣退役了。紧随其后的就是方幽弥，他来也匆匆，去也匆匆。退出之前还和吴伯都讲了几句话："上次是我的问题，给你道歉。话剧社对我来说已经再没有留下的必要。"方幽弥向来说话简短，吴伯都早已习惯，可他给自己道歉，不论因为什么，他心里都觉得奇怪，这不是方幽弥该说的话。

“接下来你有什么打算？”

方幽弥还是一如既往地冷漠：“去该去的地方，还有事情等我。”

他看了吴伯都一眼，然后转身走出放映室。这是吴伯都印象中方幽弥第一次正视他。他也好像刚刚才认识方幽弥这个人。

吴伯都为了集中精力和万瑞、秋天筹备新片，也退出了话剧社。

五月和六月的交替季节，气候早已变暖。大家又扛着摄像机往返城市的角落收集空气和阳光，贺鸿飞实现承诺和吴伯都演一次戏，本色出演，客串个流氓。贺鸿飞杀青当天把吴伯都拉到街边烤串摊喝到很晚，说是庆祝两人的首次合作。

校园周围布满了粉红色的光晕，分外妖娆。并非年节假日，而是一个个店铺的招牌，城市的夜晚它们无比活跃。

吴伯都和贺鸿飞吃了很多，也喝了不少，回到学校的时候两个人的脚步都是飘的。

29. 窒息的消息

深夜十二点是宿舍夜生活最丰富的时候，夜晚常明成了普遍现象，不足为奇。

他们又从寝室窗户爬到一楼，跳出栅栏，此刻早已夜深人静，楼门紧锁。街道上还有闪烁的出租车灯光，他挥手叫来一辆。车停在一家二十四小时营业的烟酒专卖店。贺鸿飞要了瓶威士忌，还象征性地讲了价，最后二百八十元的酒花了二百七十元拿走的。

出租车又开到一家超市门前停住。贺鸿飞将酒放到吴伯都手里，他飞奔到超市中，几分钟后又飞奔回来，拿着几个崭新透明的玻璃杯，还有一大杯冰块。

“哪儿弄的？”

贺鸿飞像打了兴奋剂一样：“没看见旁边有个麦当劳吗？我进去说车里有人发烧了，要点儿冰块降烧用，就给了我一大杯，快回去喝酒，一会儿化了。”

深夜畅通无阻，他们很快就到了宿舍。贺鸿飞迫不及待地将威士忌打开畅饮。

喝着威士忌，啃着鸡爪子，不断感受玻璃杯与冰块碰撞的声音，在杯子和杯子的摩擦中，他们将标有五百克的一瓶酒全部消灭掉。

酒后的贺鸿飞开始叙述那段沙漠中的萍水相逢。

这也是他每次拿起吉他的瞬间，脑子里挥之不去的情景。吴伯都对他的故事，那个萍水相逢的女孩已经非常熟悉，可还是会尽量用真实的情感反应，配合他每一次讲的同样的故事梗概。

要说外国白酒就是劲儿大，吴伯都再睁眼已经是转天下午，要不是尿憋醒，他还能继续睡下去。这时，电话突然震动，吴伯都接起来。

万瑞说：“你可算接电话啦。下午两点，老地方，咱筹备新电影，开个会。”吴伯都昏昏沉沉地应和着。

万瑞接着说：“对了，张玉怎么也联系不上了，电话关机，和你在一起吗？还想请她帮忙客串一下呢。”

“没有啊。”回答完，吴伯都心头一紧。放下电话后他立马给张玉拨了过去，可电话中只传来“您所拨打的用户已关机”。

吴伯都呆呆地坐在床上，回想起，差不多一周了，没见到张玉，没电话，一贯的 QQ 留言也不翼而飞。一种不祥的预感骤然升起。他连忙给张玉的室友琪琪打了个电话。

琪琪说：“昨天一直没见到她，晚上也没回来住。”

见她有点漫不经心，吴伯都加快语速：“那赶快告诉学校，告诉你们班主任啊！”

“不至于吧，可能一会儿就回来了。”

“她怎么手机也关了啊，那……她回来让她给我回个电话吧。”

放下电话，吴伯都洗了把脸，清醒了几分。他回想起张玉最后一条 QQ 留言。他连忙打开电脑去看。重读一遍之后，他顿觉心慌意乱。

吴伯都匆匆跑出门。校园里烈日当头，树影婆娑，看着来来往往的人群，他眼前一阵恍惚。他漫无目的地走着，四处张望，下意识地寻觅着张玉的身影，整个人失魂落魄。各种无稽的设想充斥脑际，步伐越来越沉重。

他再次给张玉拨电话，手机依旧关机。他第一次觉得听筒里熟悉的女声尖锐刺耳。不知不觉地踱到篮球场，他渐渐地静下心来。

想到张玉也许只是心情不好，独处一下，或临时有事，手机没电，无须大惊小怪，吴伯都思绪随之安定。而同时，他也觉察到自己刚才的惊惶和焦急，竟如此突如其来又不可遏制。吴伯都很久没有这种感觉了。

万瑞的电话再次响起，提醒他连下午的电影筹备会也忘得一干二净。吴伯都情绪低落，找个借口爽了约。

夜里，吴伯都躺在床上，辗转反侧。回想和张玉的过往，心中五味杂陈。长期以来，他不冷不热的态度，一定伤了张玉的心。他细密地回想了张玉的一颦一笑一言一语，如此包容、温润、善解人意。反观自己，种种反馈和态度，他不禁自惭形秽起来。

第二天，他给张玉打电话，手机依旧关机。吴伯都无精打采地来到画室。最近老师布置了油画风景。他在临摹一幅透纳的名作。

呆坐在画架前，画笔扫来扫去，他丁点儿感觉没有。偶尔回头，发现平时神出鬼没的方幽弥也在专心创作。

吴伯都瞟了眼他的画，顿时被攫住——荒凉的小岛上，破败的庙宇，和着阵阵阴风，近景是波光粼粼的河水，映衬着昏黄的夕光。诡异迷离的气氛笼罩了整个画面。吴伯都顿感眼前一阵眩晕。

吴伯都不解地问："你这是临摹的，还是……幻想？"

方幽弥全神贯注于手中的画笔，长发遮在额前，眼神力透纸背，犹如老僧入定。吴伯都见他不语，便静静地看着他作画，很快沉迷其中……

不得不说，艺术才华上，和吴伯都学画多年见到的各类高手比，无人可及方幽弥。平日画室中，方幽弥极少出现，好在艺术学院氛围宽松，也无人在意。而他偶尔现身，挥笔作画，又出手不凡。不止同学钦羡，老师也惊为天人。

此刻，吴伯都看着他作画，真是一种享受。随着画笔的飞舞，他隐约觉得似乎不是方幽弥在画，而是某种神秘的力量在通过他的手，流淌出鬼斧神工般的醉人图景。

下午的英语大课上，吴伯都有意找了找，依然没看到张玉的身影。一袭红装的英语女老师依旧慷慨激昂。吴伯都窝在后排角落里，懒洋洋地趴在课桌上，凝视着讲台左侧飘来飘去的灰白色窗帘，不禁困意阵阵……

他看到一条蜿蜒的河流自山谷顺流而下，上面浮着两只气球。一只红如桃花，一只黑似锅底……

转眼他来到了大街上，纵情奔跑，撞到来来往往的路人。顾不上背后的叫嚷和指责，他径直停在了一幢饱经风霜的老楼下面，仰头望望，大概六七层的样子，他嗖的一声钻进去，跨步爬楼，一层又一层，他似乎在找人，但不知找谁，心急如焚，挨个儿房门打量，似乎皆非目标，他一直跑到楼顶，上了天台。他这才看到对面楼顶上一个披头散发的瘦长身影兀立风中，身形气质像极了张玉。他不知道她在干什么，便焦急地喊道："张玉！张玉！"由于看不清面目，心中越发没底——她为何一动不动，乱发飘舞？张玉为何看不到他，也不回应？她为何站在那么危险的地方？往前一步便万劫不复了。想到这儿他几近疯狂。张玉，张玉。他继续叫着。但没用。直到声嘶力竭涕泪横流……

贺鸿飞的推搡结束了吴伯都无际的痛苦。下课了。望着离开的人流，他呆坐缓了半晌。想来，梦里真是纠结——险象当前却有心无力，恐怕是最悲催的心理感受了。

张玉电话关机的第三天中午，吴伯都坐不住了。他越想越不对劲，上午没去上课。他先是给琪琪打电话，她说张玉依然没上课也没回宿舍，但好像向老师请了假。

听到这儿，吴伯都放心了些，突然想到张玉会不会回家了？翻了翻通信簿，他拨通了张玉家的座机。一个温和的中年女声。

“您好！请问哪位？”

“您好，张玉在家吗？”

“哦，她平时在上学，放假回来，你是？”

“我……原来这样……我是她高中同学。”

“找她有事吗？”

“哦，没事，谢谢阿姨，先这样吧。”

吴伯都忙放下电话，心又悬了起来。突然间，贺鸿飞快步跑进门。

“你怎么没去画室？对了，刚才我在办公室看到方幽弥，周老师正在批评他，好像是因为缺课什么的。他站在那儿一语不发，给老周气够呛。”

“是吗？”

“可不，幽弥太酷啦，岿然不动啊！”

“哎，我总觉得，方幽弥压根儿不该出现在学校这种地方。”

贺鸿飞脱下外套，挂在衣架上，扭头答道：“其实，我也一直是这么想的。”

之后几天，吴伯都越发焦虑，有某种挥之不去的预感：一切正在朝着不好的方向发展。张玉失踪后的第六天傍晚，吴伯都独自来到学校后面的小树林散步。这地方僻静难寻，人迹罕至，是个漫步沉思的好地方。走着走着，忽然，他隐约看到前方人影闪动。吴伯都慢慢地上前，竟远远发现一个熟悉的身姿——方幽弥。所在之处，是密林深处仅有的一小块圆形空地。

吴伯都上前几步，躲在一棵粗壮的大树后面，悄然窥探。只见方幽弥面色凝重，小心翼翼地围着一堆石头转圈，赤足缓行，口中念念有词。他身着道袍状的灰蓝长衫，头戴一顶类似飞碟的紫红色帽子，四周垂下来稻草般的黄色细绳，上面似乎还闪烁着点点荧光。远远望去，异彩缤纷，瑰丽奇绝。

吴伯都再定睛一看，乱石垒就的好像是一尊人像。面目用油彩绘制。男女莫辨，却生动异常。他被眼前匪夷所思的一幕惊呆了。他不知道幽弥在干什么。他似乎……在进行某种古老的仪式。

尽管只是远观，难以看清，但方幽弥虔诚的神情和举止，弥漫开来，在吴伯都心中一阵翻腾，不由得他眼前竟一阵模糊……

方幽弥一直在缓慢地转来转去。吴伯都听不到他在念什么，感觉类似经文或咒语。

吴伯都就这么藏匿一隅，边窥探，边流泪。眼前一幕，不明所以，却感人至深。他感到自己被一片巨大而宁静的磁场吞噬殆尽。他没去打扰方幽弥，他也没发现自己。不知过了多久，吴伯都擦了擦泪，转身离开。

此时，天色已彻底暗下来。吴伯都平静地抬起头，发现月亮已经偷偷挂上了树梢。

回来后，这件事他没有对任何人提起。内心深处，他总觉得自己无意中撞见了一个秘密，不可轻易泄露。

而自那之后，方幽弥也消失了，无论画室，还是宿舍，踪影皆无。

张玉呢，依旧了无音信。

吴伯都画不出画了，武功尽废。他再一次感到生命中出现了一个巨大的无底窟窿，在一点点吸食他的能量。他开始失眠，常常两三点才能入睡，整日无精打采。夜半时分，伴着贺鸿飞如雷的鼾声，似梦似醒之间，他在虚空中快速地坠落。

生命中突然消失的两个人，积在他心底，演变成两团越滚越大的缠绕不清的线球。

吴伯都想自己可能病了。他脑海里充斥的，只有张玉站在楼顶时，风中的萧瑟愁容，和对他绝望的倾诉；以及密林尽头方幽弥神秘莫测的仪式，和他曾经箴言般的只言片语。

吴伯都深陷其中，不能自拔。大概又过去了一周，校园里的风越来越暖，夏天要来了。吴伯都换上了 T 恤，却换不掉心情。他已经丧失了拨打张玉电话的冲动，但又不知去哪儿找她。于是，他心中愈加忐忑。这心情像极了那天梦中的楼顶。只能等待,无力改变。方幽弥呢，也随他去吧，他就应该飘到天上才对，地球不适合他。

吴伯都和贺鸿飞这两个凡人也只能找旁边宿舍的哥们儿一起喝酒。很久没这么酣畅淋漓，吴伯都一杯接一杯，想再用酒精一扫阴霾。鸿飞英雄海量，千杯不醉，很快两个不胜酒力的小哥就瘫倒一旁。

吴伯都听着贺鸿飞发自肺腑的劝慰，接连应和，碰杯，直至晃晃悠悠地起身,一头栽倒在床上。不知过了多久,吴伯都感到有只手推他，酒劲袭来，他扬手甩开，然后侧了个身。

这只手继续推，柔中带刚，同时熟悉的男声低低传来："伯都。"

吴伯都努力睁开睡眼，顿时酒醒了大半，是方幽弥。于是，他马上坐起身，迷迷糊糊地说："幽弥，你躲哪儿去了？"同时要去开灯，却被方幽弥拦住。

方幽弥顺势坐到对面的床上。吴伯都抬头看到贺鸿飞的床空着，不知道他又睡到了谁的房间。现在宿舍里只有他们二人。吴伯都瞄了眼手机，1点48分。屋里黑洞洞的，借着朦胧的月色，他看到方幽弥英俊的脸颊愈加消瘦了，刚毅之下，布满沧桑。

没等他开口，方幽弥先发问。

"伯都，找到张玉了吗？"

"你……你也知道她消失了。"

"回答我。"

"哦……还没有，联系不上。"

"想找到她吗？"

"当然啦。"

方幽弥目不转睛地看着吴伯都，大约有十秒钟。他说："张玉喜欢你。"

"这……我知道。"吴伯都支支吾吾，同时心想他怎么知道的。

"那你呢，喜欢她吗？"

方幽弥的声音似乎有些颤抖，他在克制，但还是被吴伯都感觉到了——夜太静了。

"我……还是挺……"

"直接回答我。"

"幽弥，你……"吴伯都故作轻松，刚想岔开话题，就被拦腰截断。刹那间，吴伯都被一股汹涌的气流吞没，就像那天在话剧排练场。

吴伯都定了定神，答道："其实通过这些天她的失踪，我发现自己很在乎她，真的很在乎。"

方幽弥语气平缓下来："再见到她，愿意好好待她吗？"

吴伯都想了想，坚定地说："会。会的。"

方幽弥露出了一丝不易察觉的微笑："你真的这么想？"

"幽弥，也不知道为什么，在你面前，我说的都是心底最深的话，想撒谎也撒不了。"

方幽弥如释重负般地直起腰："我相信你……而且，我了解你。"

黑暗中，吴伯都看到方幽弥的眼睛如星辰般明亮，大海般深邃。

"幽弥，其实那天在……"他刚想问林中仪式的事。方幽弥已经起身，走到门口。吴伯都正诧异，他突然站住，缓缓扭回头，无比温柔地看着吴伯都，道："伯都，这是你的承诺。"

吴伯都还没反应过来，方幽弥已经转身离去，甚至来不及叫他一声。

整整一夜，梦魇连连。

第二天上午，吴伯都被一阵猛烈地推搡摇醒。他睁开眼，看到一张悲伤的脸。

是贺鸿飞。他说："伯都，醒醒，出事了。"

"怎么？"

"莲花桥下发现了一具尸体，说是咱学校的，好像是个女孩。"

天啊！吴伯都的脑袋像被炸掉了一样，不等他继续往下说，便深一脚、浅一脚地向外面跑去。

30. 确认身份

若张玉真的不在了，吴伯都将无法问心无愧地留在这个世界上。他会像游离的僵尸一样，找不到自己的足迹。莲花桥离宿舍并不远，是每天的必经之地。此时天色暗得已经遮住了眼睛，可他还是能清楚地看到远处桥上桥下围观的人，那个位置正是他和张玉散步过的地方。

他跑到人群中，警察已经封锁了现场，旁人无法靠近。他在远处看到了一具被河水浸泡过的尸体，已经分不清相貌特征。他不顾人群的阻挡和警察的封锁向那具尸体跑去，就在几乎触到那个人的一刻，身边一个熟悉的身影一晃而过，吴伯都瞬间打个冷战，那身影不能再熟悉了，虽然夜晚凄凉冷酷的河流两岸已经全黑，他还是能清楚地断定那个身影就是张玉。难不成是张玉的魂魄？她已经魂不附体？这时警察把他拉出来，他才清醒，开始寻找那个身影。这不是错觉，可疑惑的是，如果那是张玉，失踪了这么久的她为什么会在这种场合出现呢？难道她和死者认识？还是另有所因？他把视线重新转移到那个分不清面孔的尸体上，警察已经将尸体用布遮盖上，只露出头顶湿露的短发。对，短发，这就能证明这人不是张玉，而是一个男人的躯体。

断定不是张玉，吴伯都松口气。疑惑的是，失踪多天的张玉为什么会突然出现呢？找到她就是了解一切的最好办法。正慌神儿的时候，贺鸿飞走过来，后面还跟着其他同学，贺鸿飞低着头流着眼泪说：“伯都，那个人……是方幽弥。”

31. 心结

得知方幽弥是自杀的时候，吴伯都目瞪口呆，他在方幽弥的尸体边呆呆地看了很久，直到他被抬离现场。方幽弥的后事由学校全权代理，没有让任何学生参加。

吴伯都缓了三天，还是不能接受方幽弥已经不在了的现实。他以为自己不会再泪流满面，可心里的感慨早化作一阵阵悲凉，多次泪如泉涌，肚子里满腔的疑问已经没有力量再去集中。

时间继续。一个星期四的下午，吴伯都来到久违的校园，看到了久违的张玉。她和每次一样坐在前排，不同往日的是她这次坐到了一个角落里。吴伯都走到她旁边坐下。张玉好像知道他今天会来找她，也没有正视他。他本想问张玉这几天发生了什么，为什么会突然消失，又突然出现在那天夜里的莲花桥下。他想把心里深藏已久的愤怒全部发泄在她身上，可还没发火，他隐约听到了一声抽泣，侧头一看，张玉的眼泪流了下来，掉在紫色的衣领上，瞬间他什么都不想问了，即使知道这一切又能有什么意义呢？他只是不想再失去身边任何一个人了。

“别哭了！”

张玉趴在桌子上，用胳膊遮挡住脸，低声说：“别问了！”

“嗯！我什么都不问，你没事就好。”

他们没有再谈过那天晚上的事，和往常一样生活着，可彼此的心里好像都有一个结。

第三篇
DI SAN PIAN

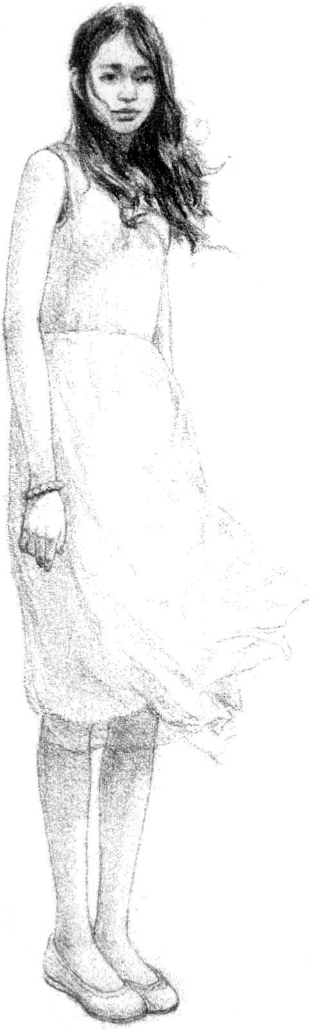

32. 爱可以瞬间产生

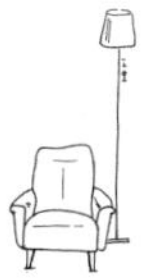

凉风送走了金秋，也要结束吴伯都的大学生活。

一大早，万瑞就拿着新写的剧本来找他。剧本的主人公是个和万瑞性格有些接近的人物，比吴伯都还要闷。由于张玉情绪不够稳定，万瑞并没有找她出演，还把这个特权给了吴伯都，让他自己找搭档来演女一号。万瑞觉得男主和女主要彼此看对方来电才行，这有点难为吴伯都。若真是他看上的姑娘，也得能看上他才行啊。

吴伯都揣摩了几遍故事梗概，剧本中描绘的女主人公完美的形象是现实中难以找到的，他拒绝了寻找女主人公的重任，让万瑞找个他认可的就行，他会努力配合，万瑞也能理解就没有推辞，可能他心里早有人选。

转天在自习室门口，片子主创碰头进行简单沟通，好在以后的拍摄过程中更加顺畅和默契。

吴伯都的时间观念让他格外自豪，总是提前到达。他坐在自习室门外的沙发上，看着里面巨大的空间和低头苦读的莘莘学子，不知不觉中竟然回顾和感受了一下这个即将离开的校园中熟悉却又有些陌生的画面。

自习室的环境明亮舒适，周围是透明玻璃和金属钢架的完美结合。吴伯都常从这里路过，却几乎没有进去过，更谈不上在这里学习。这里始终会有三三两两的男女手挽手地从他眼前走过。可惜他就要离开了，没有机会再像他们一样带着女友浪漫地穿过校园的草地和长廊。

在吴伯都胡思乱想，甚至有点无聊困倦的时候，一个能剥夺他光棍儿权利的女生突然出现了，又像梦一样从他眼前消失掉，天啊！快四年了，他第一次有这种感觉。

然然出现了，她好像有种特殊的魔力，让吴伯都神魂颠倒看到希望。吴伯都竟然发自肺腑地觉得自己没白上这所学校，甚至有点感激母校的恩赐，让这样一位佳人出现在眼前，不，应该说他们能在同一个空间停留过片刻，已经心满意足。吴伯都每拍一部片子都能看到一些漂亮女生，他都没动过什么非分之想，当然也没那么绝对，反正就是没有想要和人家怎么样的想法。可看到然然，他太激动了，好像小丘比特刚刚拿着金箭射到他身上，使他立刻产生爱的热情。

然然个子很高，留着披肩直发，穿了件橄榄绿色休闲大领绒衣，配了条蓝色的紧身牛仔裤，脚下穿一双棕褐色平底皮鞋，不错，这就是瞬间的记忆。她走进自习室，吴伯都立刻起身想跟进去，生怕她消失后再无缘相见，吴伯都全身好像都在颤抖，说不上是紧张还是激动，也或许都有。

他曾帮鸿飞要过一个陌生女孩的电话号码，他丝毫没有犹豫地和人说明来意，并轻松拿到电话号码，从此鸿飞对他刮目相看。可正如鸿飞所说，这事放在自己身上实在难为情，一点儿不腼腆是扯淡。此时然然一个眼神过来就能电得他肢体瘫软，这种美好的瞬间往往都不给人时间去准备。

吴伯都还记得张玉讲过的故事里，那个执着的男孩为了一个女孩可以坚持不懈地去祝福她，又不求任何回报，那才是爱情的最高境界。他承认自己做不到那样，所以今天无论如何他都要认识她。

吴伯都走进自习室，这里视野开阔，过道两侧摆放着宽大的桌椅和沙发，每两个沙发中间还有威武不能屈的雕塑。正在学习的人不少，可能跟一个月后的研究生考试有关。他继续往前走，看到在不远处的角落里低头看书的然然。吴伯都坐在旁边不远的沙发上，和她有七八米的距离。她神情专注，偶尔拿起水杯喝上一口。因为距离远，只能看到外面光线照射在然然身上，呈现出一个逆光剪影的她，看起来形象更加光辉。在她身上可谓美不胜收，竟然激发出吴伯都儿时学过的所有赞美人的成语。她长而平整的黑发披在两肩上，端庄质朴。着装既不华丽也不庸俗，一切恰到好处。可说不上为什么，她的表情里有种说不出的凝重，好像有很多可寻觅的故事。

这时，她站起来，拿着水杯去接水，吴伯都没想太多，立马跟了上去，吴伯都状态有些神魂颠倒，一不留神咣当一声撞到了门上，脑袋好像瞬间起了个大包。抬头一看，然然竟然站在他眼前。

她对吴伯都的不幸遭遇扑哧一声笑了出来，这笑声让吴伯都放松不少，于是，吴伯都顺水推舟地向她点头示意自己的失误，可她并没有搭理吴伯都，又向自己的位置走过去。吴伯都三步并作两步，追了上去。她惊讶地看着吴伯都。吴伯都整理一下自己的仪表，挺胸提臀，对她说：“对不起！认错人了。”

然然看他这样没说什么，刚要继续走，吴伯都又拦住她：“能一起聊聊吗？”

她语气委婉地问：“什么事？”

“我们坐下说吧，我刚头撞得有点儿晕。”

她挺同情吴伯都，没有反对，坐到吴伯都对面的沙发上。这也就是在校园里，他们有共同的学生身份，如果出了学校吴伯都肯定被认为是一个流氓。

她看着吴伯都，心中充满怀疑。

把她叫过来说些什么？吴伯都脑子一片空白。他们瞬间沉默，应该说是尴尬。情急之下，吴伯都突然想起拍片子的事儿。

“能请你帮个忙吗？”

她还是疑惑地看着吴伯都。

吴伯都厚着脸皮说：“我是媒体影像系的，想拍个片子，你能演女主人公吗？”

吴伯都来不及考虑，如果她同意了，万瑞又找了人，自己该如何收场？结果她给了吴伯都完美的回答：“对不起！我没有时间。”

“那以后有时间可以吗？”

“以后？我不会演，你还是找别人吧。”

“没关系，要没时间就算了，以后说不定咱们还能合作，你是哪个专业的？”

“没别的事，我回去了，我那儿还忙。”

“好吧，不过你还没告诉我呢。”

她抿下嘴说：“绘画。”说完起身要走。

吴伯都又拦住她：“可以留个电话吗？”吴伯都也知道这是得寸进尺。

她犹豫了一下，说：“好吧！”

记下她的电话号码，吴伯都把自己的电话号码也强行留给她，也是那一刻知道她叫然然。

吴伯都又问："你每天都在这儿学习吗？"

她用略显无聊的口吻说："嗯！最近是，快考试了，不和你多说了，我回去了。"

说完，向自己的位置走去。

33.“鲜花”

然然回去后，吴伯都也走出自习室，万瑞和秋天早已经等他多时，他们身边还跟着个姑娘，吴伯都和这姑娘同时说：“是你？”

要说校园小，一点儿不假，这姑娘不是别人，正是他帮鸿飞要电话号码的那个女孩，是当地人，吴伯都的学妹。在吴伯都印象里津城女孩个个浓妆艳抹，野性十足，他曾经差点发毒誓，绝不找这里的女孩陪他过下半生，当然只是差点。自从碰到这姑娘改变了几分他对这里女孩的印象。她气质很好，谈吐大方，眉宇之间折射出的气息都带着时尚范儿。要不是鸿飞看上她，或许吴伯都也会采取些行动。吴伯都当时还想，鸿飞眼光不错，这绝对称得上是一枝鲜花，两个人能不能成，还得看鸿飞的造化，之后吴伯都也没再过问。

通过万瑞的介绍得知，本片的女一号竟然是“鲜花”，在万瑞认识吴伯都之前，他们就有过合作。

万瑞拍过一部有关艺术高考生的纪录片，片中的学生就有“鲜花”，万瑞在纪录片的后期拍摄过程中找到了“鲜花”的画室老师，采访了几名考生代表，“鲜花”代表成功者还谈过自己的升学感想。也是从那时候开始，“鲜花”成了万瑞储备的演员之一。

简单聊完后各自散去，只剩下“鲜花”和他，这么称呼她吴伯都总感觉自己就是牛粪一样，可当时他确实不记得“鲜花”的名字。吴伯都看了看她，“鲜花”也瞄了他一眼，他们又同时问：“你怎么还不走？”

吴伯都没说自己还想着刚才那位让他过目不忘、倾国倾城的仙女，只是客气地回答她：“我想去自习室看看剧本，反正也没事。”

“哈哈！好啊！我也正有此意，那就一起吧！如何？”“鲜花”高兴地说。

吴伯都就是随口说说客气下，没想看什么剧本。这要是和“鲜花”一起去自习室被然然看见怎么办？虽然和然然只见过一次面，可绝不能让她认为他是个有妇之夫，再说自习室是个安静的地方，就算进去也没法讨论剧本对台词，综合以上各因素吴伯都还是对“鲜花”说了句：“那好吧。”

“鲜花”见他犹豫片刻就说：“哈哈！逗你玩儿呢。我才没时间和你去呢，我男朋友在外面等我呢。走喽帅哥。拜拜！”

“啊？你有男朋友啊！”吴伯都深深地为鸿飞叹气。

“鲜花”回眸一笑，徜徉而去。

吴伯都随后也离开了。

34. 导演的故事

莲花河的水流中开始漂过一片片黄色的秋叶，拍摄也进入尾声，大家都已经筋疲力尽，有一刻吴伯都还对拍电影失去了热情，觉得这过程枯燥乏味，反复地、一遍遍地拍，绝对煎熬。他做了一个决定，拍完这部片子就金盆洗手，退出校园中的娱乐圈。这时秋天把他叫到身边，和他聊了一个下午，讲了关于万瑞的事情。

万瑞立志做导演也是和他的经历有关，曾经认识了一位影响他的导演。万瑞第一次拍电影是大二那年，受人推荐走进正规的大剧组，他做起事来格外小心，怕自己的某一句话或行为让导演不满意，唯恐既没了工作，又给推荐他来的校方丢脸。直到快杀青的某一天他突然不怕了，可能是了解了一些事情，对电影也有了新的认识。

万瑞每天和导演同出、同入，唯独不同住。只为拍摄大量的素材来塑造导演的光辉、伟岸。而这项工作要遵守“少说话，多办事”的原则。因为记录者就是一个完全可以被忽略的人，也是剧组里专门看“热闹”的人，并用摄像机记录下那段情感的硝烟和战火。

万瑞有自己的想法。他选择来到这儿，原因只有一个，希望能和影视结缘，并且融入这个江湖当中，更希望在这个江湖里能有属于自己的传说。虽然当时微薄的薪水让万瑞不得不放弃了最初找老婆和买房子的计划。那时候，除了自己他只有养活一只小猫的经济能力，但仿佛这一切都不重要了。离开那个组，离开导演后，万瑞还在心里象征性地空虚了一下。在虚无缥缈的未来里，是否还应该在这条路上走下去？如果前边有一道墙，该撞倒它，还是翻过去？撞倒它可能理想会撞碎。翻过去可能理想会摔碎，没有人能给他指一条明路。

跟组过后，万瑞说想感谢很多人和部门。感谢摄影组的兄弟们常叫他吃饭，虽然他也总买单。感谢美术、制景、统筹部门的老师们训练有素，能让他们春节回家过年。当然了，本来是能回去过元旦的。最要感谢的是制片部门的领导抽出了宝贵的饮酒时间，为万瑞买了张站票踏上归途的列车，让万瑞不得不站立着和他们挥手告别。其实无论是录音、灯光、道具、服装、场务，还是其他部门的朋友们，不管他们做得如何，万瑞都对他们表示敬意。因为他们最青涩的青春都是在这里度过的。所以不管有没有规矩，有没有原则，在这个游戏规则里，万瑞永远都会认为是自己的错。只希望他们能让自己尊重这个梦一般的事业，像他们的后代一样，健康成长。

35. 一对佳人

万瑞的经历让吴伯都自叹不如，起码他没有万瑞那种对一件事情的专注劲儿。

随后的几天，吴伯都的期末考试不请自到。他的名字毫无悬念地出现在白色大榜的补考名单中，而且是双科不及格，累计已经三科，校方规定达到四科不及格就没有学位。他稍微大意就会两手空空地离开校园。话说回来，就是认真对待也有可能会挂科。鸿飞更惨，选修课没选，提前挂了五科，已经确定没有学位。不断的坏运气弥漫在身边的每一个人身上。恰巧方旭带着他的女友来到津城，给他们冲冲晦气。

方旭讲起他与女友的奇遇。多数时间吴伯都都在倾听，只是有意无意地插上几句话，示意自己的存在。

方旭的女友静嘉是个东北女孩，性格温柔、善解人意。虽称不上如花似玉，也算端庄秀气。行为举止更是中规中矩、有模有样的，是个识大体的姑娘。

吴伯都继续倾听，方旭的情绪更加高昂，又讲起他们的初识。

方旭在学校里是个出了名的猛男，主要体现在体育上。他的强项是四百米到一千五百米的中长跑，这个吴伯都深有体会。他们曾经一起在那个昏暗的师范学校里为班级摘金夺银，取得不少佳绩。直到今天，方旭的中长跑能力依旧不减当年，竟然达到国家二级运动员水平，让在校学生为之惊叹，也弥补了他对自己外貌形象的不自信。

也因为跑步，方旭受到不少女生的青睐，并且应辅导员的邀请进了学校的体育部，当上了为同学们服务的标兵。而在一次运动会结束的时候，大家疲惫不堪地坐上了返回学校的大巴车，方旭出现了一丝困意，将那个庞大的身躯慢慢倾斜，迷迷糊糊地竟然靠到了旁边女孩的肩膀上。不知他是真迷糊还是装迷糊，于是被这个女生严肃地指责为流氓行为，训斥了一番。随后戏剧性的一幕发生了，方旭立刻给女孩道歉，并且发挥出三寸不烂之舌，得到了女孩的原谅。这女孩仔细打量方旭，略带惊讶：这不正是今天跑道上飒爽英姿的老爷们儿嘛！真是天赐良缘。女孩不但没有对他的行为产生厌烦感，竟然还答应以身相许，当然这是之后的事情，这女生就是静嘉。

再后来两个人是怎么投怀送抱，就是一段肉麻的历史。方旭要讲，被吴伯都及时阻止。第一，心理承受力有限；第二，羡慕嫉妒。虽然他身边也有张玉，可他们好像很久没见了，可见了又能怎样呢？

方旭在一边描述，静嘉却向吴伯都询问方旭的事情。例如，方旭都有哪些不良嗜好，还有曾经和哪些女孩子有不可告人的秘密。吴伯都当然没有说许杨的事，否则方旭非得和他拼命。他对静嘉说："既然是不可告人的，我当然也不知道。不过有一点可以放心，你是第一个看走眼的人。"

方旭一拳向他飞来，并哀求吴伯都嘴下留德。方旭这一点还是值得肯定，不管是正史还是野史，吴伯都的记忆里，除了许杨之外，他一直是个单身汉，整天瞎扯淡。

如今方旭这么坦然地搂着自己心爱的人，吴伯都也发自内心地为他高兴。此刻，吴伯都是多么想见那个自习室里的然然。

36. 女神周围的空间

从自习室和然然相遇至今还未再见，吴伯都又一次路过自习室门口时，脚步自然地停下来。熟悉的身影又出现了，然然还是坐在上一次的位置，认真地看着书。吴伯都走到她身边坐下，看着她。然然执着于手里的书，并没有留意到他，大约有一分钟的时间，她才隐约察觉到，转头看到吴伯都，但只是略带吃惊，没有说话。长时间的复习状态，让然然眼睛里多了些疲惫，吴伯都想说几句关心的话，甚至想把她搂在怀里。时间有限，他没法幻想更多体贴然然的细节。

“我路过这儿，看到你在，就过来了。”

“哦，有事吗？”她轻声问。

“没事就不能来找你吗？”

“我不是这个意思。”

“嗯！我知道，吃饭了吗？”

“还没呢。”

“那一起吃个饭吧？”

“我不想吃。谢谢！你去吧。我得复习呢。”

“复习也得吃饭啊。没有好身体怎么去考试？”

她无奈地笑了笑：“我不去。谢谢你！”

安静的自习室，实在不适合长时间争执。吴伯都只能让步：“那下次有时间能一起吃饭吗？”唉，怎么除了吃饭，自己就不能想点儿有创意的约人方式？吴伯都心里不断埋怨自己。

“有时间再说吧，这段时间不行，我要考试了，对不起。”她直言不讳。

“嗯，那就等你考完。”这是他此次和然然谈话的善终。他和然然的距离仿佛触手可及，又遥不可及，只能选择瞻望，吴伯都就像一只想要振翅而飞的鸟儿，时刻准备扶摇而上。

吴伯都每天盼着考研的日子快点到。自习室成了他最关注的场所，路过的时候，能往里面扫两眼，就绝不会只看一眼。自习室也从没这样吸引过他，虽然动机不纯，还是慢慢把他熏染上一点儿围绕在然然身边的这片书香，那是一种从来没有过的安静。吴伯都不但不会打扰到然然，而且每一次都能认真地看几页杂志，再默默地离开。直到有一天这里的人突然都消失了，只剩吴伯都一个的时候，他才意识到已经是十二月下旬，是考研的日子。吴伯都大学最后一个寒假也即将开始。

37. 真相

按照学校规定，今天过后就是封寝室的时间。每到寒暑假，学校都不允许学生留校住宿，宿舍的房门都会贴上白色封条。

吴伯都被迫打上行李包离开宿舍，住进提前打理好的画室，教学生画画，挣点儿零花钱，也有个落脚的地点。方旭的假期往常会和吴伯都开画室，可自从有了静嘉就放弃了这种日子，享乐于和女友的二人生活，一补多年的情感空缺。鸿飞还是一如既往地背着相机走南闯北。

吴伯都孤身一人带了三个学生，他们的学费支付吴伯都的房租和日常花销，短时间内可以让吴伯都维持丰衣足食，至于小康依旧是梦想。

画室厅中的落地窗，每到傍晚就会被老天爷蒙上一层暖黄色的“窗纱”。天空开始黑下来，已经是晚上六点，一个让吴伯都自感惭愧的电话打过来：“吴伯都，我明天就回家了，今天和你说一声。”

久违的声音，是张玉。

他在关注然然的同时，彻底忽略了张玉。他突然想起来，今天不只是然然考研，张玉也在考。他起码应该给张玉一点儿鼓励和祝福的，可早让他忘得一干二净，吴伯都马上解释：“我知道你今天考试，也没打扰你，本想等你考完和你联系的，这么说，你考完了？考得不错吧？”

电话里张玉的声音低沉又无力：“考得好坏不重要，本来就没有好好复习，就不管它了。今天不只是考研，还有一件事你可能都忘了。”

吴伯都不解地问：“什么事？”

“我以前和你说过，是我的生日。本来想和你一起过完再回家的，你都忘了，就算了吧！”她情绪低落地说。

“你在哪儿？我现在过去。”

“算了吧！听你的声音好像很累了，还是休息吧。也不是非要过什么生日，就是当个借口，想和你见见面，待上一会儿罢了。我们也好久没见面了。”

“好！好！好！你等我，我马上出发，就这么定了。”

“那就还在上次的咖啡厅，七点见。”她说。

“好，等我。”

放下电话，吴伯都迅速清洗下身上的尘土，七点钟准时来到约好的咖啡店，向上一次的座位走去。张玉已经到了，昏暗的光线可以将起伏波动的心灵抚平，这话一点儿不假，这确实是调情的好地方。他们同坐一侧，还是老样子，张玉点了爱尔兰咖啡，吴伯都点了加柠檬的科罗娜。

十秒钟的缓冲过后，张玉说：“你是不是还因为上次的事儿对我耿耿于怀，对我还有阴影呢？”

“你突然失踪的事儿？没有，都过去的事儿了，早忘了。”

“别这么说，你这样我会更难过。还记得我给你讲过的故事吗？

你可能忘了，都是两年前的事了。”

“是啊，时间好快。不过有些事儿想忘都难。你说的是那个男孩和女孩的故事吧？那不会就是你的亲身经历吧？我记得呢。哦！你是想说那个男孩对你还恋恋不舍地追求吗？如果是那样的话我太佩服他了，我帮那男孩说几句话，要不你还是考虑下他吧？”说完这话，吴伯都都想给自己一耳光，很快就被张玉给实现了。

张玉一个巴掌向他面部拍来，吴伯都躲闪不及，可能知道这种后果也不会躲闪。吴伯都反应过来时，脸还是热的。

吴伯都彻底清醒，这一巴掌也郁结了长久以来张玉心里的委屈。打完后，她立刻将吴伯都紧紧地抱住，轻轻地用手抚摸他的脸，泣不成声地说：“对不起亲爱的！对不起！我不是故意的，可是你真的不能那样说我。你知道我心里有多难过吗？”

吴伯都并没有怨恨她这重重一击，本来也是他嘴欠，嘴上没个把门儿的。

张玉继续说着，这话听完，吴伯都几乎傻了。张玉把抱着吴伯都的双臂拿开，看着他说：“你不是想知道故事里那个男孩是谁吗？我告诉你，是方幽弥。”

38. 方幽弥

“方幽弥”三个字，让吴伯都眼睛立刻大了两倍，好像一切谜底都已水落石出。可这么突然的答案实在不是他瞬间可以接受的。他已经捋不出一个所以然，整个脑子像要炸掉一般。

吴伯都做梦也没想到，方幽弥就是张玉身后那个默默的追逐者。这么说，他进话剧社的真正目的是接近张玉。那他又为什么走自杀这条路，吴伯都想不明白。

张玉还清楚地记得那个早上。一个陌生的男孩与她狭路相逢并且唐突地拦住她。长长的外衣遮住了他健朗的身躯，只露出一张肃穆的面孔。在那不到十秒的瞬间，两个人四目相对。好熟悉的眼神，可实在想不起来了。张玉就这样从方幽弥的身边擦肩而过。为了能和张玉走得近一些，方幽弥参加了话剧社。可这一步明显是个失误，张玉不由自主地给自己加上一层与方幽弥隔离的防护，两人就这么僵持着。所以，直到张玉参与演出完《疯人院》离开之后，才觉得与方幽弥的这笔感情债就此搁笔。换句话说，她是想把更多的精力投入到吴伯都身上，这也是吴伯都自以为是的猜测。

吴伯都只是不理解，方幽弥这样的人竟然也会为一个凡尘女子做出这样的事儿，然而张玉却这样和他说……

方幽弥最初给张玉道晚安的时候就已经明确态度，只要还在世界上一天就会和她说一声晚安。张玉以为方幽弥就是说说而已。万万想不到这句晚安说了好几年。张玉就算再铁石心肠，也开始渐渐妥协。她想找个安静的环境待几天。考虑下身边发生的一切。如何面对方幽弥，又如何面对吴伯都。她关掉手机不和外界联系，甚至没有告诉家人。她住到了好友园圆的家里。而园圆与吴伯都不熟，他们只听到张玉提起过对方几次而已，她是和吴伯都他们同届不同专业的一个女孩。张玉失踪，吴伯都是无论如何也想不起来问园圆的。

几天的思想沉淀，让张玉做了一个重要决定。她打开手机对自己说，如果还能看到方幽弥的短信，就接受他。可这一切就像命中注定，事先安排好了一样。在失望的同时，她心里也坦然了，觉得轻松一些。

正在这时候，突然间就像有股神奇的力量给了她一种暗示，她想起方幽弥说过的话，持续了几年的晚安，到今天却戛然而止了，看来时间能改变一切啊！张玉感叹着。可又一想事情没那么简单，她越想越害怕，开始紧张起来。也正是这个时候，从刚进门的园圆口中听到了让张玉痛不欲生的噩耗，张玉赶到莲花桥下的时候，方幽弥早已经长眠在莲花河的岸边了。这也是张玉为什么那天会出现在莲花桥下的原因。说到这儿吴伯都已经坐不住了，这就是方幽弥答应他找到张玉的办法？用生命换来他和张玉的团聚？

张玉已经泣不成声，吴伯都把她搂到怀里。帮她擦了擦眼泪，可她哭得更加厉害，抽泣时还在吞吞吐吐地讲着……

方幽弥是一个孤儿，小时候在竹篮中顺流而下，被当地村民救下安置在岛上的古庙里，成了小岛上的守庙人。天资过人的方幽弥独自一人在小庙里生活了十八年。以食贡品和打鱼为生，不被人注意，唯独有一个人每天路过小庙都会给方幽弥带来一份关怀，有时候是一份美食，甚至一句晚安。这人就是张玉。张玉每天教方幽弥识字、画画，还把最喜欢的漫画书送给方幽弥。而方幽弥的天资让他迅速赶上并且超过张玉。两个人的感情也越来越好，可天意总是那么难以令人称心，张玉受伤了，伤到了头部，失去了对以往的所有记忆，甚至不认识父母和方幽弥。父母重新培养和张玉的感情，培养她的爱好，让她画画、唱歌，甚至学习表演，张玉正是在这样一个记不得过去的状态下走进了今天的这所学校。而她所经历的一切都在方幽弥的关注下完成。方幽弥为了能陪伴张玉，重新唤起她的记忆做了很多努力，包括考学这件事。这也让吴伯都想通了方幽弥这样的人为什么会出现在校园这种与他不匹配的地方。吴伯都始终觉得他应该是一个在浩瀚无边、黄沙漫天的沙漠中穿梭的侠客。

方幽弥就是张玉晚安故事中的主人公，他把张玉从前送他的每一句晚安又还给了张玉，只希望唤醒张玉的记忆。而这期间的张玉对吴伯都的感情早已看在方幽弥的眼里，他认为这是上天的安排，既然张玉可以在吴伯都这里找到幸福，这就是最好的归宿。所以某种程度上，方幽弥对吴伯都的态度要好于其他人，也是希望吴伯都不要辜负张玉。他选择放弃了晚安的祝福，不再寻找张玉的过去。

吴伯都总觉得像方幽弥这样的人和死亡永远不会有交叉点，他应该是一个永恒的奇迹，他的死亡，让吴伯都对世界充满了失望，他总觉得方幽弥这样的人是不会真的死亡的，他只是到另一个地方去创造他的奇迹，永恒依旧还在。

吴伯都看着流着泪的张玉说："这么说你的记忆已经恢复了？"

张玉点着头："嗯，就是在看到方幽弥死的那一刻恢复的，是我对不起他。他走之前心里一定很难过。"

"我更对不起他。"吴伯都低着头说。这样的付出，他又怎么受得起，吴伯都心里突然一阵悲凉，一刹那，视线模糊止不住泪，过往的一切不断闪现，仿佛听到那个永远的承诺，在凄凉的心中回荡。他想起自己在方幽弥面前许下的承诺，好好对张玉，这是他唯一能做的。

沉默了好一会儿，吴伯都陪张玉吃了晚饭，就算为她过生日了。他们喝了很多酒，彼此搀扶着回了画室，这也是唯一可回的地方。吴伯都的几个学生除了学习以外，一切事情都很自觉。比如，现在都已经睡觉了。

吴伯都把张玉带进房间，张玉坐到床上，好像有些不安的样子。吴伯都回手带上门，坐在她旁边，他看着张玉的脸色有些并非醉酒的微红，也不知道该说什么，两个人都从酒醉变得清醒，这种清醒并没有影响彼此的情绪，吴伯都不再理智，或者说升华成更加理智的行为。他紧紧地抱住张玉，把她按在床上亲吻。张玉好像早有准备，配合他完成了这套动作。然而她还用力挣扎着身体，口口声声请求："下次好吗？这次不行，下次，下次，求你了。"

39. 这样的感觉

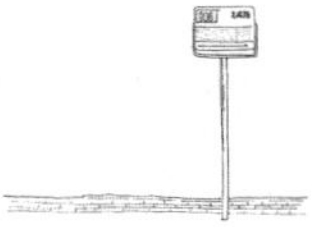

第二天早晨吴伯都把张玉送到公交车上，只是简短地做了下告别。随后吴伯都接到一条短信，是然然发来的。问他在干什么，吴伯都简单介绍，而然然却说想来画室看看，吴伯都很快答应，还给仅有的几个学生放了一天假，他和她也能更自在一些。

下午近三点，然然出现在熟悉的906公交车站。飘逸的长发，黑色的皮靴，还有蓝色的格子大衣。高挑的身材站在人群中非常显眼、夺目。吴伯都装作潇洒地跑到她身边，耳边擦过嗖嗖浪漫的风。显示出忙中抽闲过来接她的状态，有一种兴奋叫不知所措，他们俩都是这个状态。吴伯都戳戳手心，看着然然。

“走吧！回画室说。”

然然微笑着点头，路上大概走了五分钟。只能用两个字来形容吴伯都的心态，激动。可能热血也在沸腾，因为略感紧张，胸口有点闷。然然要用三个字来形容，更紧张。吴伯都看然然，然然就看吴伯都。吴伯都往前看，然然也往前看。吴伯都傻乐，然然就微笑。两人就这样一路过来。

进屋后，然然东张西望地看着墙上的画。吴伯都带她走进自己的房间坐下，隐约觉得床上还有昨晚张玉留下的体温。

突如其来的美好，竟然叫吴伯都手忙脚乱，他想在然然面前表现一下自己，而他唯独能给然然看的就是大学四年的经历，它们都以影像资料保留下来——参与拍摄的影片。

然然边看边听吴伯都介绍，在这期间还接了几次她父亲打来的电话。电话的内容基本确定是让她快点回家，有事情和她商量。然然一再回绝，不断推延。吴伯都提出和她去吃晚饭的时候，然然却说要回家了，父亲给她找了份工作，要她回去商量。吴伯都后悔刚才给她看那些无聊的电影，耽误了吃饭的时间，也没来得及问问她的近况，只顾着描述自己的乱七八糟。

送然然下楼时，天色已经黑了，吴伯都拒绝了她要独自坐公交车回家的要求，打了辆出租，和她一起坐到车的后座上，吴伯都觉得自己真的很爷们儿。

在这座悠闲的大城市里，这段路程并不算远，可能是和然然在一起，时间过得很快。平时路上红灯不断，今晚却一路绿灯，畅通无阻，让吴伯都郁闷。在一个灯光明亮的超市门前然然让司机停车。

“就送到这儿吧，我到了。谢谢你！”

吴伯都说：“好。离你家还多远？我送你过去吧。”

“不用了，前面就是。”

“那什么时候再见？”

“再说吧。有机会的。今天很开心，谢谢你！”

然然走后，吴伯都意犹未尽。看着她的背影，只有一种感受就是舍不得她走。吴伯都步行回到画室，试图找一种失落的感觉，与此同时，吴伯都又对下一次的见面充满幻想，机会很快就来了。

二月底，春风似剪刀。画室结束了课程。吴伯都在整理画室准备返校的前夕收到了然然的短信：“有时间吗？一起吃个饭吧。”时间已经是下午六点钟，夜色降临。

老地方，上次送她下车的位置。老远就看到然然在人群中眺望着。柔顺的长发在夜色里更加婀娜，纤细的身影在灯光中也更显多姿。她看到吴伯都还是腼腆地微笑。

她说：“我吃过饭了，能请我喝一杯酒吗？”

吴伯都当然没有反对，只是心里有些纳闷。然然的提议让吴伯都心里没底。两次见面，见到两个不同的她。他们走进超市一楼的咖啡厅，坐下后，然然点了一杯吴伯都叫不上名字的咖啡，从他眼前端过，闻起来苦得要命。吴伯都却老样子，一瓶科罗娜啤酒，加了柠檬；又要了一大瓶红酒，美酒佳人的确是人生一大享受。然然传递出的唯美和清纯已经让吴伯都没有喝酒就醉了。她专注地看着吴伯都说：“那天没一起吃饭对不起。因为我爸爸给我介绍个工作，又找了帮忙的人在家等我，所以……”

吴伯都忙说：“这有什么可道歉的。对了，还想问你呢，不是考研了吗？干吗还找工作？”

“我考得不好，没什么希望的。”她略有些失望地说。

“就因为这个才找我喝酒吗？”

她想了想：“其实没想找你的，我本来想找朋友，给她发短信，人家正好有事，我就发给你，看你有没有时间。”

她还真是实在，不过然然能想到问他就应该高兴，吴伯都挺感谢她那朋友的，幸亏没时间，让他有可乘之机。

“工作定了吗？”

“在少年宫做管理工作，我不想去。”

“那以后有什么打算？”

“我不知道。”

“没考虑过重新再考？”

“已经没信心了，再考也是一样。”

“那可不一定！以前是不认识我。再说这结果还没出来呢，可能没你想的那么坏吧。”吴伯都承认前半句话是自作多情。

然然苦笑：“不说这些，谢谢你请我喝酒。来，我们干杯！”她喝完咖啡，开始和吴伯都共饮那瓶红酒。

吴伯都举起杯子和她碰了一下，一饮而尽。然然只是喝了一点儿，然后将杯子放在桌上，看着吴伯都却不说话。

“你不是想喝酒吗？为啥不多喝点儿？”

“我想喝，可我喝不了多少的，你喝吧！”

不知道然然心里在想什么，可能有很多心事积压在一起，她想找个人倾诉，但还在矛盾，该不该和吴伯都这个并不熟悉，只有几面之缘的人来说这些。

不觉中已经聊了很久，吴伯都重新捋顺下思路，一直是他在介绍自己的不堪回首，然然一直倾听不忍打断。吴伯都甚至和她说了与慧文那段没有结果的故事。吴伯都觉得自己喝多了，干吗要说这些？还好没有提到过张玉，如果再喝一杯，张玉也瞒不住了，他及时停止了陈述。然然看他不说话便问：“你是哪一年出生的？”

“一九八六年的，二十三了。你呢？”唉，哪有问女孩多大的，问完他就后悔，还好然然没有在意。

“比你小。”

吴伯都正猜测她的年龄，她继续说：“谢谢你的坦诚，把这些告诉我，也谢谢你来陪我喝酒，我觉得我们俩有点像酒友，虽然我喝得不多，可很开心。”

“那就好，一直都是我在说，能告诉我些你的事情吗？”

她看了眼桌上的酒杯，低声说：“我没什么可说的，只是找工作的事情有些烦。还有考研成绩已经出来了，我没考上。”

吴伯都一时不知道该接什么话，又企图瞬间转移话题，可该说的也都差不多了，只能看着沉默的然然。她半天没吭声，眼神专注地看着斜下方的桌子，好像想起了以前的事，吴伯都没再多问。

喝完酒后，然然允许吴伯都把她送到楼下。然然家在离这个超市只有不到百米的小区，中间只隔了一条正在建造地铁的街道，到了晚上会有很多小贩儿在附近摆摊叫卖，还算热闹。

到了楼下，然然按了302的门铃，并没有人问来者何人就把门打开了。然然和吴伯都做了简单的告别就转身上楼。几秒钟后一道铁门“咣当”一声把他们隔开。吴伯都原路返回，出小区门口之前不由自主地回头看向302的窗户，黄晕的光线温暖了整个房间，然然慢慢地走到窗前，并向着他的方向挥手再见。

40. 见家长

第二天正午，吴伯都又收到然然的短信："伯都，忙什么呢？"她竟然叫自己伯都，听起来感觉真棒。

"在寝室看片子，你干吗呢？"

"在弄简历，明天去招聘会，你去吗？"

"去！我去！当然去！"

吴伯都以前从没考虑过找工作的事，可这一刻起，他意识到找工作将是他接下来的生活重点。他在最短的时间将自己的资料汇总，起名：我的简历。

一切就绪后，按照约定的时间，吴伯都来到了然然家的楼下，几分钟后然然走了下来。今天的然然虽然是去投简历，可穿着看起来很生活，发梢搭在两侧的锁骨上，黑色休闲服和毛茸茸的帽子配上蓝色的牛仔裤得体大方。他们走出小区，正准备去乘公交车，迎面突然走过来一位个头不高的小老头儿，还有一颗豁牙，他看着他们，一口纯正的天津话："干吗去？"吴伯都正不知所措，只听然然冷冷地回答："去招聘会。"

老头儿一边打量吴伯都，一边问然然：“紫竹馆的那个吗？”

然然点头，然后从老头身边走过，吴伯都也没来得及问，就跟随然然走了过去。来到车站他们开始找紫竹馆的乘车路线，吴伯都说：“我们打车去吧？”

“打什么车，很远的，没必要。”

“好吧！都听你的。”

转了两次公交车来到目的地，这是个公共活动场所，建筑面积很大，有几层楼高，一楼大厅用途很多，除了老人们平时练习舞蹈和太极外，还有就是每月举办一次招聘会，进去后看到一幕叫人惊叹的场面，几千平方米的大厅已经被挤得水泄不通。吴伯都头回见到这么壮观的场面。

他们在人群中往前走一步，又被挤回来半步。吴伯都在前面用身体护着然然，生怕别人挤到她。走过一圈后，吴伯都有点体力透支的感觉，可在然然面前又不能丢掉男儿本色，就强装镇静地看着她。

然然说：“走吧，我们回去吧！没有合适的。”

吴伯都点头答应，他早觉得没有合适然然的公司。然然的专业是绘画，这个专业塑造了然然内敛的性格，国画的温文尔雅、行云流水般的韵律，仿佛已经融入然然的全身，让她有独一无二的气质。这里的每一个地方都不能让然然对号入座，应该说是配不上然然。他们顺着大厅中的台阶走到二楼的平台上，然后俯身看着下面密密麻麻的求职者。吴伯都拿出随身携带的卡片相机对然然说：“我给你拍几张照片吧？”

“随便，你拍吧！不过，我没有打扮。”

“就这样才好，看着很自然。”不得不承认，当你欣赏一个人的时候怎样看她都舒服。吴伯都继续找角度，然然只是略带微笑，没有看他的镜头，任吴伯都随意抓拍，片刻后她说："我们回去吧。"

"好，听你的。"这句话吴伯都今天好像说了不止一次。

刚走到一个楼梯口的时候，眼前突然出现两位老人，然然惊讶地看着他们。其中一位吴伯都见过，对，就是早上看到的那个说话漏风的老伯，另一位是和他年纪相仿的伯母。然然急忙说："你们怎么来了？"

伯母说："你爸说你早上和一个男的来招聘会了，我们不放心就来看看。"说完把目光转向吴伯都。

吴伯都早意识到这是然然的父母，还没等然然介绍，两位老人就开始热情地和他说话："小伙子是然然同学吧？谢谢你陪她一起来！这时间也不早了，我们一起吃个饭去，边吃边聊。"

吴伯都看看然然的反应，然然也看着他说："一起去吧！"

吴伯都遵循少数服从多数的原则，和然然一家三口走在寻找饭馆的路上，而且不断和两位老人做着自我介绍。

饭桌上老两口儿对吴伯都格外热情，聊得也很投缘。然然甚至有些不解，她都没有引荐，他们就聊到了一起。

吃完后，伯父说："伯都，你不是有空吗？走，到家里坐坐，我们接着聊。"

"好的，伯父！"

然然把头转向吴伯都小声说："你还真不客气啊！让你去，你就去，脸皮还挺厚。"

"嘿嘿！我实在嘛！"

然然斜了他一眼说："走吧！不许乱说话。"

他们四个就像一家人一样开始找回去的公交车。吴伯都和然然跟在后面，老两口儿在前面带路。大概有半个钟头的路程，这是吴伯都第一次来到然然充满墨香的小屋。房间里除了一张单人床以外，还有两个写字台拼凑在一起组合成一张大桌面，专为然然画画使用。桌前落地柜上摆着薄厚、大小不一的书刊，都是和绘画有关的。墙上除了挂几个中国结外，没有过多装饰，甚至感觉不到这是一个女孩子住的房间。客厅里也比较朴素，墙上挂着几幅她的画。

吴伯都和伯父、伯母简单聊天过后，又在然然的房间和她待了很久，然然把自己的画拿出来叫吴伯都一一过目。这些都是然然多年的心血，吴伯都耐心地看到很晚才离开。

吴伯都回到寝室后，很快又收到然然的短信："你到了吗？我在看电视呢，发现你长得像一个明星。不过你比他难看，哦，是他没你难看，我说的可是好话啊，你明天请我吃饭吧！我都说你好呢。"吴伯都心想这叫什么逻辑？可他清楚自己和然然之间的距离已经越来越近，他很高兴地回复她："好啊！这个理由不怎么样，但提出的要求我喜欢。"

41. 新身份

吴伯都开始频繁地和然然一起去找工作。而他的身份更多的是一位旁观者，主要任务就是陪护，甚至让有些面试人员不解，带着助理还来面试？这听起来很幼稚，可然然经常说："我一个人不敢去面试，又紧张，又害怕。"

吴伯都也只能给她鼓励："没事，还有我呢。"

他们隔上三两天就出去面试一次，可这都是然然不想做的事情。她真实的想法还是去读绘画专业的研究生，这也是她父亲对她的期望。可每一次失败后，她会把一切不开心和无法言喻的情绪都隐藏在自己的心里和那个不足十平方米的小屋里，从不向他人倾诉。这时候也是她最低落的时期，一直都是心事重重的样子，很难高兴起来。直到有一天有所改观，她发了一条短信给吴伯都。

"我在做饭吃呢，我爸妈都出去了，你今天上课吗？"

吴伯都回复："是啊，今天有课，完事去找你。对了，你会做饭？听你妈说你啥都不会，都是他们把你宠的吧？"

"我怎么就不能做饭了？不信过来尝尝。"

“好！等我，去了给你买好吃的。”

“哄小孩儿哪，我不吃，提头来见我。”

“不只是提头，整个人都是你的。”

“嗯！明白就行。”

…………

吴伯都和然然开始每天都要见面，但多数是在晚上。这段时间吴伯都即将毕业，开始忙活毕业论文和展览。然然的工作也没个着落，多数时间都待在家里，向吴伯都咨询学校里的新形势。

每晚见面后，他们会找上个饭馆，花上几十块钱，点一荤一素两个菜、两碗米饭，再来瓶啤酒。酒足饭饱后，吴伯都再送然然回家。每次然然上楼之前都会和他坐到门口的小广场上聊会儿天。广场上有两张木制的长椅，像为他们准备的一样。

四月初的某天，吴伯都和万瑞、秋天在拍一场傍晚的戏，完事已经快九点钟。吴伯都没有准时来找然然，但还是来到然然家的楼下看她一眼，然然竟然还在等着他一起吃饭，手里还端着个透明的饭盒，看到吴伯都便说："这是我妈做的鱼，最好吃了，我也没吃，就等你呢。"吴伯都想告诉她自己吃过晚饭了，可怎么也说不出口。

然然又说："以后要是太晚，你又很忙就别来了，我也不出去，就在家里画画，再等着你的消息。我也不去找工作了，等你忙完这段儿咱们一起去。对了，上次投的北京那份简历有消息了，通知咱们去面试，你说去吗？我看还是算了吧，也不差这一个。"

“就是那个招美术老师的学校？”

“对啊！就那个，你要是忙，咱们就不去了。”

“去，当然去。就当北京一日游散散心也好，什么事儿都没陪你重要。”

然然笑着说：“嗯，这次听你的。”

次日清晨，老天很给面子。有拂面而过的春风，也有温暖和煦的阳光。这是北京海淀区的一所民办美术培训学校。要先坐火车再转公交，车站的人流从来没有间断过。吴伯都看了看然然，或许是首都给了他勇气，他顺势拉住然然的手，从人群中穿过。

然然边走边说：“你可想好了，牵手可以，但永远不能松开。”

“我不会松开的，下辈子也不松。那到了晚上还有上厕所的时候怎么办？”

“少贫嘴，你明白我说的意思。今天开始就不能放开我的手，别把我弄丢了，明白吗？”

“嗯！从今天起，你这辈子都是我的。”

“把另一只手也给我。”

“哦？那我就得抱着你去面试了。”

“哈哈哈！哎呀！你快拿来。”然然撒着娇说。

吴伯都伸出左手等着然然用另一只手来拉他，可然然却从自己的口袋中摸出一样东西放到吴伯都手上，是一个青色的玉坠。

然后说：“这个玉坠上面有好多吉祥物，是我最珍贵的东西，送给你了。你看中间的这只小玉狗多可爱，就跟你一样。下边是个知了，希望你能一鸣惊人。再往下是个海螺，代表着福、禄、寿，就是幸福、长寿，还能当大官。再往下这个圆球是说圆满的，希望我们能圆圆满满。还有这两个玉花瓶一个是你，另一个是我，代表我们俩都能平平安安的。瓶子下面这两个竹节，寓意着我们的生活能节节登高了。还有最上面这个叫……什么来着？我想想……”

“我们不说了亲爱的，我知道了。”吴伯都紧紧地把然然搂在怀里。然然继续说：“哦！我想起来了，那叫富……贵……花……”

火车停了。然然问：“今天是几号？”

“七号，怎么了？。”

“以后，这天就是我们的纪念日好吗？只属于我们两个人的日子，我们每个月都要过，不需要很隆重，在一起待着就行，好吗？”

吴伯都忙说：“好，好，每个月都过，每个月都过。”

四月初还没有那么温暖，可他们相牵的手心早已经湿润，却没有松开过片刻。快面试的时候，吴伯都对然然说：“我们这样牵着手面试，面试老师能接受吗？”

然然哈哈一笑，说：“那好吧！先松开会儿。”

他们坐到沙发上，等着面试的负责人。然然打量着吴伯都的着装，看到鞋的时候突然大笑不止。原来吴伯都穿的两只袜子颜色不一样，一黑一白，没办法，早上起来的时候有些着急，可想而知吴伯都对这份工作的重视程度，然然持续笑了一分钟不止，她越笑，吴伯都就越严肃地等待面试。

这场面试非常简单，一个和他们年龄相仿的男教师问了他们的毕业学校和专业，又问了他们对薪水的要求。而吴伯都和然然的真实想法还是回到他们相识的那座老城。毕竟然然的家在那里，吴伯都又在那儿上的大学。虽然这里是首都，却不属于他们，全天下的学子争先恐后地来到这儿，他们又何必凑这个热闹。吴伯都觉得只要和然然在一起，哪座城市并不重要。离开那所学校后，然然说：“你知道吗，我今天笑得好开心，也好高兴，就你有这个本事。”

下午，吴伯都约方旭和静嘉一起吃饭。也想再现一次方旭当年带着静嘉去找他时的情景。那天给他们介绍了然然，也宣布自己不再单身。能看出来他们很高兴，高兴吴伯都终于不会孤独终老，重新开始一段新的感情，而且对象是优秀的然然。

从北京回来时，天已经黑了，然然拉着吴伯都的手说：“亲爱的，有件事情我得和你说。”吴伯都看她如此正式，心里多了几分不安。

“说吧。你应该有很多事情想和我说的，我们慢慢来，不着急。”

“那你答应我听完后不生气。”然然能这么说，看来事情不那么简单，她竟会为接下来的话让吴伯都先表态。

“嗯，不会生气的。”

“我要你发誓，因为这都是过去的事了。”哦，天哪！这到底是多大的事情？

“好，我发誓不生气。你说吧。”

她平复了一下情绪，说：“在认识你之前，我心情很低落。原因不单单是考研落榜，也因为，也因为刚分手不久。”

她哽咽了一下，低着头。听到这个，吴伯都心里并不好受。可他清楚，然然不可能没有过去，只是一直以来他都想避开这个话题，永远不提。他对然然说：“像你这样优秀的女孩，肯定会有过去，这我能理解,谁让那个时候我们不认识呢。就为说这事吗？我们忘掉就好了。”

“是啊，你要早一点儿出现就好了，我们也不至于才走到一起。”

“来得早，不如来得巧，现在认识你也不晚。不说这些不开心的事了，咱们回吧。”

“等等！我说这些话其实还有个目的。我要明明白白的和你在一起，所以今天我得和他见一次面，把该说清楚的事情做个了结，这样才对得起你。”

吴伯都带上轻微受伤的笑容说：“好吧。你觉得有必要就去吧。”

“那你回去等我，完事我给你打电话。”

“好，快点回来。”

“嗯，很快的，说完就回来。”

吴伯都把然然送到临近的公交车站，看着她上车后，吴伯都步行向着然然家走去。他希望在自己走到然然家之前能接到她的电话。这段路坐车并不远，可走起来也要个把小时。他走到院里的长凳旁坐下时，天色完全黑了，心情只有焦灼两个字可以形容。

津城四月的夜色，还是没有脱离冷风的困扰。吴伯都缩着肩膀，目不转睛地看着然然回来的必经路口。大概两小时后，然然的身影出现了，吴伯都心里激动，却装没看见。然然从他身后走过来，直接把他抱在怀中，颤抖的声音说：“对不起！没给你打电话，我知道你会在这儿等我的。冷了吧？”然后把吴伯都抱得更紧。

吴伯都转身把她抱住。

“你终于回来了，急死我了，得惩罚你。”

“嗯，好。怎么惩罚？”

“要你亲我。”

“哎！你呀！好，亲哪里？”

“哪里都要。”

然然轻轻地在吴伯都额头上吻了一下。

吴伯都把然然抱在怀里亲吻，从这一天起，他就有了新的称呼：老公。

42. 狭路相逢

然然做了一个决定：一边工作，一边复习，继续考研。她偶尔会和吴伯都一起来到学校打印复习资料，顺便看看最新的校园动态。每次来到学校，然然都会觉得愧疚，也不想被熟人看到，怕人家问起考研的事，又不好意思牵着吴伯都的手在校园里走，每次就跟在吴伯都身后像个犯了错误的孩子，人少的时候才会挽着吴伯都的胳膊。

今天也是一样，打印完后，然然挽着他正要离开，门外进来两个女生和他们四目相对，其中一个正是张玉。张玉愣愣地看着吴伯都，表情说不出的恐惧。吴伯都不敢看她，更不想多留半步，低着头从张玉身边擦过。然然还没有发现此时的场面非常严峻，只是跟着吴伯都出了复印室，还小声地喊了句："老公，等会儿。"不知道张玉有没有听到，反正吴伯都听得一清二楚。

走出复印室不到二十米的拐弯处，吴伯都的衣服突如其来地被一只手抓住，吓得他差点没跪在地上，正是张玉。她语言精练："过来一下。"

张玉说完后向另一个方向走去。唉，怕啥来啥。今天算栽到这儿了，吴伯都不敢想后果。然然已经看到了这一幕。

“怎么了？那是谁？”

“没事，同学有事找我，你等一下，别走，我马上回来。”

吴伯都向张玉的位置走过去，还好这里看不到然然，看得出张玉强忍着心里的愤怒。

“这女的是谁？你女朋友？”

吴伯都只能点头，他看到张玉的嘴唇都在哆嗦，每说一个字似乎都要把牙咬碎。

“吴伯都，几天没见，你变化可真大，怎么也不早告诉我一声？”吴伯都不知所措地摇着头说：“不知道该怎么和你说。”

只见张玉面带讽刺的笑容：“好，今晚准备好钱，请我吃饭，我和你聊聊，现在就不打扰了。”说完转身离开。

吴伯都回到然然旁边，冷静地说：“走，吃饭去。”

然然问：“那是谁啊？找你干吗？”

“没事，就一个同学，问些班级的事儿。”

“你可不许骗我。”

“嗯，没骗你，走吧亲爱的。”

然然话锋一转：“那吃完饭，帮你改论文去吧。”显然，然然今天不想和吴伯都分开，生怕吴伯都被刚刚的张玉再次叫走。

“好，你不累吗？”

“累什么啊，不过，我这是头一回去男生宿舍呢，以前从来没去过。当然了，我也不想去。”

“是吗？我老婆真好。”

“那是。”

因为然然的到访，吴伯都他们的宿舍增添了不少光彩。鸿飞也凑过来说：“既然是嫂夫人到了，我就不当电灯泡了，先行告退。”然后照照镜子，起身向女生宿舍方向走去。

然然坐到吴伯都电脑前，问：“老公，我想玩游戏行吗？”

从然然的每一个行为和每一句话里都能折射出大家闺秀的范儿，而且她受到的外界污染几乎为零。吴伯都顺着她说：“老婆大人想玩，我怎么敢说不？”

她却说：“我是说你要陪我一起玩。”

“好啊，你想我怎么陪？”

然然拉着吴伯都的手：“你坐在我旁边，看着我玩就行了，给我当观众。”

吴伯都搂着她的腰，看着她玩了一个多小时的连连看。后来然然把吴伯都叫醒：“你是怎么陪我的？睡得呼呼的。对了，刚才我妈给我发短信，让我回去，说有事要和我说。你说我回去吗？”

“当然回去，母命不可违，看看什么事。”

“那你和我一起回，不许离开我。”

“好，我把你送到家门口，我在楼下等你。还不知道什么事儿，我上去也不方便。”

“嗯，也好，我们走吧。还有，刚才你睡着的时候，你手机一直在响，你看看是谁找你。”

“没事，不看了，爱谁谁，走吧，亲爱的！”

43. 进展

把然然送进楼门后，她趴在吴伯都怀里，把嘴凑到吴伯都耳边说：“在楼下等我。”然后依依不舍地向楼上走去。

吴伯都坐到小广场上的长椅上，掏出手机，看看那些未接电话和多条短信：“好累！真的好累。我刚回到寝室，从方幽弥走后，我一直很难过，心里的委屈没和别人说过，本以为开学后你会问我，我都不知道怎么面对你。可你从没过问，以为你忙，没时间过问，我能理解。可是，看到你和那个女孩在一起，我就算再笨也懂了。我突然觉得好辛苦，今天朋友问起了你，她说换作是她不整天和男朋友在一起肯定不行。我对她说我比较厉害，虽然你不在身边，但每时每刻，我都会想到你，每次看到好笑的东西，还有经常走楼梯或者生活中的某一个情景都会想到你，每次都会抿嘴一笑，觉得很开心。我已经失去了方幽弥，不想再失去你。

“有时候，我会自言自语，我会说臭小子你在干吗呢？每次想到你，眼前都会闪过很多的画面。好多呀！我只是不希望给你任何压力，让你不会因为我而辛苦，更专注地去做你想做的，我看着就好、等着就好。

看来我错了，我太把自己当回事了，我不会怪你的，好好做你想做的事情吧，我们都这么年轻，应该是这样的。”

吴伯都背负着对方幽弥的承诺，却辜负了他，也辜负了张玉。他以为一定会遭到嘲笑和谴责，吴伯都浑身乏力，感觉有些无助，这时，然然突然从楼道中奔着他一下抱过来，激动地说：“老公！老公！我工作有消息了，是个编辑部，叫我做美编，你说我能行吗？”

吴伯都抱着她说：“好，好，什么时候上班？”

“哎！你着什么急啊，听我说，还不能马上去，可能要等一阵子，到时候人家会通知的。这段时间我可以好好陪你，再画些画，你说好不？”

“太好了，来亲一个。”

然然的工作定下来实属好事，虽然不能马上去工作，可心里的一块石头总算落了地，她画起画来也更加安心。

然然开始收集一些考研的资料，准备工作期间继续复习，每周还能画上几张尺寸不大的花鸟画。

有一次，吴伯都和然然路过一家画廊，然然随口说：“老公，什么时候我的画也能摆在这里卖就好了。”

“这有什么难的，我们进去问问收不收画。”

“不行，不行，我还没准备好呢，如果人家不收，多没面子。”

“哎呀！我老婆的画怎么会没人要呢？有点自信，先进去问问，反正也不认识我们。”

“好吧，进去你问，我不好意思。”

然然双手抓着吴伯都的袖口，走进画廊。里面空间不大，却充满墨香，两个中年男女正在忙活，女店主看到他们忙来打招呼。吴伯都开门见山地问：“这里收画吗？”

她上下打量吴伯都：“什么画？你画的吗？”

男店主听后也走过来详细了解。

“带来没？得看看。”

“今天来的匆忙，要不我回去拿，下午带过来？”

男的又说：“正好我们两口子下午要去艺术学院那里取画，你们要方便就把画带过去。来，这是我的名片，咱们电话联系。”

“好，那下午见。”

走出画廊，然然高兴地说：“太好了老公。不过你说我的画卖多少钱一平尺合适呢？”

“老婆啊，不是打击你，你的画暂时不能按尺卖。”

“那按什么？张？”

“按斤。”

“哈哈，坏老公！”

吴伯都陪然然回到家里，她把家底儿都翻了出来，最后拿出了一组梅、兰、竹、菊的四条屏，和几张新画的扇面给吴伯都，又嘱咐：“就先拿这几幅吧，也许人家真的不喜欢呢，拿多了也是累赘。我就不和你去了，会受打击的，在家等你消息。我知道这些画不值钱，你别让人家太为难，差不多就行了，哪怕只能卖几十块钱，也是咱们自己挣的，我也高兴。”

“那你等消息，我现在就去。”

“嗯！”

吴伯都拿起卷好的画正要出门，然然又叫住他：“老公！”

“怎么了？”

她走了过来，在吴伯都脸上亲了一下。

“辛苦了，我爱你！”

吴伯都来到和画商约好的地点，那两口子已经等候多时，每个人手里还抱着一卷画。见到吴伯都来不及客气，直奔主题，男的说：“来，打开看看。”

在一个背风处打开后，两个人看了半天，女的问吴伯都：“是你画的吗？”

“女朋友画的。”

“这样吧，我们也不兜圈子，实实在在和你说，像这样的画收的并不贵，毕竟你们都是刚毕业的学生，没啥名气。你看这一堆画，都和你手里的差不多，我们也都是这学校的熟人了，不会和你说谎，你要能做主，咱们可以长期合作。这画我给你八十块一张，四条屏就三百二，这两个小扇面四十一张，一共给你四百，这价已经不低了。”

吴伯都心想别说四百块，就是四十块也得卖啊，这已经比他和然然预计的价钱高了，他立刻答应。

“好，那我回去让她多画些，再给你们打电话。”

两口子好像捡了个大便宜，一起说：“没问题。”

吴伯都拿着四百块钱，格外有分量，这是然然的画第一次出售。吴伯都快速骑车回到然然身边，把钱放在她面前，然然高兴地说：“老公，这是我挣到的第一笔钱，感觉真好！我多画些，你就负责拿出去卖，以后啊，咱就不缺钱了，哈哈。”说完把钱又塞到吴伯都手里。

吴伯都接过钱，却有些别扭。

“老婆，这钱还是你拿着吧，别给我了。”

“怎么？谁拿着还不是一样嘛！”

“我知道，可是老婆……”

“哎呀！你别说了。知道你想什么呢，你现在也需要用钱，可我也帮不上什么，要真能通过卖画帮助我老公解决燃眉之急，我高兴还来不及呢，相信我老公以后一定可以出人头地，我有信心，以后我还得指着你养我呢，我要每天在家画画，等你回来。”

吴伯都拿着钱，却怎么也开心不起来，他又不能过分推辞，那样然然一定会多想，他搂着然然说：“以后，我养你，我养你。”

吴伯都和然然平时并不缺钱用，毕竟都有父母的资助，可早晚都得挣钱养活自己。和一般家庭相比，然然刚出生的时候，父母已经算大龄，也因此对然然的宠爱和期望都很高。希望她生活上有个好的归宿，事业能和画画结缘。然然的母亲退休在家，父亲虽也退休，可偶尔还会承包些装修的活儿。老两口儿奋斗一生，日子过得平淡普通。

吴伯都和然然的交往都是在然然父母的监督下进行的，虽然没有反对他们相处，可也没有举双手赞成。不反对是因为然然正处在考研落榜和感情挫折的特殊时期，然然又不愿意和父母交流，只是自己闷在心里。父母怕她闷出毛病，恰巧吴伯都的出现替他们排除了这个隐患。可他们对吴伯都一直有些顾虑，将女儿交给一个既没工作又没房子的毕业生，让他们兴高采烈地接受吴伯都是不可能的。因为这些，吴伯都很不愿意和她父母见面，偶尔她父母不在时，吴伯都就潜入她家里和然然亲热一会儿。

他们开始每天同一时间睡觉和起床，只要一个人要休息，就会通知另一个也抓紧睡，然然还会补充一句：“以后，我要睡在你左边。我的右边，也给你留着地儿呢！对了，明天起来第一件事给我发短信，我们一块儿起床。”

“遵命，老婆，来，亲一个再睡。”

“别着急，先攒着，等你明天面试回来再亲。”

然然工作已定，吴伯都也开始认真地参加每一个面试。以前主要是陪然然，捎带着也跟着投几份简历，只觉得这过程能带给他很多和然然之间的快乐，这就够了，至于找什么样的工作并没有放在心上。现在不一样，迫在眉睫的压力，来得那么突然。

在宿舍住，习惯了睡得晚，起得晚，艺术院校的生活更是随意，很难让人有紧迫感，经常深夜一点多吴伯都还对着电脑，为了让然然早点儿睡吴伯都早早就说自己躺下了，然然睡了以后，吴伯都往往一小时以后还在嘚瑟。鸿飞比他更夜猫，很多不好的习惯他们志同道合，例如，不上课，常缺考，再一起补考。

转天的面试吴伯都顺利通过了，是和保险有关的工作。一个艺术院校出身的人，去推销保险？好像八竿子挨不上，回来的路上他和然然发短信说不合适，不想干。

然然只说：“老公，没事。快过来给我补充能量，想死你了。直接上楼呗，就我一人，我爸妈上街了，我刷扇面呢，然后画画。等你快到了，我去超市给你买啤酒和鸡腿，你先忍忍啊！”

“我什么都不想吃，有你就行了。”

“好。对了，老公，今天是个特殊的日子，五月十二日。我会珍惜生命，热爱生活，珍惜我和你在一起的每一天，希望你和我一样。”

和然然的生活可能并不比普通的情侣过得新颖，可然然却是吴伯都头一次向世人宣告的女朋友，对她也总是有着使不完的耐心和热情。

44. 毕业

六月准备离校，吴伯都挂了三科，险些没拿到学位证。贺鸿飞更惨，是班中少数几个没拿到学位的人之一，毕业合影那天没能穿上学士服和大家照相。吴伯都还和他说：“学位证可以以后补上，晚拿几天不要紧，可毕业照没法补救，我去给你借一套衣服，很多人都是这样弄的，你别赌气了。”

鸿飞果断地阻止他：“算了伯都，我不想穿。无所谓了，不穿那个，这张照片对我才更有意义，它能提示我这四年的路是怎么走的。”

“有那必要吗？两百多人的合影，就你一人不穿？怕人记不住你？”

“你说这些我懂，别劝我了，我的性格你知道，我对那些没兴趣。”

“那你以后有什么计划？”

“你真是重色轻友，才想起问哥们儿，不过我理解。以后的事以后再说，走着看吧，只要能让我拍照就成。那你做什么？继续搞你的电影？”

“不搞了，找工作。”

“够现实。你不会还想去考个公务员吧？”

“别说，还真想过。”

“你牛。以后当了官儿，别忘了兄弟。”

鸿飞在毕业展览前几天，拿出自己全部作品办了个人影像展，邀请了很多朋友来捧场。鸿飞的父母也从遥远的家乡赶来看儿子的成绩，连方旭和静嘉也过来助阵。吴伯都和然然提前就过来帮忙布置展览。而吴伯都的毕业展最后用了一部微电影画上了句号。

城市的气温开始慢慢地升高，然然的工作也有了回信。六月的某日成了然然工作的第一天，阳光也还不错，吴伯都气宇轩昂地骑着那辆没有外胎的二八式永久牌自行车，行进在去然然家的路上，打算送她去上班。车的钢圈和地面摩擦起来叮当作响，然然不好意思坐在上面，觉得还不够丢人的。在这个频繁丢自行车的城市里，这车不锁也没人偷，吴伯都也就没考虑换过。最后然然还是坐了上来，在后面搂着吴伯都的腰，嘴上还哼着不在调上的小曲儿，并问他：“老头子，你说我唱的咋样？你感觉咋样？爱听不？”

“你最好别在我骑车的时候唱，为了咱俩的安全。”

“哈哈……你……你什么意思啊？哼！我问你感觉咋样呢？快说。”

“我感觉生命没有意义。”

然然在吴伯都的肚子上狠狠地掐了一把：“不许说不好听，不好听你也得给我听。对了，老头子，等我进社后，你也来编辑部吧？也能陪着我。”

“你真当编辑部是咱家开的？我进去陪你被你们主编发现咱俩是一对儿，还不把你开除了？”

“哎呀，哎呀，是啊，把你开除了，哈哈！那老公你晚上来接我吧，想和你一起吃饭。”

“嗯，这个是必须的。”

“还有这辆车太破了，你骑着也费事，我们换一辆新的吧？”

吴伯都激动地说："可别小瞧这车，虽说外表不好看，想当年我用它和别人飙车百战百胜。你坐好了，我给你试试。"没等然然说话，吴伯都碰到有坑的地方就故意冲了过去，然后和然然吹牛道，"你看我厉害不？这么大的坑我都能冲过来，而且不感到累，还跟没带人一样。"

然然没有说话，吴伯都回头看了一眼，后座上竟然没人，往远处一看，然然被他刚才颠到了沟里面，正在地上坐着咧嘴要哭呢。吴伯都扔下车忙跑过去，扶着她说："亲爱的！我一会儿就去买新车。"

然然上班后，吴伯都也有了新工作，就是每天骑车接她下班。编辑部的工作听然然说还算清闲，朝九晚五的时间规律是很多人追求的目标。刚来上班，社里给然然的工资很低，每个月才一千元，要一年以后转正。

吴伯都每天接然然的时候，都会提前来到编辑部门口旁边十米处的青石砖花坛上坐着，有时候是在附近的一个小广场。先看到领导的车开出来，之后一个个员工骑着电瓶车或自行车陆续走出大门，就会看到然然的身影。然然总是迈着轻盈的步伐伴随着一脸微笑向吴伯都走来，再和他讲述一天的经历。然然常说："老公，我都一天没笑了，真是郁闷死了。"

"为什么？上班不好玩儿吗？还是大家对你不好？"

"都不是，因为你不在，我就笑不出来。我只有在你面前才能无拘无束，开怀大笑。"

说完后跳到吴伯都新买的车后座上，抱着他的腰疯狂地傻笑。他们习惯在半路上的一家超市停下来，在里面解决晚饭，吃上一顿小火锅，两人要一个锅底一起涮，再来上一杯扎啤，有时候为了节省，吴伯都去旁边买一瓶啤酒，再找服务员要个扎啤杯子，喝着感觉一样，吃完后再陪她逛一会儿超市，多数时间只逛不买。

45. 招生路途

吴伯都始终没找到合适的工作，又不能长时间处于疗养状态。他和然然的相处不仅仅是他们两个人的事，还要牵涉双方的父母，可他能做的就是继续找工作和等消息，又不能无限制地等下去。他最后决定重操旧业，办个画室带学生，先保证把他和然然的口粮挣回来。吴伯都在心里算了一笔账，一个学生每月三千元的学费，十个人三万元，一百人每月三十万元。就算来不了那么多，去掉一半，每个月还有十五万元。去掉成本租房子，买静物、请模特、请助教、给提成等，怎么说也能剩下十万元。五十个人从九月份一直和他学到转年二月份考试，差不多也得半年时间。就是说，可以半年内挣到六十万元的纯利润。天哪！还等什么？等他好戏吧。吴伯都咬牙，跺脚，下决心。

吴伯都给自己租了个经济实惠的小窝，可问题来了。要骑将近两小时自行车才能到然然的单位，每天来回就是四小时，要不是年轻力壮加上爱的力量，他还真是吃不消。

为了能招来学生，吴伯都沿用了传统办法——去周边的高中凭他的三寸不烂之舌打开各个学校的大门，再和学校的相关老师聊招生的事，大刀阔斧，直奔主题。可事情想简单了，津城的八月酷暑难耐，又是学生的暑假，即便如此，吴伯都也想早点儿动身，只要他忙活着，然然看着心里才踏实。

然然平时虽说对他百依百顺，但这都不能改变对他未知前程的担心。然然是个顾虑很多的女孩，或许这是大多数女孩的天性。因为吴伯都没工作的事，她经常在父母面前帮吴伯都辩解，口舌之争常有的事，替他说了不少话。她希望吴伯都将来有出息，她脸上才有光彩。就像然然父母希望她能有出息一样，虽然这个比喻不太恰当。

那天中午十二点半吴伯都下了车。这是一个不大不小的县城，沿着马路听着20世纪七八十年代的歌曲向前走着。一阵香喷喷的味道飘过来，是路边的一家炒饼，他的确有些饿了。吴伯都走进去要了一份，坐下后一摸兜儿，坏了，身上的钱不够。他来回一趟的车费是二十四块，现在只有十三块，刚好够回去的车费，还能剩下一块，最多也就买瓶矿泉水，这要是给了炒饼钱根本不够回去的车费。他刚要说不要了，可动作麻利的老板已经将饼下锅，没办法，先填饱肚子再说吧，还好身上带了银行的折子，因为不是卡，只能到银行前台取。他问老板："哪里有工行？"

老板斩钉截铁地说："方圆两公里是没有工行的，你到前边再问问吧！"

吴伯都继续往前走，找高中为主，银行为辅。工行的标志是ICBC，他和然然就叫它"爱存不存"。他从楼房建筑区走到平房地带，从嘈杂的人群中走到了无人的农家院，到处标有"泰山石敢当"字样。他既没看见学校，也没遇到银行。吴伯都略有些烦躁，精神也很疲惫，信心逐渐变少。吴伯都并非漫无目的地瞎找，一路都在问人，也知道大概的方向，可人家都告诉他要坐哪路车才能到学校的位置，这说明校园很远，没人知道吴伯都是计划步行前往的。回家的车费还是个问题，哪能中途再多出状况？正在打退堂鼓的一刻，吴伯都突然看到一个男孩，太好了，这不是高中生吗？这说明这附近离高中不远。吴伯都忙上前搭话：“同学，知道哪里有高中吗？”

男孩指了两个相反的方向，说一边是三中，另一边是五中，也说要乘车才能去，很远。谢过男孩后，吴伯都向近一点儿的三中走去。一路尘土飞扬，凹凸不平的路面预示着他已经来到了县城郊区。

半个小时后，他来到了男孩告诉他的地方，三中。学校大门紧闭，院子里空无一人，死一样的寂静，这就是没开学，吴伯都早就想到了。他在门前徘徊一会儿，好像这样就能欺骗自己说：你尽力了，如果开学的话，一定能招到一些学生。不怨你，这次就当认路了，开学后可以再过来。

他正在安慰自己，电话突然响了，是然然打来的：“老公我想你了，你什么时候回来？你那儿怎么样了？”

“唯一的进展就是可以断定学校没开学，别的就没了，可能要过段时间再来。还有个坏消息，我有回不去的危险。”

“怎么了？”然然急问。

“失策了，身上钱不够。这眼看银行就下班了，还没取到钱呢。”

“没事老公，不行我去接你，或者叫快递把钱给你送去，不会让你回不来的！”

“好了老婆，先不多说了，我去找银行。这地方挺偏僻的，没有你想得那么方便，等你来了怕是明天早上了。”

“那你快去吧，我等你信儿。”

挂了电话，吴伯都继续找ICBC，就好像有人和你变戏法一样，平时哪里都有，找的时候就是没有。

吴伯都边问边找，突然来了一条骗人的短信捣乱："请将钱汇到农行账号某某户名，请尽快办理。"

他立刻回复："我给你汇了一百万，快去取吧，一会儿银行关门了。"然后情绪低落地坐到旁边的台阶上。左边看去：原装进口。右边望去：成人用品。他看表已经四点多了，到了五点就是找到也取不了，看来今天要露宿县城的街头。

他靠在路边的一扇大铁门上，看着不断经过的路人连问的心情都没了，好像有点流落街头乞讨为生的感觉。人一旦对某种事情绝望，心情也就平静了。这种感觉也挺好，吃饱一顿算一顿，啥时饿死拉倒。这时有一位姑娘从吴伯都身边经过，带过一股芳香，他仔细感受这味道与然然的有何不同。姑娘没有走远，站在吴伯都身旁拿出手机，大声和对方说："你在哪儿呢？我已经到银行了啊。"

银行？吴伯都猛回头，身后门上写着：ICBC。他提包走到姑娘面前说了句谢谢，然后冲进了银行。吴伯都带着激动的表情取出了全部的积蓄两百元。刚出了门，一辆深绿色运钞车停到银行门口，提醒人们银行已经收工。吴伯都侥幸成为最后一位顾客，心里还有一丝兴奋，拿起手机打开拍照功能，来跟运钞车合张影留念下。表情还没摆好，突然出来两个人举起枪对着他："干什么？不许拍照。"吴伯都吓得一身汗，忙说："哦！对不起！对不起！"然后，转身离开。

吴伯都依依不舍地和这个县城告别，却又发自内心地不想再来。

46. 重要的日子

这种以失败告终的招生还在继续。然而，有一天却不能因其他事耽误，那就是吴伯都和然然八月的纪念日。他们带着相机来到水上公园，正常门票要四十元，今天却因为公园维修免费开放，人也格外多。

然然说她虽然在这里长大，可自她记事以来也是第一次来这儿，还是和吴伯都一起，她开心得不得了，并摆出各种不协调又很生疏的动作让吴伯都给她拍照，时不时找游人帮他俩合影。顺着公园走到头就是动物园。

动物园不再免费，然然说："老公，咱不看了，我看你就行了，还看啥动物啊！"

"得看，看看还有啥动物比我老婆难看。"话音刚落，然然一拳打过来。

"你滚！哈哈！缺德，死老公。"

大概一小时后，然然失望地说："我们还是走吧，我不想再看了，这些动物好可怜！"

对此吴伯都有同感。适者生存，或许这也是生物进化的动力。吴伯都也有些累了，就带着然然回到他住的地方。进屋后吴伯都脱掉衣服就进到卫生间洗澡，然然露着“坏笑”还有些不好意思地探头进来偷看他，吴伯都一把将她拉进来：“亲爱的，陪我一起洗，我们来鸳鸯浴。”

然然挣脱着说：“不行，人家不好意思。”

“看都看了，还有什么不好意思的。”

吴伯都使劲将她抱在湿润的怀中亲吻，然然的手抚摸着他的后背。他将然然身上浸湿的衣服一件件脱下来，然然把吴伯都抱得更紧，用手挡住吴伯都的眼睛：“不许看。”还在吴伯都耳边说：“老公，我爱你！你答应我，不管什么时候，都不能不要我，我要你发誓！”

吴伯都不断点头，同时看着然然修长匀称的身体，抚摸她柔润的肌肤，就像在梦里一样。

当吴伯都把然然抱到了床上，正要酝酿创造下一代的时候，然然却拦住他。

“老公，不要，现在不行。”

吴伯都没说话，看着然然的脸，她继续说：“我的第一次肯定是给你的，但不是现在，你不要着急。”

“那什么时候？等我们结婚后吗？”吴伯都一边亲着她的脸，一边问。

“嗯！你不是要娶我吗？”

“我想马上就娶你，可你爸妈现在能同意吗？”

“不管他们同不同意，我们都结婚。”

“他们不同意，怎么结婚？”

“没事儿，我今天就回去把户口本找到，我们去登记吧？”

“这能行吗？你可想好了。”

“有什么想的，你难道不想娶我吗？后悔了？”

“当然想娶，可这样太委屈你了。”

“你还知道委屈我？那就尽快混出个样儿来，给我爸妈看看不就行了嘛！”

“我知道，不说这些了。”想起这些吴伯都就头疼，什么心情都没了。

吴伯都起身帮然然穿好衣服。时间也不早了，他骑着单车，带着然然在夕阳下的人群中涌动。

47. 坚持

八月中旬，立秋都过了，天气反而更热。马路上行人很少，还冒着水蒸气一样的波纹。吴伯都这时候出来招生注定要遭点儿罪。他只希望自行车别爆胎，把他扔到半路上，所以差不多时他就下车推一会儿，既能缓解屁股的疲劳，也能降低轮胎的温度。

吴伯都问了一个修车大爷才知道他去的这几个地方，位置都是相反的方向，不得不说这是决策上的失误。吴伯都先选了其中一个学校。

“大爷，请问唐家庄怎么走？”

大爷几分钟没说话，低头苦想，半天回过神儿说：“你说什么？”

吴伯都差点把刚吃的煎饼果子吐他一脸，接着问：“唐家庄怎么走啊？”

大爷说：“哦！”然后给他详细地讲述了五分钟。这就是朴实老百姓的热情和觉悟，让你在炎热的夏天暖上加暖，听完大爷复杂的解说和指引，吴伯都把它总结成一句话：“我也不知道啊。”

吴伯都继续往前走，见路边有个修汽车的棚子，一个农用三轮车突突突地停了过来，吴伯都招手示意求助。走到近处，戴着一厘米厚度的眼镜的三轮车主问："怎么啦？去哪儿？"

吴伯都笑着说："请问唐家庄怎么走？"

"上车吧！我带你一段。"

看着大叔的眼镜厚度，吴伯都突然开始珍爱生命，于是回绝了他的好意。

"不用了，要不您前面开车，我后面骑车跟着吧？"

"好。"

说完一踩油门车蹿了出去，吴伯都立刻后悔跟在后面。这是一条土路，三轮车带来的灰尘化作一团浓烟遮挡住他的视线。吴伯都呼吸困难，要是继续跟着后果不堪设想，吴伯都选择放弃尾随，慢慢再问。恰巧前方走来一位淳朴的姑娘，吴伯都及时把她拦住，先给了她一个微笑，然后道："美女，请问唐家庄高中怎么走？"

女孩先是一愣，然后缓过劲儿带着微笑说："这高中有着很久的历史了，最早在村东头那个市场里，学校是由高中和初中一起组成的，我以前就在那个学校，如今，这个学校的变化可大了，这要从两年前说起……"

时间关系，吴伯都打断女孩滔滔不绝的话，并从中总结出一句：一直往前走。

和女孩挥手告别的时候，女孩还有些不高兴，好像还有话要对吴伯都说，可吴伯都心想自己时间有限，不能闲聊，男人还是要以事业为主。大概三分钟后，吴伯都来到女孩说的地方，肠子都要悔青了，后悔没听女孩把话说完。如今这地方已经成了高中的遗址。听村民说高中早就黄了，合并到了一个叫红石镇的地方，离这儿很远。吴伯都只能原路返回，再去红石镇。已经上午十一点了，大部分时间都是在路上骑车，陪着吴伯都的只有烈日下的紫外线和三十多度的高温。此刻吴伯都只想找一个桥洞，靠着单车好好歇上一会儿，可还没等他坐下，桥洞下的流浪汉用恶狠狠的眼光盯着他，好像吴伯都侵占了他的地盘，吴伯都没有停留，只好离开。

红石镇中学就是和唐家庄中学合并的学校，也是吴伯都抱希望最大的地方。他还有最后一张底牌寄托在这儿，就是他学校里那位中层领导。他看在吴伯都总请他吃饭的情分上，引荐他来这个学校看看，还说帮他说了几句话。

48. 招生搭档

这个地方要再失败，吴伯都只能找地方把自己埋了。所以准备的充分些才行，尤其是动员学生的环节更得像回事儿，如果身边有个人和他一唱一和就完美了。然然肯定不行，从要办画室以来她就一直给吴伯都泼冷水，就在吴伯都来之前，然然还把他“教育”了一番。教育动机很简单，因为然然做什么事都没有自信，也可能是考研落榜、感情失利所导致。为了能让她重新恢复自信心，吴伯都也常给她一些鼓励，方式是多样的。比如，然然说的很多事吴伯都都觉得不对，可还是点头说：“对对对！老婆你教育得在理，我知道错了，我会尽快改正。”

然然就笑着说：“检查呢，你就不用写了，但是为了提高你的思想觉悟，作为你老婆嘛，还是应该采取点儿措施。”

“什么措施？”

然然一本正经的样子：“事情是这样的，我这不上班时间也不长嘛！由于你老婆我表现过于优秀，已经被评为了积极分子，而且马上就会成为我所在部门的主管了，你知道这意味着什么吗？”

“老婆，还请明示。”

“就是说等我们部门经理退休后，我就会代替她成部门经理了啊！”然然高兴地说。

“你们经理今年多大岁数了？”

“比我小一岁，哎呀！那谁先退还不一定呢！哈哈哈！讨厌。反正不管怎么说我都得认真一点儿嘛！好了，咱们言归正传，该说说怎么惩罚，哦，不对，是提高你的觉悟。”

吴伯都苦笑着点头，然然继续说：“单位要学校组织部开下介绍信，可我估计没那么简单，在学校我本来是三类积极分子，马上就要转成一类，离党员越来越近，可我为了考研复习放弃了班级的职务和工作，最后就没能入上党。等我感觉到其实这两件事并不冲突的时候已经晚了，那时也毕业了，关键是放弃那些事情我还是没考上，怎么好意思去学校？那里都有我的记录，所以啊，为了维护我的形象，你明白我的意思吗？”

“老婆，别说了，作为积极分子的家属，这点儿领悟能力还是有的，这事就交给我，一定办得让组织满意，让老婆大人放心。”

“那你还等着干吗？快去啊！一会儿单位又催我了。”

按照然然的吩咐吴伯都来到学校组织部，里面只有一位年轻女教师值班，然然要知道这种情况是不会让他单独来的。女教师对吴伯都笑脸相迎，可能是一天没有人来访，值班也很无聊的缘故。等吴伯都说明来意后，女教师立刻严肃起来：“这不是一个简单的问题，是态度。想开介绍信想起组织了，平时干什么去了？你瞧瞧，现在的社会变化多大啊！弹指间沧桑巨变，在改革开放的一片大好年代里，各地呈现出一片生机勃勃的景象，多不容易，不论青藏铁路、奥运场馆、嫦娥上天、神舟升空，都代表着祖国人民的智慧和壮举。无论是南方大雪灾，还是汶川大地震，中华儿女心连着心，手牵着手，克服一切困难！多让人感动啊！所以，作为我们基层的百姓更应该时刻为了祖国和人民的利益着想，不能给组织添乱。当然了，有困难还是要找组织的，做事情要积极主动，处处起到带头作用，才不负祖国对我们的关心和培养。所以今天你来是对的，说明你有上进心，可是你女朋友作为曾经的积极分子不自己来，还派你来就太……哎哎！怎么站着还睡着了，醒醒。”

吴伯都忙抬起头：“没，没，听您讲呢，讲得真好，真没白来，又好好地补了一课，获益匪浅。我回去一定转达到位，请您放心。您是不是该给我开介绍信了？”

女教师眼神稍微看了下窗外，然后转了过来：“考虑你的认错态度还行，但不知道能不能代表你女朋友的想法？这样吧，介绍信我给你开，但有个条件，也不算条件，是必须履行的程序，回去让你家那位亲自写一份检讨，回头给我送来，才说得过去，我得记下来。”说完低头往本子上写了几句。

“那有字数的要求吗？还有内容，格式要求啥的？”

“最少也得三百……还是五百字吧！主要是深刻，态度要真诚。好了，这是介绍信，你拿去，快走吧。我也到点儿下班了。”

“老师，你不但人长得漂亮，口才也好，那我先走了。”

“你这人，快走吧！油嘴滑舌，你女朋友也放心你出来。”

离开办公室吴伯都马不停蹄地到然然面前报到，并把事情的经过一五一十地交代了，除了夸女教师漂亮没学给她听。然然斜眼看吴伯都：“那女的长得漂亮吗？”

“别提多寒碜了，把我看睡着了，你说能漂亮嘛！”

然然哈哈大笑：“那还差不多，知道下一步的工作吗？”

“基本知道，不过还是请领导再嘱咐一次吧，我心里也有些底儿。”

“好，思想觉悟是高了，为了锻炼你的文字写作能力，回去把检查替我写了，速度要快。”

“放心吧，老婆大人！我早问好了写作要求。”

然然一下把他抱住，在吴伯都脸上亲了一下说：“谢谢老公！奖励你的！”

49. 完美配合

吴伯都用了半天的时间上网查资料，最后检查的内容如下：

敬爱的领导、老师：

由于家庭搬迁，换了居委会，我没能及时地把组织给我开的介绍信送到相应的接收单位，导致整整一年时间脱离了组织对我的关怀，也没能尽到自己应尽的责任和义务，这里我向组织诚恳地做一下检讨，希望组织能继续给我鼓励、关怀和教育，从而提高我的思想觉悟，让我能很好地改正自己的错误，在以后的工作、学习当中更好地去服务人民，贡献社会。

在这一年里我每天忙于功课的复习和专业能力的提高训练，不断争取获得更高的学习、教育机会，让自己的思想观念能更好地跟上组织的前进步伐和节奏，让自己的思想观念始终站在时代的前沿。只有这样，才能完成祖国对我们教育的根本。也只有这样才能体现出我们祖国，在这个复杂的国际风云大潮中，不断开发新事物，改造旧事物，为人民把握方向，指导我们树立正确的人生观和世界观。

从出生至今我已经在组织的关怀和培养下健康的成长，又找到了自己的工作，组织上重新为我补开了介绍信，我会好好珍惜这次机会，不再犯同样的错误，我会不断努力、进取和学习，完成好自己应尽的义务，为祖国争光。

然然的评价是：“老公，你太牛了！”

然然的个人能力与她的信心成反比，甚至因为这个失去了一些好的学习和晋升机会。吴伯都能给的袒护也只是微不足道。有些时候，他们也会因为一些事情发生争执。就开画室而言，然然提出了自己的想法，因为这个，两人争论得不可开交，然然总说：“你怎么这么冲动，也不考虑周全就定画室地点，那里多远啊！来回见面也不方便。”其实画室还是老地方，他们第一次约会的地方。

“老婆，这只是暂时的，因为那里便宜，现在还不确定能招来多少学生，等学生来了再换地方也行，我也想离你近点儿。”

然然继续说：“还有，我看啊，学生费用收得太高，人家才不会来呢。”

“亲爱的！我都是调查过的，现在的学生不在乎学费高低，反而是你学费收得太低，他还觉得你教得不好呢，再说这学费高点，就是来一个学生，房费就出来了。我调查过每个月的学费两千八是这里的正常价格，也不是很高，人家还有三四千和四五千的呢，我们这还是低的。”

“就算你说得对，可你能力行吗？别误人子弟，把人家耽误了。”

“你也知道，就那点儿东西呗，素描、色彩、速写啥的，主要是看老师责任到没到。再说我不行，不是还有你吗？你要上班没时间，我们还可以请助教，这些都不算问题，最重要的是先招来学生。”

然然噘着嘴不服气：“就算你说得都对，我也担心。要不你就专门招那些没有理想、没有抱负的学生吧！上啥学校都行的，只要想考美院这样的好大学就别来咱们这儿，总而言之一句话，只要想考好大学就别来我们这儿画画，咱们也不怕误人子弟了，这个主意好吧？”

“啊呸！你觉得好吗？你的意思就是让我招点儿植物人啥的？”

然然哈哈大笑，拽着吴伯都的衣服撒娇：“讨厌！那怎么办啊？烦死了。”

然然多虑、没有自信、又很爱面子，吴伯都觉得，要是让她陪自己招生，非得给他搅局不可。想来想去，吴伯都想到一个最佳人选，有他在一切都不用自己操心，就是方旭。可问题是，方旭人在北京，又早已“金盆洗手”，不再办画室，他也不想麻烦他。于是，只能大个儿里找矬子了。他给贺鸿飞打了电话。贺鸿飞还是那套老掉牙的话，直接和他说：“你这厮，重色轻友的家伙，有了老婆就不和兄弟联系了，说吧！是有事儿找我吧？”

“还是你了解哥们儿，别废话，你现在忙什么呢？”

“还能忙什么，刚补完学位证，跟我那妞儿租了个房子，一起复习，准备考研，晋升一下，你呢？”

“比你堕落，我是陪着人家考研，还想再办个画室，找你来帮个忙。”

吴伯都把事情的经过说了一遍，贺鸿飞道：“就知道你打电话，肯定是有事，那地方远吗？怎么过去？”

“不远，红石镇中学，你马上打车来，路费自理，现在没条件给你报销了，我还是骑车来的，学校门口等你，快点。”

“那行，我这就去。”说完挂掉电话。

吴伯都起身继续往前走，看到一个环境优雅的工厂，大门上挂着白底黑字的牌子，写着红石模具厂，门口还有个路标，写着：前方学校，请减速慢行。

没错，就是这地方，红石中学。学校周围也没有其他建筑物，大门口就是一条类似高速公路的普通马路，一辆辆汽车从身边穿过，等了足足十分钟才到学校另一边。也就是说从这个学校里面走出来，一不留神可能就会离开这个世界。吴伯都正替学生感到担忧，一辆出租车向他鸣笛示意，他回头一看，是贺鸿飞下了车。然后又等了十分钟，贺鸿飞也过了马路，站吴伯都身边说：“这是什么鬼地方？还说不远，打车就花了好几十，上你当了。说吧，我怎么配合你？”

“听过相声吗？你就是那个捧哏的，不用多说话，看我眼色行事。”吴伯都看他衣冠禽兽的样子道：“怎么还穿个短裤来，这么正规的场面。”

“这不让你催的嘛，再说这不七分裤嘛。”

“行了，就这么着了，你就站我后面。”

“好。”

门卫值班室里没人，他们直接进去。校园不大，只有一栋四层高的楼房，三三两两的学生走来走去，贺鸿飞看着前方说：“这就应该是主教学楼吧？”

“用你说？这儿就没第二个楼。”

铃声突然响起，瞬间楼道里空无一人。

贺鸿飞又说：“我觉得这应该是上课铃。”

“切，这都能看出来，你能不能说点儿成年人的话？”

“我就随口一说，那我们去找谁啊？”

“找副校长，姓马的，马副校长。”

“哦！懂了，知道他办公室是哪间吗？”

“我也没来过，反正学校也不大，找找看。”

贺鸿飞的眼球转了两圈说：“按照习惯，领导们都是在楼上办公的。”

“为什么？”

“楼上有种高高在上的感觉，而且还能看到外面的风景，很多公司的大老板都是把办公室放到顶上，在一楼的多半是收发室大爷。”

“嗯，有道理，那就往上找。”

实践证明，贺鸿飞的推断是正确的，刚上二楼开始有教师的办公室。

贺鸿飞略显激动：“你看看，继续往上走。”

走上三楼，左边第一个房间的门上写着几个醒目的黑色隶书：校长办公室。贺鸿飞顿时哑然。吴伯都问他：“按照你刚才的推理，那校长办公室应该在四楼才对，那上面会是谁呢？难道还有比校长更大的？”

贺鸿飞想了想：“校长算什么，书记官儿才大呢。”

吴伯都有些怀疑：“上面要是书记，那副校长也不能在上面啊。”

贺鸿飞也有些犹豫，硬着头皮说：“上去看看就明白了，书记也不能用一层楼啊，最多是个套间，再说那副校长也许和书记是两口子呢，对了，那校长是男的女的？”

“哎哟，这我还忘问了。”

“你不说，什么……马的吗？那应该是个女的。”

“你别瞎掰。”

“好了，先不研究这个，上去吧，一会儿就下课了。”

二人走上四楼，左手边的第一间门上写着：副校长办公室，两人同时喊：“我去。”

然后环视周围，确认没人后，慢慢走了过去。

贺鸿飞看着吴伯都说：“我怎么感觉咱们是来偷东西的，不像招生的。”

“别废话。不过我也有同感。”

贺鸿飞有些心虚：“既然没人，咱们下去等吧！真丢人就不好了。”

一拍即合后，他们刚要转身下楼，后面一个女人的声音：“你们找谁？”

吴伯都忙回头，只见一个中年妇女，一看就是思想觉悟很高的女人。吴伯都忙说：“我们是来找马校长办事的，您知道他在哪儿吗？”

“我就是，那进屋说吧！”吴伯都见到这女人的第一面已经在心里默认这就是马校长了，也就不感到奇怪。于是他恭维道：“您就是马校长，我说看着您就像领导呢。”突然感觉这马屁拍得有点不妥，不够圆滑，可马校长还是笑了下，然后让他们坐到沙发上，没等吴伯都开口她就说：“我知道你们了，是来招生的老师吧？”

二人同时点头，有熟人引荐就是不一样，不用吴伯都多介绍，人家都知道他是来干什么的。

于是忙说：“对对对！我朋友都跟您说了？那我就不多介绍了。坐在我旁边这位就是我们学生会主席，是协助我来招生的。”

贺鸿飞扑哧一下，差点笑出来，吴伯都用胳膊拐了一下他，他又憋了回去，然后说：“哦，马校长您好！刚才我俩在楼下还说呢，这马校长一定是位女中豪杰，真是让人刮目相看呀，佩服！佩服啊！”这就叫连环马屁。校长带着庄严的笑声对贺鸿飞说：“你才厉害呢，这么大的学校里当学生会主席，前途不可限量，不简单。”

贺鸿飞又客气道：“不行，不行，才上任的，我才刚刚知道，这屁股还没捂热呢。”吴伯都拿余光扫鸿飞一眼，示意他话太多。

校长也不再说过多客气话，严肃地说：“那好，我们说正题。是这样，我们学校也小，教育相对落后，从来没引导过学生走艺术高考这一块，尤其是美术，没有这方面过硬的教师，也不太了解美术高考的具体情况，既然你们来了，给你们安排一间教室，再把有这方面意向的学生叫过来，你们给介绍一下，最后去不去就看学生自己了，我们做领导和老师的也不能干预太多，考好了还行，能提高升学率，我们也替学生高兴，可这一旦考不上，学生家长就得来学校找麻烦，也请理解我们的工作。”

校长说的话句句在理，他俩不断点头答应。

说完校长示意他们跟着自己，这是一间空荡荡的教室，因为年久不用，桌椅上已经落满灰尘。

“你们在这儿等会儿，找地方坐，我把想学画画的学生叫过来。”

吴伯都忙说：“好，那辛苦您了！”

“没事，我也希望能出好的成绩，咱们都是为了下一代着想嘛！”

吴伯都打了个寒战，她竟然说是“咱们”的下一代，不由得被校长的豁达胸襟所折服，暗自佩服。

校长出去后，吴伯都用袖子擦了擦凳子上的灰尘，刚要坐下，贺鸿飞把他推到一边说：“这是给学生会主席擦的吧？”然后坐下。

吴伯都只好又擦了一个也坐了下来，片刻后一位很难分辨是中年还是青年的男老师带着三个学生走进来，客气地说：“这几位就是想学美术的孩子，都是高二的，那你们聊着，我得回去上课，马校长回办公室了，完事你和她说一声就成了。”

吴伯都道谢后，那老师也转身离开。

三位学生，一男两女。贺鸿飞看着他们说：“还看什么？大家快坐下。自我介绍下，我是某某艺术学院的学生会主席。”

大家都用崇拜的眼神看着贺鸿飞。贺鸿飞继续说：“我身边这位是画室的负责人，也是大家未来的老师，伯都老师。”

大家立刻把目光从贺鸿飞的身上挪到吴伯都的脸上。吴伯都接过贺鸿飞的话：“刚才主席已经介绍过了，我就直接说我们过来的目的。”

他突然想起那天学校组织部的女教师给他做思想工作的场景，然后脱口而出：“虽然来的人不多，只有三个人，但我相信你们一定是这个学校里思想觉悟最高的学生。将来也错不了，一定都是积极分子、学生会干部，这一天指日可待。”

说完他自己都觉得太官方，又立刻转变话题：“那大家对美术高考有什么不懂的问题，可以随便问，我们来解答。”

一个梳着马尾辫的女孩站起来问：“老师，什么叫艺术？”

吴伯都打了嗝儿说：“哎呀！这个问题有点大，等你过来画画的时候再慢慢告诉你。”

女孩不太满意地坐下，贺鸿飞补充道：“我们谢谢伯都老师精彩的回答，还有什么问题，问点儿实际的，和高考息息相关的，明白不？来，你问一个，小丫头长得真漂亮，来问。”吴伯都心里暗骂贺鸿飞，你是来给我泼冷水的吧，这哪像个学生会主席？就一个地痞流氓。

另一个女孩腼腆地站起来看着吴伯都：“老师，学费多少钱？”吴伯都愣了一下。

“哦，学费啊，正好带了简章，大家看看，上面都写得很清楚。”他从背包里拿出准备好的简章每人发了一份。

贺鸿飞继续说：“既然大家也问不出什么，我就简单介绍几句。和伯都老师学画画，对你们来说是个千载难逢的机会，因为他本身就有着多年临床经……哦……是临考经验。他是个能力强，人又帅的老师，这对大家来说是个好的机会，所谓走过路过，不要错过。我就是从伯都老师画室走出来的，现在都学生会主席了，将来没准儿咱们都是校友，那时候我再提拔你们进学生会，音乐社、话剧社、电影社，所有社任你们选，前途一片大好。”

吴伯都立刻把话抢过来，觉得贺鸿飞说得实在肤浅。

“这都是小事，我主要想告诉大家一点是，学美术最大的优点就是文化课成绩差，专业课成绩好，同样可以考上名牌大学，这才是最牛的，哦，不是，是最优越的地方。”

那个沉默很久的男孩终于说话了：“老师，我没这天分，不学了。”说完走出了教室。

吴伯都和贺鸿飞对视一下，然后总结道：“今天就这样吧，先到这儿。你们回去再考虑下跟我联系，先来的还会有优惠政策。”

两个女生回去后，他们和马校长打个招呼也离开了。

50. 宣传简章

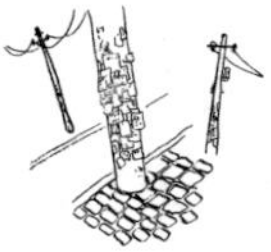

画室开张了，第一个学生就是梳着马尾辫的女孩，可能她想弄懂艺术的真谛才来的。

为了教学方便，也为了和然然每天都能见面，吴伯都把画室地点换到了然然家附近。一个六层跃七层的楼房，是个大毛坯，有一个露天阳台，每天可以上来晒太阳，房费虽然贵点儿，但有了学生还能接受。

他和学生的吃住都在这里，每个人都有单独的房间。从画室到然然家来回走路只要十分钟。去然然单位接送她也节省了一半的路程，可不能维持现状，这离吴伯都那个目标还差十万八千里，必须继续招生。

吴伯都又印了大量的简章，那天晚上把然然送回家后，他叫上贺鸿飞一起到就近的几所高中门口贴简章。

贺鸿飞来了就说："你也真寒碜！还贴这种黑白打印纸的简章，人家画室都是彩色大折页，一翻十好几页。"

吴伯都也不和他辩解，心说，这需要钱，道理谁都懂。只好敷衍："我知道这个不好看，这不晚上出来贴嘛，你别废话了。"

贺鸿飞摇着头说：“唉！关键贴上也影响画室声誉，你看，这墙上贴的都是小广告什么的。简章和那些贴在一起谁还敢来？”

“那怎么办？也没钱印那种，我穷得穿二十块钱的鞋，还找人要了盘蚊香。”

贺鸿飞突然大笑：“你真牛！”

“你还能笑出来，要不就少贴几张，反正也来了。”

贺鸿飞用有些不怀好意的语气说：“这事啊，我有办法。”

“什么办法？”

“跟我走就知道了。”

吴伯都跟在贺鸿飞后面停下来，是学校附近，只见贺鸿飞突然回头给他一个眼色：“看。”

是家美术用品店，门口还摆放一大堆招生简章，专提供给考生随便拿。来这儿学习的大部分考生都会选择在这周边寻找画室，会每天穿梭在这些店里。这些店为了拉拢画室的学生来买东西，免费让各画室放简章，这是多年形成的习惯，吴伯都高考时候就有，现在依旧。

他立刻把贺鸿飞拉出来，进一步说话。

“这我也知道，可我的简章都是普通的黑白打印纸，不好意思往这里放，正如你所说，起到相反的效果。”贺鸿飞却笑着说：“哎呀，你理解错了，我是说，你没有简章不要紧，咱们把其他画室的简章都拿回来不就有了嘛，再把他们的电话号码改成你的就行了。”吴伯都一听就急了，就差上前捂住他的嘴。

“那要被人发现怎么办？关键这是不是犯法啊？”吴伯都有些心虚地问。可鸿飞却振振有词，话中好像也有那么点道理：“这年头不走些捷径能挣钱吗？想挣钱，还妄想做什么正人君子？再说了，就算拿回去不用，也省着这些简章落到考生的手里，也不让其他画室招到学生，谁都别想好。”

吴伯都直竖大拇哥：“这招儿太损了，我支持。”

“那还想什么，快点！一会儿都关门了。”

他们趁着有人进去买东西时，把门口的简章分批往出拿，这就能降低被怀疑的概率。绕着学校走了一圈后，所有开门的店面都去了至少一次，拿出来的简章已经装满了两辆车的车筐，贺鸿飞说：“差不多了，你看这么多简章，有上千份了，咱们回去把电话改了。”

“要改也只能改一家，这么多不一样的简章，都改还不穿帮了？”

贺鸿飞也说：“是啊！那我们改哪一家？”

“改就改好的、大的画室。”

两人回到画室开始筛选，看看哪个合适，结果都不靠谱儿，于是异口同声：“卖废纸吧！”

51. 生活积累

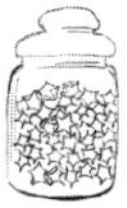

虽说画室只有马尾辫一个学生，吴伯都和然然的身边也多了不少乐趣。然然除了平时上班，其余时间都会到画室和马尾辫一起画画，为明年考研做准备。

吴伯都在网上给然然报了名，等着十一月份的现场确认，然然让他也把名字报上和自己一起考，可吴伯都从初中到现在已经学了十多年的英语，还只会说 Yes 和 No，他确定自己没有英语天分，也不想给国家添乱。他告诉然然："咱家你一个代表就成，我也会因为你自豪的。"听起来就像家长对孩子说的一样，此刻觉得又那么合情合理。

然然在他脸上亲了一下："老公，你说得有道理！那你说我能考上吗？"

"当然能，以前没考上是因为不认识我，现在不一样了，我给你力量。"

"嗯，是啊！谁让你出现那么晚呢，哼！"

"亲爱的！人生多变，只要开始就没有早晚，毕竟我们还年轻。"

然然笑着说："为什么你说话总是那么有道理？"

“因为我有个美丽的老婆。”这段儿听起来真的很肉麻，可然然却不觉得。

她伸手搂在吴伯都肩膀上：“嗯！这话我爱听，以后多说点儿。好了，说正事，你考考我吧，看看我复习的咋样？”

“考什么？”

“啥都行，天文、地理、政治、历史，你只要能问出来的就成。”说完自己憋不住笑。

“还挺自信，好，就问你几个知识点。”

然然哈哈大笑：“不许太难。”

“嗯，先来个简单些的历史题，抗日战争一共打了几年？”

然然不假思索地说：“十年。”

“那两年是你打的吗？”

然然笑得蹲在地上，捂着肚子说：“人家口误嘛！你不许说出去，明白不？太丢人了，你给我发誓，哼！”

“好好好！刚才啥也没听见。”

然然为挽回口误，重新证明自己的实力，继续说：“其实这都不算啥题，考你一个。”

没等吴伯都同意她就问：“北京那个花果山是有钱人就能进吗？”

“北京还有花果山？没听说过，快给我科普下。”

然然略带成就感道：“哎呀！笨死了，这是基本常识，就是好多英雄去世后都葬在那里。”

“你说的英雄叫孙悟空吧？”

“什么孙悟空，看你像猪八戒，你不知道北京有个花果山革命烈士长眠的地方吗？”

“我只听说过八宝山，不知道还有花果山。”

然然又一次蹲在地上哭笑不得：“哎呀妈呀！人家口误，气死我了！你不能说出去。”

吴伯都把然然拉起来：“你真有才。”

然然却严肃地说：“其实我是想说八宝……”然后“吥……”的一声放了个屁，两人同时大笑。吴伯都接道：“其实你是想说，你实在憋不住了是吗？”

然然原地不动，一副难为情的样子：“我跟了你咋变成了这样啊！你……你不许说出去，明白不？要不我饶不了你。”

“老婆，我不说！再说你跟了我，也不能就不放屁了。”

然然一拳打过来。

“你还说，讨厌！”

“老婆，我们下楼转转吧？此时此刻，我俩站在这儿是很危险的，虽然这个银铃般的屁很好听，可它毕竟有杀伤力。”

然然笑得已经接近面瘫，大声地喊：“你给我滚！气死我了。”

吴伯都突然严肃地说：“亲爱的！说正事，你看我裤子后面是不是坏了？”然然认真地在他屁股上找来找去，吴伯都使劲放了个屁，然后转身就往楼下跑，然然穷追不舍。

吴伯都和然然在楼下散步通常会去有水的地方。然然说她喜欢水，有水的地方就会孕育出生命。好在小区院内有个很大的水塘，然然挽着他的胳膊说：“老公，你说我们有了孩子后叫什么名字呢？”

“那要看男孩还是女孩。”

然然兴奋地说：“我们生个龙凤胎吧。”

“好啊！别说是龙凤胎，给我生个十二生肖才好呢。”

然然呵呵地笑："哎呀！讨厌，人家又不是猪，生不了那么多。我都想好了，男孩就叫子涵，女孩就叫子若，你说咋样？"

"为什么叫这个？"

"也没那么多原因，就觉得好听。"吴伯都突然想起一件事："对了，你上回说去拿户口本登记，后来怎么没信儿了？"

然然叹气："哪儿那么容易啊，被我妈锁在柜子里了，再说就是能拿出来，这事也没那么简单，你快点给我争口气就行了。"

"那就以后再说吧。"

然然不情愿地点点头儿，又看向湖里的遥控小船问吴伯都："老公，我觉得小孩儿玩那个船不安全，很容易掉水里，咱以后不能给孩子玩这个。"

"按这推理要玩飞机，还不得上天了？"

"哈哈哈！你就知道抬杠。"

这时候，一个几岁的小女孩手里抱着一瓶子彩色纸叠的幸运星从他俩身边走过，吴伯都叫住小女孩："小妹妹，能让我看看你的幸运星吗？"

女孩说："不能打开的，这些都是活的，打开该跑了。"说完她就跑了。

然然趴到吴伯都怀里，不知是哭是笑。

为了研究生的考试，然然多次和吴伯都说想辞掉现有的工作，腾出时间复习。上研究生对她的重要性要高过很多事情，那里承载过然然一生都不会再提到的梦。

52. 考研

然然重赴考研战场的当天，很早就给吴伯都打电话：“老公，快给我点儿鼓励，一会儿就出发了，到了考场我就得把电话关机上交，我现在有点紧张咋办啊？”

吴伯都胡乱翻阅桌子上的日历说：“老婆，这上面写着：今天，宜：破屋、坏垣、余事、勿取。忌：嫁娶、开市、安葬。冲：生肖、冲牛、煞西。”

“你说这都啥意思啊？和我考试有关系吗？”

“就因为没关系，你看这句：冲牛，这说明和龙没关系，你属龙的啊！所以你今天一定能考好。”

“老公，你太有才了！这都能联系到一起！我好多了，不那么紧张了。不说了，我得洗脸去，你不用送我，等我好消息就行。对了，中午给老婆备上饭菜，我去你那儿吃，弄点儿现成的，别影响下午考试，时间很紧，先挂了，一会儿见，嘿嘿！爱你！”

放下电话吴伯都睡意全无，此时画室已经有三个学生，还有两个极品，平时很少来上课，只有马尾辫学习态度最好，可惜基础最差，还天天捧着一本《艺术家的修养》探索。今天又都请了假，画室空空荡荡。

吴伯都来到画室的天台上，天空中飘着淡淡的雪，相信这雪花只要落不到然然的试卷上就不会影响她的考试，他趴在护栏上，心里为然然祈祷。

片刻后，吴伯都回到房间，穿好外衣，飞奔楼下，买了些鸡蛋、西红柿、油麦菜，还有豆腐干之类的食品，又迅速返回画室，一小时后，几个小菜已经摆在桌上。他甚至开始羡慕然然身边有这么“贤惠”的自己。

吴伯都又一头倒在床上，看着墙上贴着的几张他和然然的合影，心里美美的。似睡非睡的视线中，他隐约看到天窗上的一缕阳光照在他身上，暖暖的，阳光中飘着粉末一样的灰尘，落到了他脸上，伴着他慢慢地进入梦乡。

一阵电话铃声把他叫醒，然然兴奋地说：“我打车去你那儿，马上到。”

吴伯都把做好的菜重新热过，几分钟后然然就到了。然然见到他先来个拥抱，紧接着说：“老公，有你真好，我考得很顺利，问题不大。”

“那就好，快吃饭吧。”

吃完后，然然靠着吴伯都休息一会儿，就起身再次奔赴考场，直到晚上她考完试打电话过来：“老公，晚上来我家吃饭，或者咱俩出去，想死你了，顺便把我的白描稿拿来，我家没人。”

吴伯都带上物品，蹬着自行车来到了然然家。

53. 戒指的含义

快过年了，吴伯都的几个学生对过年的急切，远远高于考试，于是提前都离开画室回家了。还好几人都是高二，不急于考试。然然那天一个人画画，突然问起：“学生都哪儿去了？咋没了呢？”

“这不快过年了，都回家了。”

“这么快啊！老公，这是不是我们在一起过的第一个年？”

“是的，你想怎么过？”

“有你陪在我身边就好。”

“这是当然，我一直在你身边，哪儿都不去。”

“那你不回家吗？”要说人在热恋期的时候，说话很少经过大脑，然然没问时，吴伯都还没想回家的事，现在想想，的确有必要回去一趟。年后往往是招生最好的时间段，招些学生回来也好东山再起，否则答应然然的那些话，许过的承诺就无法兑现，在她父母面前也抬不起头，还是应当以事业为重。吴伯都瞬间变得理智。

“老婆，我还是得回去一次。”

话刚出口，然然就低下了头。

“就知道你还得回，那我怎么办？要不我和你一起回吧？”

“好啊，那样最好，见见咱爸妈。”

然然噘着小嘴儿说：“他们能喜欢我吗？我有些紧张。”

“当然会喜欢，电话里说过好多次带你回去呢，不说我还忘了。”

“真的啊！那就好。”

“那我明天就去买票。”

“可是得和我爸妈说一声，他们同意才行，最好你能去说，否则不会让我走的。”

“好，我和你回家见他们，同不同意都争取一下，他们的顾虑我来解释。”

“好。”

当天晚上，吴伯都硬着头皮来到然然家说起此事，伯父对他突然的提议表示无语，不知该不该让然然和他走，而伯母没等他说完眼泪先流了出来，说：“伯都啊，我知道你是个好孩子，可是然然从小到大还没出过这么远的门儿，我又怎么放心呢？你也知道，然然认识你之前是交过朋友的，也是这种情况，快过年的时候，男方也想她跟着一起回家，我和她爸就没让去，我们做老人的和你们想法不一样，总觉得家在两地终归不是办法。从我嫁给你伯父到现在就没过一天好日子，我不想让然然像我一样受苦。”伯父斜了伯母一眼，却未发声。

伯母继续说：“一直以来，我们总想让她找个本地人，将来双方家里也能互相照顾，就因为这点，她和以前那个男孩才分开的。后来她心情一直不好，不吃饭，也不说话，整天把自己关在房间里谁都不见。我们老两口儿每天为她担心，直到你出现后才看到这孩子开心起来，我和你伯父也挺高兴的。可你又是个外地人，今天你提出来的要求我本不支持，可我怕你回家后，这孩子会在房间里闷着，哪儿都不去，我们看着也难受，所以我不阻拦你们，让然然自己来决定吧，如果她同意和你回去，我们没有意见。”说完后伯母的眼泪还在流。这种情况吴伯都也是第一次遇到，有些棘手，只好说些宽慰的话：“伯母，您放心，我和然然去几天就回来，我们在一起也这么久了，总要有些进展，您和伯父不也希望早点儿看到我们有个结果吗？这次我把然然带回家，也就是想要和家里人商量我们的事。”

吴伯都回头看了看坐在沙发上的然然，她只是低着头听着他们对话，却没有一点儿主意，更没有要参与进来的意思。

不管怎么说，吴伯都的请求还算顺利。可这谈话的过程却始终很压抑，然然也并没有因为要和他回家显出高兴的样子，反倒有些难过。

吴伯都迫不及待地去车站买票，刚走到楼下，然然就拉住他。

“老公，对不起！我不能和你回去。”

“怎么了？”

“你看他俩那样，我走了也不放心。他们年纪也不小了，你别怪我好吗？”

“好吧，我怎么会怪你呢？那我就自己回去，很快就回来。你在家好好等我，无聊了就去画室画画、上网好吗？”

“嗯，可是一天不听你说两段儿黄段子，就觉得缺点儿什么。”

“你确定我每天都给你讲黄段子？我怎么记得都是诗和远方？”

“你还好意思说，我现在的样子还不都是你带出来的！你要敢不要我，我跟你没完。”

“老婆，我一分钟都不想离开你，你先忍耐几天。”

“那你给我弄只小狗吧，虽然不能代替你，但它总是个生命，也能陪陪我。”

“养狗没问题，可你能保证不给它饿死吗？”

然然点头：“你的怀疑有道理，那怎么办啊？”

“这样吧！你要无聊了，给你买两条金鱼养，也不用总喂，还是生命。”

“也只能这样了，你多买几条，还有，你得早点儿回来。”

“放心吧，我很快就回来。”

买完票后，吴伯都来到金街的首饰店。他想起张玉和他说过，男人要能送女人一枚戒指，那样会套住她的心，并永远得到她。这也可能是张玉曾经在吴伯都这儿最想得到却一直没有得到的礼物。

从上次在复印室和张玉偶遇后，他和张玉再也没单独见过面，直到毕业。不论张玉再和他说些什么，都动摇不了他。和然然在一起后，他甚至做好一切精神准备来和张玉打这场硬仗。可是他错了，直到毕业前张玉也没和他说过一句话，更没有打扰或破坏他和然然之间的一切。可吴伯都却高兴不起来，是自己太狭隘了，好像有种无形的力量羞辱着他，这种力量叫作忽略或者叫漠视，它比来找你更可怕。

每次想到张玉，吴伯都都心怀各种愧疚，张玉给过他与别人不一样的爱，她曾经微笑着包容吴伯都的一切，温柔地培育着他们萌芽的爱，她努力想让吴伯都成为自己的一部分，她对曾经和吴伯都在一起的每一天都无比珍惜，她始终觉得他们的爱应该在明媚的阳光下自由地生长。而吴伯都却把她带到沟里，给她浑身弄得湿漉漉地离开，这就是吴伯都认识的张玉。

很久以来，吴伯都就想和她说那几个字：对不起。

虽然自己的爱不能给张玉，可他会延续张玉对他的感情，把这种感情全心地投入到然然身上。

吴伯都摸摸腰包，掏出了含金量不大的银行卡，为然然选了一个全场最便宜的彩金戒指。幸好然然喜欢戴细的。

54. 见到师父

这次回家吴伯都抱希望最大的就是樊齐的画室，电话里樊齐语气为难："我这儿学生也不多，能不能出去还不一定，要不你先来看看，咱们见面聊。"

这小区也算这里数一数二的楼盘。吴伯都进院时，樊齐迎面而来，吴伯都上下打量他，这小子今非昔比，不再是那个整天就会和女生聊家长里短的傻小子。他如今有模有样，土黄色的夹克衫，带裤线的休闲裤，足下一双土不土洋不洋的黄色皮鞋，就跟踩了狗屎一样。

走进屋吴伯都眼前一亮，墙上贴满了色彩和素描，还有很多是吴伯都和方旭以前画的，至今保留完整。樊齐说这是他的新房，正准备五月筹办婚礼，吴伯都提前给他道喜后才聊正题。而樊齐话里话外体现出了为难的情绪，也多了些遮遮掩掩。

"伯都，和你直说吧！不光你来我这儿招生，还有个人也来了，你应该能猜到，是汤圆。不过你放心，我们兄弟这么多年不是白处的，我会把学生尽量都推荐给你，至于他们能不能去，我实在不能托这个底儿，要是有什么特殊情况，你也别怪兄弟。"汤圆这个名字很久没听到了，却以这种身份再次出现。

“理解，怎么能怪你，这是现实。”

樊齐的心思吴伯都明白，汤圆成了他的竞争对手。而且，汤圆给樊齐的提成远远高过吴伯都，吴伯都完全可以再给樊齐更高的提成，超过汤圆，可有种无形的，非功力与浅薄的力量阻止他这样做，他想樊齐会把学生给他，可谁又会和钱过不去呢？樊齐正打算结婚，房子还要还贷款，现实一些也是对的。樊齐又不想因为这个破坏他们兄弟的情意，两头为难。

吴伯都心里已经打了退堂鼓，画室这条路走不通，还得马上找工作，然然每天发短信问他啥时候回去，吴伯都只说快了，快了。

动身之前，他接到了师父的电话，并且约了一家餐馆见面，吴伯都到的时候，师父已经等候多时，一张温和的面孔，永远都带着温度。师父总爱和他说那句：“见到你回来真高兴！”

“是啊师父，我也很想你，好想再和你学唱歌，大学这几年把你教我唱的歌儿都在学校演出过，一点儿没浪费。”

师父哈哈地笑着：“你一点儿没变，就是说话声音有些变了，但是越来越好。”

“其实你也没变，还像以前那么美。”

“哈哈！你可真会说话，不行了，都老了。”

“不老，才比我大八岁嘛！”

“哎！别提年龄，又该上火了，哈哈！见到你可真高兴！”

“你都说两次见到我高兴了。”

“是吗？没办法，你呀，不光是我的学生，更重要的是，你是我最好的异性朋友。”

对此殊荣吴伯都已经不知道北在哪里。师父继续说：“对了，你的个人问题怎么样？有女朋友了吗？”

“嗯！有了。”

“这么好，哪里人？带回来没？让我见见啊。”

“没有，她这次不方便，下次吧。”

“这姑娘很漂亮吧？你的眼光一定差不了。”

“嗯！挺好的，是按照师父的模样找的。”

“哈哈！臭小子，原来说话不这样啊！看来啊，还是有变化。”

“师父，不说我了，你怎么样？”

“我呢？也没什么可说的，你刚上大学不久我就结婚了。”

吴伯都惊讶地问：“这叫没什么可说的？怎么没告诉我？这是谁？有这么好的福气，能娶到我师父。”

“本想告诉你来着，可你那么远，还是算了。不过，没和你说也对了，因为我和他又离婚了。”

吴伯都又一个惊讶！但他没再往下问，他也不想了解那个做过师父老公的人，也可能是男人的某种妒忌心导致，现在当然就是仇恨。总之，提那个人就是占用他和师父独处的时间。师父虽然见到他一直面带微笑，可未必过得开心快乐，而他能做的也只是在他们相处的短暂一刻让她开心而已。

“师父，我们去歌厅唱歌吧？再回顾一下你教过我的歌曲。”

“好啊！走。”

出了饭店，只相隔一条马路就有家歌厅，因为不是高峰时间，很轻松就找到一间不错的房间。二人合唱一首《为了谁》拉开序幕，随后师父说：“伯都，我们来跳舞吧！”

吴伯都不会跳却一口答应："好！"

师父一手搭在他的肩膀上，另一只手和吴伯都握在一起，吴伯都的另一只手抚摸在师父的腰上。当时在琴房，只有师父摸着他的腰腹，感受他的呼吸。歌厅里的光线在师父的脸上不断变换着颜色，吴伯都第一次这么近距离又聚精会神地看着师父的脸。光线虽然昏暗，却丝毫遮挡不住她的温柔。吴伯都瞬间觉得面前这个人就是然然，他要抱紧然然，不能让她离开自己，他们的距离越来越近，呼吸的声音也听得更清楚，快要接触到的一刻，师父说："伯都，时间差不多了，我们得走了。"吴伯都瞬间清醒。

"去哪儿？"

"接个人，要一起去吗？"

"我可以去吗？接谁啊？"

师父笑着说："一会儿就知道了。"

"好。"

他们坐上出租车，师父说："一幼。"

几分钟后，他们下车，眼前写着：第一幼儿园。只见远处跑来一个小女孩，冲着师父喊："妈妈！妈妈！"吴伯都当场无语，不解地看着她们，师父抱起小女孩对她说："梦儿！这是舅舅，快叫舅舅好！"

小女孩开心地看着吴伯都。

"舅舅好！"

吴伯都忙说："梦儿好！梦儿几岁了？"

"三岁啦！"

"舅舅抱你好不好啊？"

"我要舅舅背我。"

师父笑着对梦儿说：“你第一次见到舅舅就和他这么好啊？”

梦儿说：“妈妈也好！”

吴伯都背起梦儿，和师父一起走在小城傍晚的路上。吴伯都看到一家手工小店就带着她们走了进去，初次和梦儿见面，吴伯都选了一瓶幸运星给她。据说这里面有三百六十五个星星，代表着每天都有好运。梦儿高兴地拿着它：“这都是活的吧？”

师父在一旁欣慰地笑着，此时的师父不再娇柔美丽，而是多了一些母亲的慈爱和关怀。吴伯都一路都在默默地祝她过得幸福。而梦儿的一句话：“这都是活的吧！”倒让吴伯都想起了和然然曾经看到过的那个小女孩，她也说过同样的话。是不是小孩儿的思维都是一样的？还是他们的确能感知到另一个世界。而他和然然未来的子若和子涵会不会也这样说呢？真希望他们永远都活在童年里，不要长大。

55. 工作是什么

大年初八，吴伯都返回津城。画室由于没有学生显得空旷、凄凉。要不是有然然在，这个城市已经没有半点儿属于吴伯都存活的空间。

然然知道他今天回来，下班后马不停蹄地赶到画室，见到吴伯都就扑了上来，搂住他脖子撒娇："让我好好看看你，这么久没见你了。"

然然伸出双手摸着吴伯都的脸，手指上那枚彩金戒指闪闪发光，照得吴伯都心里亮堂堂的。吴伯都突然意识到，这套动作应该是他做的，他开始摸着然然的脸，吻到快要窒息才松开。

然然的考研文化课成绩出来了，高出分数线四十多分，应该说一定没问题，只要专业能通过，就可以顺利考上。

研究生的专业考试在春暖花开的季节。考试的前几天，吴伯都和然然起早来到学校确认专业报名和交费。平时的校园总是比较安静，但今天异常热闹，院内盛开的白玉兰花婀娜多姿，楚楚动人，吸引了很多学生围在它身边，端起速写本聚精会神地写生。看着他们，然然突然问吴伯都："老公，这次回去招生的情况怎么样了？"

"现在不好说，来也不会那么快。学校都刚开学，怎么也要六七月份快放暑假的时候才能决定。”

“哦！那还要等好久呢。”

“是啊老婆，我想好了，回去后，我整理下简历，还是先找份工作，也算两手准备。”

“好吧。”然然答应着。

吴伯都又为找工作伤神，不断参加各种类型的招聘会和公司面试，可还是没个结果。

终于有一天然然看不下去了，拿出一份重要的资料给他，并严肃地说：“老公，这个故事不错，你先看看，我想让你去。”

吴伯都接过来，上面写着一段师生的对话。

师：“树上有 10 只鸟，猎人开枪打死了 1 只，还剩几只？”

生：“是无声手枪，还是其他没有声音的枪？”

师：“不是无声手枪，也不是其他没有声音的枪。”

生：“枪声有多大？”

师：“80−100 分贝。”

生：“那就是说，会震得耳朵疼？”

师：“是的。”

生：“在那个地方，打鸟犯不犯法？”

师：“不犯。”

生：“您确定那只鸟真的被打死啦？”

师：“确定。”

此时，老师已经有些不耐烦了：“拜托，你只需要告诉我还剩几只鸟就行了，OK？”

生：“OK！鸟里有没有聋子？”

师：“没有。”

生：“有没有鸟智力有问题？呆傻到听到枪响不知道飞的？”

师：“没有，智商都在100以上！”

生：“有没有关在笼子里的？”

师：“没有。”

生：“边上还有没有其他的树？树上还有没有其他鸟？”

师：“没有。”

生：“方圆10公里呢？”

师：“就这么一棵树。”

生：“有没有残疾或饿得飞不动的鸟？”

师：“没有，身体都倍儿棒！”

生：“算不算怀孕肚子里的小鸟？”

师：“都是公的。”

生：“都不可能怀孕？”

师：“……我晕！绝对不可能！！”

生：“打鸟的人有没有可能看花眼？保证是10只？”

师：“肯定没有！10只。”

此时，下课铃声响起，老师脑门儿上的汗已经流下来了，但学生仍继续追问：“有没有傻得不怕死的？”

师：“都怕死。”

生：“有没有因为情侣被打中，自己主动留下来殉情的？”

师：“笨蛋！之前不是告诉你都是公的吗！性取向都很正常!!”

生：“会不会一枪打死2只？”

师："不会。"

生："一枪打死3只呢？"

师："不会。"

生："4只呢？"

师："更不会！"

生："5只呢？"

师："绝对不会！！！"

生："那6只总有可能吧？"

师："除非是猪生的才有可能！再说一遍：一枪只能打死1只！"

生："……好吧，那么所有的鸟都可以自由活动吗？"

师："完全可以。"

生："它们受到惊吓起飞时，会不会惊慌失措而互相撞上？"

师："不会，每只鸟都装有卫星导航系统，而且可以自由飞行。"

生："嗯，如果您的回答没有骗人的话，"学生满怀信心地说，"打死的鸟要是挂在树上没掉下来，那么就剩1只；如果掉下来，就1只不剩！"

吴伯都一气呵成，将其看完，然后莫名其妙地看着然然："让我看这个干吗？"

她从容地说："想让你考公务员。"

"哈哈！老婆，你太可爱了，拐了这么大弯子就为说这个？和我直说就好了，再说就是考也没这么夸张，还要看这个。"

然然一本正经地说："这只是告诉你公务员要有什么样的头脑和分析能力，我好不容易在网上找到的案例，你还笑，讨厌！"

“可我怎么感觉这个案例只能说明具备公务员考核标准的人是多么的变态，真的想让我去吗？”

然然又噘起小嘴儿：“那怎么办啊？我这不也是替你着急嘛！”

“亲爱的！我明天要去面试一家影楼的摄影师，这考公务员的事以后再说吧。”

“这倒也是，那好吧！摄影师也不错，和你的专业也匹配，主要得先有份工作，面试的时候和人家客气点儿，谦虚些。来，我帮你找身合适的衣服，稍微正式一点儿的。”

这家影楼的面试也是有些复杂。一位四十多岁的南方老板坐在吴伯都面前。听吴伯都简单介绍过自己后，他用不太流利的普通话说：“你的工资每个月八百，三个月后转正就一千二了。”

这么简单就被录用了？吴伯都在心里默默地算了一笔账，他每天不吃不喝这点儿钱也不够他租房子，就是攒上一百年也不够买房子，但眼下不工作就得饿肚子，他也只能先暂时应允，再静观其变。

老板继续说：“小伙子，我看你是块材料，好好干，在这里工作要先学会做九种动物，这也是我们接下来几天培训的课程：

一做尽职尽责的牧羊犬。

二要做团结协作的蜜蜂。

三要做坚忍执着的鱼蛙。

四要做目光锐利的老鹰。

五是忍辱负重的骆驼。

六是严格守信的公鸡。

七做脚踏实地的大象。

八做感恩图报的山羊。

九做善解人意的海豚。”

说完这九点，老板端起水杯喝了口，又继续道：“还有几点注意事项，也是我们的司训：一、团结支持领导核心，贯彻落实中心思想。二、拥护捍卫公司政策，落实岗位经营管理。三、继往开来以身作则，解放思想激发战力。四、不断激发团队士气，努力拼搏创新业绩。当接到客户电话的时候，不管任何部门，电话响三声后再拿起来说：‘您好！您好！这里是银色月光婚纱摄影，很高兴为您服务！请问有什么可以帮助到您的吗？’这几天我们都要培训这个。”

吴伯都已经一头雾水，可也没有别的选择。

方旭每次打来电话，吴伯都都会和他说自己的工作经历，好像多年前他那两个有棱有角的梦想早已经不在他身体里游离，直率也早已经被婉转、含蓄代替。

方旭沉着冷静地和他说：“伯都，一定要记住，不管以后工作是好是坏，都离不开一条永恒的社会规律。虽说我们都是学艺术的，工作以后，那都没用。领导的审美永远都要高你一等，虽然他说得一点儿道理没有，那也是有道理的；而且领导说的话总是自相矛盾，不用你费力气去解释什么，他们自己就会抽自己嘴巴；还有就是注意说话的场合和内容，尤其是实话，什么场合都不能说。做员工的要满足主管的虚荣心，做主管要满足经理的虚荣心，做经理的还要满足总监的虚荣心，这带‘监’字的你也知道它的地位吧？古代离皇帝最近的人是太监，现在离老板最近的就是总监。当然了，比老板再厉害的就是老板娘了，哈哈！”

吴伯都打断方旭：“这么说，工作的性质就是说话不行，不说也不行，做事不对，不做事也不对？”

“话也不能这么说，所谓智者贵在审时度势嘛！要记住，古语有云：任难任之事要有力而无气！处难处之人要有之而无言！这就是我的座右铭。”

吴伯都坚定地说：“记住了。”

看来确实记住了，吴伯都选择留在影楼，接受了三天带薪培训，每天五块钱，还管一顿午饭。然然看他工作有点眉目也很高兴：“这三天你就别骑车了，太辛苦了。”

吴伯都掐指一算，去除了坐公交车的费用，每天挣回一块钱。

培训的内容就是做了三天游戏，在游戏中练习礼貌用语，一帮男男女女每天高举右手欢呼三遍：“我们是最好的，我们是最棒的，Yes！”就像一只准备起义的队伍。

然而这份工作最终与他无缘，因为就在这个时候马尾辫突然回来了，让冷清的画室再次燃起星星之火。

四月总是比其他季节更显寂寞，即使外面阳光普照，温暖如春，屋内却异常阴冷，让人四肢僵硬。

吴伯都每天在画室里不断踱步思考，万事俱备，只差生源。一百五十平方米的画室，只有一个学生，又怎叫人安心。

56. 朋友们！你们都好吗？

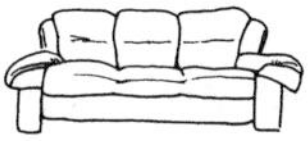

四月七号，一个寻常月份里的不寻常日子，吴伯都和然然牵手一周年纪念日，不得不抒情几句。微风轻柔拂过，草坪里的迎春花开始绽放出了美丽的笑容，太阳也悄悄地走近大家，天气格外晴朗。

他们并没有因为是纪念日而去铺张，条件也不允许他们浪费。只是然然比每天更早地来到画室，离复试时间越来越近，她一直很紧张。为了让她有个放松的心态画画，吴伯都使出了浑身解数，话聊、刺激、亲热、接吻、讲道理，能想到的办法都用了。

下午，然然说想找个女模特画画用，最好是年轻貌美的类型，绘画专业可能会考这个。吴伯都想起一个合适的人，一起拍过片子的“鲜花”。

电话打通后，“鲜花”没有拒绝，准时赴约。前面说过，“鲜花”就是贺鸿飞跟他说过的那个姑娘，吴伯都感叹世界小的同时，也感叹贺鸿飞有这样好的艳福，他还曾经多余地替贺鸿飞担忧，没想到他早已修成正果。

“鲜花”还带来一个不可思议的消息，是关于鸿飞的现在，那个曾经感性、鲁莽、执着的家伙，为了实现自己做男人的标准，也为弥补大学军训的缺席，远赴西南，成为一名真正的军人，又是一名军旅摄影师。吴伯都不敢相信这一切都是真的，他们才分开也就半年时间而已，这一切到底是怎么发生的？跟做了场梦一样。经过了这么多的事，好像心里有了某种抗体，对这些想不到的意外，吴伯都也能心平气和地接受。

“鲜花”说完掏出自己的电话打开给吴伯都看，里面有她和贺鸿飞过去的一些照片。照片里的贺鸿飞像只爱犬一样趴在“鲜花”的怀里，幸福得像个不懂事的孩子。

吴伯都继续往下看，边看边对“鲜花”说：“我这样看是不是不太好？这可都是你们的隐私。”

“鲜花”却笑了笑：“没事，你看吧，反正也要删掉了，都过去了，留着也没有意义。”吴伯都正好也想继续看，就接着她的话：“那我就不客气了。”

然然在一旁不说话，只是专注地画着“鲜花”。吴伯都边和“鲜花”聊天，边翻阅“鲜花”的手机，突然看到了一段贺鸿飞当兵以后写的文字：“在大学里我收获了自己的爱情，我的爱人悦悦（“鲜花”的名字叫常悦）。她是那么娇艳美丽，讨人喜欢！我想好好保护她，永远陪伴她。想起我们的经历，我们走过的那些小路，我们的热泪！我们的拥抱！我们的离别！我们对彼此的想念！可是，想念是那么残忍，把我们的距离拉得好远。我不知道当兵的选择是否正确。总之，离开了最深爱的人，她恨我，我也恨自己，可是路就是这样走过来了。悦悦，对不起，我临时决定放弃陪你考研，但请你相信，我是有苦衷的，不论如何，希望你继续坚持，加油！我爱你！”

吴伯都看了一眼纹丝不动的“鲜花”，心想贺鸿飞这小子的确很啰唆，半天他也没看出个所以然。于是，他又继续滑动手机屏幕：“我的朋友，我爱你们！你们给了我那么多的帮助，伯都、方旭、幽弥，那么多的人。”看完这句，吴伯都心中一颤，这怎么有点立遗嘱的口吻？想想有些不自在，又继续看：“人都是有感情的，不到万不得已的时候它总是在我们心里附着一层隔膜，其实很简单，但现实社会就是这样，让我们不得不变得成熟。

“时间在流逝，记忆总是时不时地触动我们的心灵，让我们变得欢喜忧愁。有时抽烟，有时闷酒，有时想找别人聊天，有时想追忆过去，我们该长大，该前行，只是希望这种回忆，少些停留，多些沉着，多些思考，停留是为了更好地前行。”

先不说这段文字吴伯都能理解多少，接着还有一段歌词：

《在那里站岗》

在那里站岗，只能用思念回到故乡。想知道妈妈是否安康，
鬓角的白发是否悄然增长，
想知道恋人近来怎样，
有没有孤独时为爱牵肠，当兵的人啊要走四方，
家里的事情只能先放一放，
亲人和朋友请多原谅，
战士在和平中默默守望！依然手握着钢枪，
还在那里站岗，赤子深情在胸中激荡。沉默却铭刻坚强，
也有青春梦想，

亲人和朋友请多原谅，

战士在和平中默默守望！亲人和朋友请多原谅，

战士在和平中默默守望！

五一，终于要来了！

很是该纪念的日子，

抛开绿色的环境，

没有枪炮和

子弹，

没有深夜两点

的，上哨

不再是枯燥的了！

北京、宛平、啤酒、羊肉、夕阳下的流浪……

看完后，吴伯都没有一句评论，而是继续往下翻看。他听到“鲜花”叹了口气。吴伯都问她：“坐累了吧？歇会儿吧！”

然然也说：“是啊！歇歇吧！真是谢谢你，大老远的过来给我做模特，真不好意思。”

“没事，你画吧！我不累，难得能这么安静地坐一会儿，也挺好。真羡慕你们！这么恩爱！”

然然看了吴伯都一眼，调皮地伸了下舌头，美美地又低下头继续画。

吴伯都对“鲜花”说：“那也好，我陪你聊天，这样你就不会感觉太累。”

“不行，不行，我嘴一动，她就画不了了啊！”

然然笑着说：“没事的，我都画好轮廓了，不影响，你们聊着哈。”

吴伯都再次打开话题。

“那就说说你和鸿飞吧！既然你们想在一起，为什么你不和他一起到西部，做个军嫂呢？”

吴伯都刚问完，然然好像听出了端倪：“你别问人家这种事，多不好。”

“鲜花”看着然然笑着说：“没事的，都是过去的事了。”

然后又看着吴伯都：“伯都，你是鸿飞的朋友，应该了解，有些事情不是你刚刚在手机上看到的那样，他说的我并不赞同。”

“我知道鸿飞有很多不好的习惯，可我想他写的这些感受也都是真实的。”

“鲜花”开始给吴伯都讲她和贺鸿飞的事：吴伯都刚认识“鲜花”那天，正是“鲜花”和鸿飞的开始。恰巧也是吴伯都对然然一见倾心的日子。“鲜花”那天还和吴伯都开玩笑一起去看剧本，之后又说她男朋友在外面等她，吴伯都还暗自为贺鸿飞叹息没机会了，谁知道贺鸿飞下手如此快，等“鲜花”那个男人正是贺鸿飞这个“禽兽”，他一直没和吴伯都提过。说起来他们在一起的时间也不短了，直到半年前“鲜花”对贺鸿飞说：“我们分开吧！”

“为什么？”

“我们不合适。”

“怎么不合适了？”

“不知道为什么，反正少一种感觉，之前是我们太不理智了，还是应该静下来好好想想。”

贺鸿飞带着情绪说：“我们这不是挺般配嘛！举例说明吧，我们俩就好比……你是蓝莓，我是山药……”

“你才蓝莓呢。”

“好好好，我是蓝莓，你是山药行了吧？”

“鲜花”大声地喊：“你就不能比喻点儿好的？”

“不是我比喻得差，因为这个比喻很贴切，虽然蓝莓和山药是两个完全不同的东西，可只有它们黏在一起的时候才是最美的味道，如果少一方就会出问题的。”

“什么问题？”

贺鸿飞想了想：“就会出现……所谓的相随心生，命随相转，你懂吗？”

“鲜花”说：“不懂。”

“不懂很正常，我就不多解释了。”

“我只知道我们不合适。”

贺鸿飞又说：“能问你个问题吗？”

“问吧。”

“你当时为什么找我？”

“鲜花”考虑了几秒：“因为是你找的我。”

“那我懂了，还能再问一个吗？放心，问完以后就不会打扰你了。”

“鲜花”沉默几秒后说：“问！”

“你下一步打算做什么？”

“鲜花”想了想：“继续梦想吧。”

“你有什么梦想？”

“你的问题太多了。”

“我只是关心你而已。”

“你关心的人太多。”

贺鸿飞不语。

“鲜花”继续说：“你去找她吧！即使不能在一起，能在同一个城市也好。”

两人分开后再没见面，贺鸿飞没和任何人告别，背起行囊远赴西南，正好赶上征兵的日子，他听了父亲的建议，在部队里找到自己的归属。

吴伯都继续翻着手机。突然他发现一组人像摄影，辽阔的草原，微风拂过，中间站着一位美丽的女孩，这张照片瞬间把他吸引，这场面实在熟悉，现实的生活中他没有目睹过这样的风景，但在童年的记忆里始终没有抹去那个画面，因为这是萍萍向往的地方。吴伯都甚至觉得中间那位姑娘就是萍萍。可这么多年过去了，萍萍现在的样子可能他早已经认不出了。他还是情不自禁地问“鲜花”：“这人是谁？”

“鲜花”无奈地一笑：“难道你不知道？这就是那位和他萍水相逢的人。”

“鲜花”的一句萍水相逢又刺激吴伯都一下，他瞬间诧异，心里反问自己，难道她就是自己多年未见的萍萍？这就是很早之前贺鸿飞说的在沙漠中碰到的人？她真的到了沙漠和草原去寻找自己的生活了？还有贺鸿飞说过那位姑娘和人有个约定，有个人会在那里等她，难道这是萍萍当年在信中说的约定？这么说等她的那个人应该是他才对。这不可能，是他胡思乱想罢了，人家又没说叫萍萍，只说萍水相逢而已。真不该想这些,吴伯都立刻把手机还给“鲜花”。他又看了看然然，才把自己的情绪稳定下来，心思又重新转移到“鲜花”身上。

“鲜花”似乎看透了这一切，也为自己计划好了未来，同样是考研。一个为了实现军训的诺言去当兵，一个梦想去考研究生，好像老天诚心想要给两人一个寻梦的开始。

“鲜花”说完之后转身从自己的包中拿出一封信递给吴伯都，还说这是贺鸿飞前几天寄给她的。吴伯都想看人家的信不太好,可是“鲜花”却主动要求他看，他只好恭敬不如从命。

救护车奔驰在去医院的路上，冰冷的车外呼啸着刺耳的声音。鸿飞的父亲还在似醒非醒的意识中，只有微弱的呼吸声隐隐相伴，手指慢慢地抖动，好像在寻找自己的孩子。

当鸿飞赶到的时候，父亲已经没有力气再和他讲话，生命在一秒一秒地走向另一个世界。身边的妈妈脸色苍白憔悴，在为父亲超度诵经。

鸿飞恨自己在父亲生命的最后一刻无能为力，只能带给他一声微不足道却痛苦至极的抽泣。每次鸿飞大声呼喊爸爸的时候，爸爸都会把头扭向自己，专注地看着他，嘴里低语。有那么一刻，他的父亲竟然亲了鸿飞一下,这一吻,成了最后一吻。胡子很扎,就像小时候一样,父亲对他的爱总是那么绵厚遥远!

每个无眠的夜晚，鸿飞不知多少次哭湿了枕巾，可每一次军号响起时，他依然是最勇敢的战士！面对亲人他们言少无力，但扛起责任，却身姿挺拔。

军营的生活，让鸿飞太快地忘记了父亲最后的模样，他对父亲的情感转换成了一位军人对国家的使命，自古忠孝难两全，他将这种缺失的爱用另一种方式来偿还，他觉得只有在部队建功立业才能对得起自己的选择，也不辜负父亲。

以上就是关于鸿飞的全部信息，语言已经显得苍白，吴伯都不想多评一句，只希望他一切都好。

“鲜花”做了两个小时的模特，到了中午，吴伯都留她不住，她没有吃饭便匆匆离开了。

随后，吴伯都和然然下楼吃了饭，又去打了几杆台球，之后又去旁边的 KTV 唱歌，也算对他们纪念日的庆祝，还能缓解然然考前的压力。

以前然然每次路过这些地方都会说：“老公，我们什么时候也去玩吧？”吴伯都就答应着。

其实然然一点儿也不擅长这些。台球一个小时也打不进一个，好不容易进一个，还是白球，台球厅要是按杆算钱，他们会很划算。然然唱歌，十句有八句跑调，另外两句还是忘词，本来她想让吴伯都教她这些，可时间一久，吴伯都反而被同化了。

潇洒过后，天色已晚，吴伯都接到了一个重要的电话，电话的内容绝对是他近半年来听到的最好消息。是樊齐打来的，他说七月份会有几个学生过来。然然听到后，高兴地跳起来说：“太棒了，我们终于要翻身了。”

送完然然，吴伯都回来的途中路过一个熟悉的地方，是很久之前的夜里，吴伯都粘贴画室简章的位置，当时贺鸿飞出的主意，他们没有实施，最后还是贴了几张黑白简章，毕竟贴出去的都是希望。吴伯都仔细看那墙上，还隐约有那些宣传单的痕迹，只是宣传单被人刮得体无完肤，面目全非，只有几张还在风雨无阻地摆动着，并且有被火熏过的烙印，黄黄的痕迹印在上面。这确实是很久以前的事了，没有人再去理会。

吴伯都回到画室，马尾辫还在那儿艰难地画着静物台上的鸭梨，他无心打扰，走上复式的天台，眺望城市夜空，天空却像马尾辫画的素描画一样黯淡无光。啪啪的雨点儿宣告入春以来的第一场雨到来。突如其来的雨，看起来恐怖，听起来也揪心。而吴伯都能做的就是慢慢地等待，不管是什么，总会有一个结果。

回到房间，他躺在床上，听着楼下传来的音乐，手中拿着《简·爱》，本想津津有味地品味着主人公的内心世界，可心情却很难平静。他把耳朵贴在床头，风声像刀子一样，刮得异常厉害，仿佛有无数的瓦片拍打着房梁，虽然已经深夜，有的人家在咚咚咚地切着菜，有的不断传来装修钻孔的声音，还有的吵吵嚷嚷，不知道发生了什么纠纷。吴伯都看看时间，他和然然的纪念日早已过去，这会儿然然也该睡着了。

五月比起四月热闹不少，甚至有很多情侣脱去棉衣，轻装上阵，走在草坪上感受春天的魅力。画室也有一点儿起色，学生多了一些。早上六点是画室一天中最安静的时候，大家还都在熟睡。吴伯都迷迷糊糊地穿好衣服，坐到椅子上，发呆地看着墙上的画，心情似乎和五月的朗朗晴空并不相符。此时的外面已是车水马龙，人们开始新一天的忙碌。吴伯都端起脸盆，看看自己在水中的影子，清晰可见。头发乱了，胡子长了，嘴唇干了，眼神中没有一点儿光泽，脑海中出现了一场话剧的情景：

“清晨，我从沉睡中醒来，发现我所有的面具都被盗走了，那是我亲手制造的，并且每一个都是经过我精心设计的，于是我没有再戴面具，赤裸着脸奔跑着穿过拥挤的街道，男人们和女人们都在笑我，也有人因为怕我而躲入屋中，当我跑到市场时，一个青年人站在屋顶上高喊：‘这人是个疯子！’就这样，我便成了疯人，在癫狂中我发现了自由和安宁，由孤独而来的自由，由不被人了解而来的安宁，我醒着，微笑着看着那些睡梦中的人们。”

吴伯都心里空空的，这种空虚和然然无关，就是然然在他身边也同样会有。以前吴伯都自认为有梦想，如今却一无所有，他喜欢过体育、音乐、美术、电影，还有好多，可哪一个都没有坚持做下去，他心怀愧疚，突然想起万瑞和秋天两个人。

毕业后他再没和他们拍过片子，直到某一天，他与万瑞坐在他的家中谈论电影的时候，才意识到经不起时间推敲的梦想只能叫幻想。吴伯都始终不知该怎么表达更确切。万瑞时常在电话里和他保持沟通，聊些新片。在他心里只有电影的画面，荒凉的海滩，平静的海面，空旷的郊野，废弃的空城和无人的街巷，都是他喜欢的场景。用他的话讲，那种场景最有力度，画面的细节也最为丰富。

总之，不论艰难险阻，万瑞的梦想依旧如磐石般坚固，立志要自己做导演，没人出钱就先拍小成本的独立电影，参加展览，积累经验。今天的万瑞依旧还是当年的他，而自己却早已经丢掉了精神上的灵魂，为现实而困扰。

他问万瑞，秋天的近况如何。

“她挺好的，还是老样子。”

吴伯都点头：“那就好。”

而秋天的老样子是什么样他并不知道，那天离开万瑞家的时候，在走出房门的瞬间，吴伯都隐约看到卧室里面的墙上挂着一幅婚纱照，女的是秋天，男的没看清。

57. 落榜

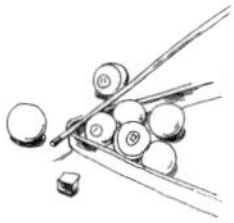

只要有等待就会觉得时间过得太慢，哪怕已经知道那个结果。吴伯都每天等着学生报到，晚上再和然然汇报。这已经形成了习惯，可今天然然没有来画室，要没有特殊情况她是不会缺席的，吴伯都有些心慌，就给她打了电话，她低声说：“我现在有些事，回头再说。”

“你在哪儿呢？”

“学校，回头再和你说。”然后然然电话挂掉。

这不是然然一贯的作风。听她的语气，想必不是什么好事，吴伯都立刻出门打辆出租来到学校，又拨通然然电话，响了多次没人接，并提示不在服务区内。人在没有任何办法的情况下，表现出的状态就是无奈。校园虽不大，但这样漫无目的地去寻找一个人也并不容易，何况天色已晚，视力有限。他只好站在校园大门口等，每两分钟给然然拨次电话，都是同一个声音回答他，不在服务区内，直到第十六个电话挂掉后，然然终于回电话了：“你在哪儿呢？”

“学校大门口。”吴伯都平静地回答。

“我知道你会来的，在那儿等我，我这就过来。”

又一个两分钟后，然然在夜色中穿过人行道向他走来，吴伯都坐在校门口的马路牙子上看着她，然然站在他面前，低头看着他："我们回家吧！"

吴伯都没抬头看她，像个不听话的孩子一样生着闷气，然然看他不动，继续说："老公，我们回去再说好吗？我不想在学校门口多待一分钟。"

吴伯都还是不动。

"你不走，我可走了？"

该怎么办？吴伯都心里不断犹豫，要不要跟然然一起走，还是等她和自己解释完今天的事情？可然然并没有给他多余的时间考虑，随手拦住一辆出租就坐了上去，坐在车里还在问："你走不走？"

为了维护自己仅剩下的一点儿尊严，吴伯都说："你走吧！"

车门一关，出租车真的开走了。吴伯都略有些后悔没上车，总之，有种无路可退，进退两难的感觉。他全身软弱无力，差点没瘫在地上。他勉强站起身想随便走走，刚要离开，那辆出租又停到他面前，然然从车里下来看着他。

"我不能把你一个人丢在这儿。"

这话好像应该是男人对女人说的话，然后他们抱在一起，刚才一切的沉默已经化作情感的泪水，这是吴伯都第一次为然然掉泪，好像差点就失去了然然，这失而复得的感觉如同内心黑洞中涌出一股亢奋的暖流，让人全身充满力量。

然然说："既然你不想走，我就在这儿和你说。"

"不用了，亲爱的，我们回去吧！"

"不嘛！就在这儿说，今天下班后我正在去你那儿的路上，突然接到学校老师的电话，约我过来吃饭，说有重要的事情和我说，一副十万火急的语气，我急急忙忙地过来才知道，这次考研又没戏了，在专业的选择上出了问题。本来是板上钉钉的事，谁知道会这样，我心里难受，也不知道怎么和你说，身边还有几位老师，说话也不方便，就没接你电话。我知道你着急，对不起老公。”

吴伯都又抱住然然，不知是该安慰她，还是用沉默来抚平他刚刚的情绪。今晚的一切来得都太突然，好像很多事情瞬间又回到了起点，难不成他们又要重新走过？吴伯都心里有种莫名的恐惧和失落。

他摸摸然然的脸说：“走吧！有什么事我们一起撑着。”

然然点头，挎上他的胳膊。

58. 富贵花

樊齐介绍的学生快到了，这是吴伯都能给然然最大的礼物。考研的路途受到了阻碍，如果能在现实中让然然看到希望，对她也是种安慰。可奇怪的是，然然对这次考研的落榜倒是没有过分难过，整个人好像一下成熟不少，每天努力地工作，心平气和地对待身边的一切，既不自责，也不沮丧。可吴伯都觉得这都是表面的，她怎么会轻而易举地放弃呢？想到这些吴伯都又担心起来，或许然然有她的难言之隐也说不定。

吴伯都每天盼着学生报名的电话，还盼来了方旭的消息。方旭毕业后和静嘉一起到了一个私人的美术编辑部，做起了美编和设计工作。编辑部包括主编在内只有五六个人，却做出国内美术高考最畅销的系列丛书，利润不菲。他们的薪酬也不菲，小日子过得充实忙碌。电话中方旭一直劝吴伯都放弃画室的工作，还说这是一个封闭的行业，接触外面的世界太小，也没什么发展。根据他们编辑部的统计，美术考生已经达到饱和状态，考生数量开始走下坡路，未来并不光明。

他的话吴伯都完全赞同，但无路选择。放弃画室等于一年的铺垫全都白费。继续留守，学生的数量又不能满足，矛盾和选择永远都在面对。为了这个画室，吴伯都自认为可挖掘的精力已经全部用上，甚至有时候忽略了陪然然，想想已经很久没有接她下班了。今天又是七号，他们六月份的纪念日。吴伯都骑着自行车准时出现在离然然单位门口不远的广场上。这里是他平时等然然的地方，也是回家的必经之路，每次然然都会带着一脸微笑从单位的门口一直走到他怀里，而他只需要坐在那里等待然然。今天也不例外，六月的阳光正是最体贴人的时候，温度适宜。虽临近傍晚，仍然还有一束束光晕穿过上空层层的树叶停留在他身上，有一丝丝的温暖。路边一位卖花姑娘走过，吴伯都叫住她。一朵朵美丽醉人的玫瑰，这不正是给他准备的吗？他想给然然一个惊喜，于是掏出崭新的十元人民币，帅气地递给卖花姑娘："你来得真是时候，我正好需要，来一枝，拿着，不用找了。"

卖花姑娘笑着对吴伯都说："谢谢先生，这花十五块。"

吴伯都有些不好意思："哦！这么贵！"然后又给她五块。

虽然只有一枝花，吴伯都还是用双手把它捧了起来，它的分量并不轻，此刻这代表的不单单是爱情，还有身体中说不出的某种亢奋。他抬头望去，然然已经出现了，吴伯都的口轮匝肌也在微笑的情绪中慢慢地绽开。就在这一刻，一个他从来不曾想过的画面出现了，好像瞬间有一把利剑锁住吴伯都的咽喉，他呼吸困难，往下咽了两口唾沫。天哪！那是他的然然吗？吴伯都开始怀疑自己的眼睛。

他看到然然走进停在单位门口的一辆黑色轿车里，轿车缓慢地从他的反方向驶过，越来越远，最后汇入晚高峰的车流中。吴伯都收回目光低头看看手中的玫瑰，花瓣已经零零散散地掉落，这注定是朵受伤的玫瑰。

这到底是怎么回事？回来的路上，他像没了魂儿一样，脑子里一直是混沌的状态。进屋后他还不能接受刚才看见的一幕。看来今天然然不会过来找他了，一直以来担心的事情发生了，原来他在乎的不是然然能否考上研究生，能不能有份儿好工作，而是她以后会不会离开自己，他知道这样想很狭隘，太过自私，可他也相信通过他双手的努力能给然然一个美好的未来。出乎意料的是，然然还是和每天一样来到了画室，只是比平时晚了一小时。吴伯都没有问她过来晚的原因，而是和平时一样，牵着然然的手来到画室的天台上吹风，瞭望城市夜空的苍穹。然然靠在他肩膀上许久后才说："还记得吗？今天是我们的纪念日。"怎么会不记得？吴伯都花儿都买好了。可她明知道是他们的纪念日还坐上那辆轿车？回来这么晚？吴伯都也只是在心里责怪一下她，却不愿捅破那张纸。

"对不起亲爱的，是我忘了，本应该给你准备花的。"

然然体贴地往他怀里靠了靠："没事老公，我们能在一起就好。"

吴伯都用力搂着然然，没有说话，甜言蜜语在此刻已经变得轻浮没有力量，无以言表的话也已经用身体传达给对方。片刻后，然然问了他一个问题："老公，如果有个人能给我幸福，而不是你，你会放弃吗？"

听到这个，吴伯都身体继续下沉，脑子也在嗡嗡响。他想起晚上看到然然坐进那辆轿车的一幕，心里说不出的滋味。

"我会尊重你的选择。"他等着然然的反应，可然然却过了好一会儿才说："其实我更想听到的是你不会放弃。"

然然心里到底在想什么他不明白，或许曾经坚定的信心已经开始动摇？然然看吴伯都没有说话，摸着他的脸继续说："老公你别多想，要相信我，对我有信心，我们一定能走到一起。”

“嗯，有信心，也相信你。”

“老公，我这几天不想上班了，想好好陪着你。”

“你每天不都在陪我吗？也不用请假吧？”

“可我想二十四小时跟你在一起。”

以前然然说这种话吴伯都会很高兴，现在竟觉得有些伤感。他一直没有问然然下班后坐到了谁的车上，为什么不告诉他？可他又不想问，就算问出答案和她自己想说的也未必一样。他们没有再说话，只是用力拥抱着对方。吴伯都把然然抱到床上用力亲吻，抚摸她的身体，脑中还有一种幻想，如果能把他和然然镶嵌在一起变成一个人该多好，他们就永远不会分开了。

最美好的时间总是短暂，他们每次躺在一起时就好像赶活儿一样，火急火燎地就起来穿好衣服，却发现时间已经过了很久。解铃还须系铃人，穿衣还需脱衣人。吴伯都开始帮然然穿衣服，然然像个乖孩子一样任由他摆弄。然然闭着眼睛专注地享受着这待遇。衣服快穿好的时候，从兜里掉出一张卡片，吴伯都顺手拾起来在微弱的月光下看了眼，是某画廊经理的名片，应该是然然又接了新的绘画工作，还没来得及告诉他，也可能就是那个黑色轿车的主人，这么想想，他心里放宽不少，就顺手将名片放回了然然兜里。

已经临近晚上十点钟，助教正带着学生们画速写，不需要吴伯都多参与，他也能放心离开画室去送然然。这段并不长的路他们走了很久，快到的时候，二人都有些依依不舍，就走进了一家米线馆，本来不是吃饭的时间，可不知不觉地就进来了，好像早就商量好一样。他们坐在一个角落，两个人象征性地要了一碗米线，不是为省钱，吴伯都实在吃不下，可然然非让他和自己吃一碗，还拿着勺子喂吴伯都，用勺子喂的结果就是喝了不少汤，一根米线没吃到，然然就呵呵地笑。吴伯都说，你快吃吧，我喝饱了，然然低下头一边喝汤一边扑哧扑哧地笑个没完。可吴伯都听错了，那不是然然的笑声，他看到然然的脸时，眼泪早已经流过，和那碗米线汤溶在一起，然然什么话都不说，只是低头吃米线。吴伯都强行忍住眼眶中的液体，拉住然然的手，不舍得松开地放在嘴边不断亲吻着。

然然抬起头，慢慢地擦干眼泪，然后说："老公对不起！"

"怎么了？亲爱的？"

"有些事情我没告诉你，你别生我气好吗？"

吴伯都疑惑地看着然然，等着她的答案，可心里有种潜意识告诉他，他并不想知道然然接下来要说的事，可他清楚，这是必须面对的事，他们俩都已经躲了很久，那是他们不想接受的现实。然然继续说着，而吴伯都的视线却早已转移到房间中不知道是什么物体交错在一起呈现出的一个恍惚的自然点，让他瞬间可以忘记，可当时又难以自拔地投入其中，如同一种坚固顽强的意念附体在他身上。

然然又把头低下说："就是那天晚上去学校的事。"没等她说完，吴伯都打断："当时不就和我说了嘛！都过去了，咱不提了，接着复习，再考就是。"

他想让然然到此为止不要再往下说，也很清楚然然想说的绝不会这么简单，可他就想掩饰掉后面所有的内容，然然也能理解他的意思，停了好一会儿没说话，可还是把这些话说完了。她稳定了一下情绪，继续说："研究生落榜的消息的确属实，可还有一件事当时没和你说，那天我的老师给我介绍了一位朋友。"

吴伯都随口问："你是说介绍男朋友吗？"

过了几秒钟，她点头："嗯！"

"那你怎么回答的？没给你老师提过我吗？"

"我想说来着，可是没有，对不起，对不起老公。"

"难怪那天晚上不接我电话，那男的怎么样？你喜欢吗？"

"怎么会喜欢呢，我都没正眼看人家。"

吴伯都没想到自己还能这么理智地和她聊这些，又继续问："那人做什么的？"

"也是我们学校的，比我们高几届。"

"你以前认识吗？"

"不认识，但听说过。"

"连你都听说过，这人名气真不小，叫什么？"

"叫赵……我忘了。"

"赵俊吗？"

然然惊讶地问："对，你怎么知道？"

"他是某画廊的老板，据说是个风流倜傥的名人后代，艺术世家，他们家祖先级别的人物和学校也有些不可磨灭的渊源对吗？"

听吴伯都说完，然然几乎惊呆了，好半天才缓过神儿看着他，那种眼神已经代替了她的疑问。吴伯都说起刚刚的过程。

"刚才给你穿衣服的时候，你兜里掉出一张名片，出于好奇心，我看了一下，以为又是某画廊找你买画，也没多想，你说的那男的在学校的确挺有名，我也听说过，可刚才以为是同名也没往那儿想，直到你说比我们高几届，我才知道是同一个人。"

然然流着眼泪说："老公，你放心！我不会离开你的。"

吴伯都没有说话，把然然搂在怀里，心里却一直在想：然然只有和那个人在一起才能通过一些渠道改变研究生落榜的现实，这就是现实。虽然她没有说想和那个人在一起，他也相信然然不会和他分开，或者说然然的意念不会和他分开，但现实就是命运，或者叫命数，命数就连先知都无法改变。此刻他怀中的然然不论抱得多紧，想必都挽留不住太久。他能做到的就是再多陪然然待一会儿。未来，或者说不久后他们就要分手了，可能一个月，也可能就是明天，也可能这就是最后一餐。事实证明，吴伯都很多不祥的预感都是正确的，这或许就是他们有生之年的最后一餐。

次日天降大雨，吴伯都和然然却失去了联系。电话打不通，短信有去无回。直到深夜然然才给回他电话，并低声对他说："能来趟我家吗？"

吴伯都也正有此意，冒雨骑车很快就来到然然家的楼下。302的灯火通明，被雨水浸湿过的玻璃窗后面隐约出现然然的身影。

吴伯都迅速上楼，虽然时间已经深夜，但然然家的房门还在为他而开。走进屋内，迎面沙发上坐着三个人，然然坐到沙发最里侧，眼睛已经哭得红肿，显然是在家哭了一天，见到吴伯都都不敢直视。沙发外侧两人正是伯父、伯母。伯母看他全身湿透，也流下眼泪，然后说："伯都啊，我知道你是个好孩子，以后发展得也会很好，只是时间的事儿。我和你伯父本不想干预你们的事情，可又觉得你们还有更重要的事情要做。你和然然先暂时分开一段时间，都好好工作，发展自己的事业，过个一年半载你们想在一起，我们做老人的绝对不会干预。"听到这里，吴伯都看了眼伯父，他在一旁低头不语，对伯母的话表示默认。

在如此被动的情况下，吴伯都只能看着然然，希望她能站出来说上几句话。可然然除了在一边抹眼泪，并没有要站起身捍卫他们爱情的举动，哪怕她说上一句也好。

吴伯都想起曾经在慧文楼下，他和方旭说过的一句话：即使输了，也要很嚣张地离开。他本想转身走，可膝盖却不听使唤，双腿一软，一下跪在了地板上，对着伯父、伯母说："谢谢一直以来对我的照顾。"

伯父、伯母急忙上前扶他起身，然然也终于坐不住了，过来把吴伯都紧紧地抱住，轻轻在他耳边说："你走吧！你是我的刻骨铭心。"这是她对吴伯都说的最后一句话。

吴伯都起身，拖动颤抖的双腿走出门外，拒绝了拿给他的伞和衣服，因为没有机会再还了。然然一定在门口看着他，可他却不想再回头。下楼后，沁人的雨下得更大，好像专为他而哭泣，还吹来一阵凛冽的风，仿佛想刮走他心里的痛。以前只有在电视剧里才会看到这种场面，今天在他身上却得以应验。吴伯都的视线被雨水隔离得慢慢模糊，好像灵魂深处永远消失了一个叫然然的人，而在那个深处，有一种声音对他说：以前的都释怀吧！知道她好好地生活在你知道的城市，有生之年或许还能坐下来喝一杯，向前看吧，尽力了就别遗憾，生活哪能处处顺心呢，不顺心就彼此化解吧。这是张玉曾经对他说过的话，并通知他七月份参加自己的婚礼，还说新郎的名字叫方幽弥。而吴伯都不断呼唤着然然的名字，却不能够得到她。

太阳每天在他身边升起又落下。直到某一天，他走出这个城市，离开时却有些挂念，不知道是挂念生活了八年的地方，还是和然然在一起的日子，他只觉得时光在无可挽留地流逝着，让人望尘莫及，又无可奈何。

如今，一只“白鸽”从他身边落下的时候，他却把握不好节奏，不知该如何面对。而他之前的一切准备好像都是为了迎接这只受伤未愈的鸽子，他们分离异地，有一天鸽子能不能为他而飞，他又能不能为鸽子而去，吴伯都也无法下这个定论。

通向北京的列车进站了，和吴伯都同行的人陆续检票，他却迟迟不动，心里矛盾得很。鸽子说：“你快走吧，车都要开了。”

他对鸽子说：“这个送给你吧，留个纪念！”

吴伯都走进验票口，被流动的人群慢慢淹没，而他和鸽子的目光还在繁杂的人流中交汇着，他轻轻地说：“宝贝，我是爱过你的，悲伤就不必了，继续飞吧，再见了。”

他转过头向站台方向走去，隐约听到鸽子的喊声：“你说什么？”手中还不断摇晃着那串然然曾经送给他的“富贵花”。